C.A. PRESS

PERDIDO EN TU PIEL

Rosana Ubanell (Pamplona, España) es licenciada en Periodismo por la Universidad de Navarra y posee un MBA en Transacciones Internacionales por la Universidad George Mason de Virginia (EE.UU.). Ha trabajado durante muchos años en Bruselas y Washington como corresponsal de varios medios en español y en la actualidad reside en Miami, donde es subdirectora de la revista *Nexos*, de la compañía American Airlines. Su primera novela, *Volver a morir*, sobre el detective cubano Nelson Montero, fue un bestseller internacional. Esta es su segunda novela.

PERDIDO
EN TU PIEL

Un amor inolvidable

Una pasión insaciable

Un destino implacable

ROSANA UBANELL

PRESS

C.A. PRESS

Penguin Group (USA)

C. A. PRESS

Published by the Penguin Group
Penguin Group (USA) Inc., 375 Hudson Street, New York, New York 10014, U.S.A.
Penguin Group (Canada), 90 Eglinton Avenue East, Suite 700, Toronto, Ontario,
Canada M4P 2Y3 (a division of Pearson Penguin Canada Inc.)
Penguin Books Ltd, 80 Strand, London WC2R 0RL, England
Penguin Ireland, 25 St Stephen's Green, Dublin 2, Ireland
(a division of Penguin Books Ltd)
Penguin Group (Australia), 707 Collins Street, Melbourne, Victoria 3008, Australia
(a division of Pearson Australia Group Pty Ltd)
Penguin Books India Pvt Ltd, 11 Community Centre, Panchsheel Park,
New Delhi – 110 017, India
Penguin Group (NZ), 67 Apollo Drive, Rosedale, Auckland 0632, New Zealand
(a division of Pearson New Zealand Ltd)
Penguin Books, Rosebank Office Park, 181 Jan Smuts Avenue,
Parktown North 2193, South Africa
Penguin China, B7 Jaiming Center, 27 East Third Ring Road North,
Chaoyang District, Beijing 100020, China

Penguin Books Ltd, Registered Offices:
80 Strand, London WC2R 0RL, England

First published by C. A. Press, a member of Penguin Group (USA) Inc. 2012

10 9 8 7 6 5 4 3 2 1

LIBRARY OF CONGRESS CATALOGING-IN-PUBLICATION DATA
Ubanell, Rosana.
Perdido en tu piel : una novela / Rosana Ubanell.
p.   cm.
ISBN 978-0-14-242471-1
I. Title.
PQ7079.3.U23P47   2012
863'.7—dc22   2012034614

Printed in the United States of America

PUBLISHER'S NOTE
This is a work of fiction. Names, characters, places, and incidents either are the
product of the author's imagination or are used fictitiously, and any resemblance to
actual persons, living or dead, businesses, companies, events, or locales is entirely
coincidental.

ALWAYS LEARNING   PEARSON

*A todos los hombres y mujeres valientes
que se arriesgan para realizar sus sueños.*

"I've learned that people will forget what you said,
people will forget what you did,
but people will never forget how you made them feel."

"Quizás,
solo quizás,
lo que eche de menos de ti
es lo que fui yo a tu lado.
Quizás,
solo quizás,
me eche de menos a mí
estando a tu lado".

ANTONIO GÓMEZ, autor de la trilogía
El vuelo de los pájaros

Índice

1. Recuerdos con sabores y olores   1
2. Entre un "hola" y un "adiós"   9
3. Por una moneda   21
4. Deseos del corazón   31
5. El secreto mejor guardado   43
6. Preludio en Costa Rica   51
7. Miénteme y dime que me amaste   63
8. Luna de miel en Nueva York   74
9. Un *voyeur* sólo para Eva   83
10. Fuegos artificiales   98
11. Todo está en su sitio   110
12. Casi una paella   120
13. Promesas aplazadas   137
14. Despertar en Nosara   148
15. La caja de Pandora y el álbum de Ms. Penguin   159
16. Retratos y musas   176
17. Sí o no   186
18. Guadalajara, el alma más mexicana   195
19. Deshojando la margarita   201
20. Una de cal y dos de arena   211
21. Liquidación por derribo   218
22. Los cerezos japoneses   227
23. El Caballero de las Yndias   237
24. El pasado nunca muere   245

PERDIDO
EN TU PIEL

1

Recuerdos con sabores y olores

Tampico, México, 1980

Solo me quedaron recuerdos tuyos. Recuerdos que tienen sabores y olores. Recuerdos que saben a caña dulce, que huelen a gardenia y naranjo en flor. Que saben a destellos de locura de adolescentes, debutantes en los nuevos escenarios de la vida. Saben a la niña más bella al norte del río Tamesí que luego fue la mujer más atractiva al sur del río Potomac. Y me saben a Arlequín, una mitad, y la otra a Pierrot revoloteando y saltando alrededor de una melena al viento con olor a libertad. Recuerdos difusos tratando de atrapar estrellas en la palma de la mano y ver cómo se deslizan entre los dedos.

Hoy era su día. El primero en el que subiría al podio de la Asamblea General, siguiendo los pasos de su padre, uno de los líderes sindicalistas más reputados del puerto de Tampico.

—¡Compañeros, no nos dejemos engañar. Debemos luchar por nuestros derechos! —increpaba a una audiencia transfigurada ante un joven con presencia de dios, que arengaba con voz de barítono, ojos de fuego y una pasión que ni el mismísimo maestro Demetrio Vallejo tenía.

Tanta carga y descarga en el malecón, tanto sudor obrero derramado sobre los fletes, había surtido efecto. Impresionaba por su cuerpo perfectamente entrenado, atlético, flexible, musculoso, que, combinado con sus 20 años, un perfil de atleta griego y el pelo negro azabache que dejaba crecer a la altura de los hombros, le conferían un aspecto un tanto salvaje.

Lo que más encandilaba a las mujeres eran esos ojos encendidos, la mirada espesa, candente, penetrante, que, sin rozarlas, acariciaba más suave y ardiente que las manos.

—¡La unión nos hace fuertes! ¡Todos como un solo hombre!

Una cascada de aplausos interrumpió su discurso. Muchos de los asistentes se habían alzado, emocionados. Tipos recios, descargadores del puerto, al borde de las lágrimas ante un verdadero líder en ciernes.

Llevaba dos años curtiéndose en pequeños mítines sindicales locales, células de base. Desde el desgraciado accidente portuario que dejó a su hermano primogénito atado a una silla de ruedas, él, que deseaba estudiar, tuvo que tomar el relevo del padre.

Era leído aunque aún no hubiese estudiado en la universidad. Tenía facilidad de palabra. Citaba a los revolucionarios de corrido y contestaba cualquier pregunta con gran aplomo. Todo ello unido a su imponente físico y a su sonrisa de conquistador lo convertían en el rey de los mítines.

Las mujeres se morían por sus huesos y lo escuchaban embelesadas. Los camaradas lo envidiaban y querían emularlo en sus conquistas, no tanto marxistas sino de cama. El sindicato lo sabía y entre sus tareas asignadas estaba conseguir nuevos afiliados y el reforzamiento de las células ya existentes.

Enterrados sus sueños de convertirse en abogado sindicalista, ahora su meta era acabar con las diferencias de clases sociales. Luchaba por un mundo mejor, por un salario digno para todos, por la educación universal.

De repente se abrieron las puertas con gran estruendo y comenzó la balacera. Instintivamente se tiró al piso. Levantó levemente la cabeza y vio caer al compañero Domingo. No pudo hacer nada por ayudarle. Intentó localizar sin éxito a su padre en aquel barullo, donde las arengas solidarias se habían transformado en lamentos de agonía. Las balas silbaban a su alrededor como abejorros encabritados. Reptando entre compañeros tendidos —algunos ya inmóviles—, apartando bancos tumbados y resbalándose entre panfletos regados, consiguió llegar a los baños. Una vez allí rompió el cristal de la ventana con el codo y saltó al callejón.

Corrió sin rumbo por las calles de la ciudad, huérfanas a esa hora de cualquier rastro humano. Solo escuchaba esporádicamente a algún borracho perdido balbuceando incongruencias, interrumpidas por los aullidos de perros solitarios que ladraban a la luna.

Los pulmones aún le respondían pero estaban al límite. Trataba de controlar los palpitantes latidos del corazón que resonaban por todo su cuerpo, con lo que parecía el volumen de las sirenas de los cargueros anunciando su llegada a puerto.

Ya más calmado, inmóvil en una oscura esquina, trató de orientarse. Tenía los labios resecos por la tensión. Sus ojos de color miel —casi transparentes, duros e inquisitivos, que tantos corazones habían derretido— se concentraban ahora en indagar su próximo paso.

Se encontraba en la Colonia Altavista, el barrio de los capitalistas. Ni sabía cómo había llegado hasta allí. Era la primera vez que ponía un pie en aquellas elegantes avenidas de impecables paseos y árboles podados a la perfección, cuyas copas ofrecían apaciguada sombra durante las horas de sol ardiente. Desde la Colonia Petrolera, que era la suya, no se visitaba esta colonia ni con invitación.

Oyó unos pasos apresurados acercándose a donde se encontraba. Logró vislumbrar una silueta al galope que entró y salió del círculo del poste de luz como una sombra de fantasma. El farol alumbró, segundos después, a dos polizontes que le pisaban los talones. Enfilaban en estrecha carrera hacia donde estaba.

Dio media vuelta y echó a correr. Dobló la esquina y, sin pensarlo dos veces, trepó el muro de una residencia y saltó al jardín. Justo a tiempo. Los tamarindos habían ido ganando terreno y alcanzaron al desgraciado. Tras escuchar un golpe seco, le oyó gemir quedamente. Después de cada sordo bastonazo en sus costillas, soltaba un lamento de animal herido. Y llegó el silencio tras esta melodía sangrienta y acompasada que nunca debió componerse.

Unos reflejos azulados le indicaron que se acercaba el auto de la policía para llevarse al infeliz cuyo destino ya estaba sellado: si no había muerto o se desangraba por el camino, lo rematarían en comisaría.

—¡Atila! —escuchó aullar a una voz grave y autoritaria.

—Sí, mi capitán —le respondió otra voz sumisa.

—Usted y Orestes se quedan a dar una ronda. Que no escape algún otro hijo de la chingada.

—A la orden, mi capitán.

Desaparecieron las luces policiales y se alejaron las voces. Sin apenas respirar, se mantuvo inmóvil como una estatua hasta que el silencio de la noche lo envolvió completamente. El peligro lo impulsaba a pensar rápido. Una incipiente erección se abultaba en la bragueta: el miedo y el placer son compañeros de cama en el cerebro.

La primera vez que se vino debía de tener 13 o 14 años. Fue durante un examen de matemáticas con el recabrón de Don Francisco. Faltaban quince minutos y le quedaban no sé cuantos putos problemas por resolver. La sombra del pupitre le disimulaba una enorme erección.

El terror le atenazaba la mente y su mano escribía números sin sentido en el papel de borrador. Estaba tenso como un alambre y cuando sonó la campana se vino. Así sin más. No sintió placer pero sí una gran liberación. "¡A la chingada!", pensó, levantándose de primero para salir corriendo al baño a limpiarse. Nunca se lo contó a nadie. ¿Cómo se explica que su primera venida le sucediese en estas circunstancias? ¡Menuda chirigota! Hubiese sido un hazmerreír.

Escuchó ruidos de nuevo e instintivamente reculó del muro, topándose con un árbol gigantesco. Se escuchaba movimiento en la residencia y advirtió que se encendía una luz. El entreabrir de una puerta lo hizo encogerse aún más. Posiblemente la actividad policial les había alarmado. Estaba en medio del jardín. No tenía escapatoria. Si le alumbraban con una lámpara estaba perdido. Si regresaba a la calle, posiblemente se toparía con Atila y su compinche, que no debían andar muy lejos. Acudirían a la carrera alarmados por el revuelo. Un sudor frío le recorría la espalda y empapaba la camisa. Intentó moverse hacía la izquierda, por lo menos para quedar semioculto por el tronco del gran orejón centenario.

"¡El árbol!", pensó al sentir su rugosa corteza raspándole la espalda.

Decidió trepar. Allá arriba, entre el tupido follaje, podría disimularse.

Distinguió una silueta con linterna que se acercaba hacia donde se encontraba.

—¿Quién anda ahí? —gritó el hombre, dirigiéndose a la oscuridad.

Atila y su compinche se asomaban ahora a la verja de la residencia.

—Señor McDermond, ¿sucede algo?

—He escuchado ruidos. ¿Qué pasó? —contestó dirigiéndose hacia la cancela.

—Unos sindicalistas comunistas huidos. Hemos atrapado a uno.

—¡Dios mío! ¿Hay más por la zona?

—No lo creemos. De todas maneras, seguiremos la vigilancia. Entre en su casa y atranque puertas y ventanas.

—Sí, sí, por supuesto.

Mientras Atila y el otro perro se alejaban, el señor McDermond se apresuró hacia la casa. Cerró la puerta con un golpe seco mientras musitaba ansioso:

—Comunistas, comunistas, qué plaga…

Otra vez el silencio. Sus ojos, ya acostumbrados a la oscuridad, notaron que el orejón estaba casi pegado a una ventana entreabierta. Súbitamente se encendió la luz en la habitación. El señor McDermond entró como una exhalación pegando gritos:

—¡Eva! ¡Niña! —chillaba mientras se acercaba a la ventana para cerrarla.

Se quedó de piedra. El señor McDermond estaba a medio

metro de donde se encontraba. En sus prisas por asegurar la casa cerró la ventana sin mirar fuera. Cuando el dueño de casa se apartó del vidrio pudo contemplar lo más bello que había visto en su vida, una visión del más allá: una niña somnolienta de belleza asombrosa flotaba envuelta en una camisa de noche azulada, cubierta en espuma de mar. Su melena negra como la noche, surcada por una franja dorada en el costado izquierdo, reflejaba con su brillo los destellos de la luz de la lámpara, produciendo estrellas doradas que lo llenaban todo a su alrededor (o eso recordó más tarde). Algunos de sus rizos rebeldes escapaban ensortijados de entre otros mechones más lisos, enmarcando su cara de *Madonna* estilizada.

El señor McDermond habló algo con ella, la recondujo a la cama, le dio un beso en la frente y salió del cuarto, apagando la luz.

¿Cuánto tiempo estuvo allí paralizado? ¿Minutos, horas? No lo recordaba ni le importaba porque el verdadero recuerdo, el que no se degrada ni se enreda con el paso del tiempo, no se compone de imágenes sino de sensaciones. Y aquella era nueva, potente, plena, avasalladora, dolorosa y placentera a la vez. Le rasgaba las entrañas a la vez que le colmaba las venas de adrenalina. Le vaciaba el estómago al tiempo que le inundaba las neuronas.

"Eva", dijo su papá. "Eva, Eva", como la canción que ahora tarareaba en su mente. La sabía de memoria. Entre otras cualidades seductoras, tocaba canciones románticas con la guitarra. Sus baladas derretían a las más duras. "Eva" era una de las favoritas de las compañeras porque las revolucionarias también tienen su punto flojo. Cantaba la canción a la presa elegida mirándola directamente a los ojos y la notaba venirse en los calzones antes de terminar.

Sintió una punzada de angustia en la boca del estómago. Cerró los ojos un momentito y sintió a Eva abrazándole, enlazándole por los hombros como para bailar. La tomó por la cintura, apretándola contra su pecho con fuerza, sin que opusiera ninguna resistencia.

En el mismo momento en que ella apoyó la cabeza sobre su pecho y comenzaron a girar, un aroma embriagó todas sus neuronas, algo desconocido hasta entonces: el olor a champú de su melena combinado con la fragancia de su piel.

Notó que le venía una erección cual caballo y trató de contenerse. No quería asustarla en este primer encuentro y, dado lo pegados que estaban bailando, era imposible que no lo notase.

Poco pudo hacer porque su verga actuaba por su cuenta. Eva no se inmutó. Levantó ligeramente la cabeza, le empapó con su mirada multicolor, preguntó cómo se llamaba, sonrió y volvió a pegarse a él. Poco a poco se relajó y se deslizó en ese olor a pradera de su cabello, dejándose llevar por la suave música. Su erección fue bajando paulatinamente mientras su mente repetía un nombre: "Eva, Eva".

Cuando abrió los ojos estaba amaneciendo. Aún protegido por la semioscuridad, se deslizó cuidadosamente del árbol, aceleró agachado hacía la tapia, brincó y no dejó de correr hasta llegar a su casa. Se metió en la cama y durmió 24 horas seguidas. Al despertar recordó retazos de un sueño teñido de cambiantes azules, violetas y verdes, los colores de los ojos de Eva. Su mirada cambiaba según la posición del sol, su estado de ánimo y el reflejo del vestido que llevase. Pero eso lo descubriría un poco más tarde. En ese momento todavía no lo sabía, sólo lo intuía.

2

Entre un "hola" y un "adiós"

Eva, fuiste tanto para mí. Y eres tanto para mí. Se hace difícil de explicar. Son emociones y, por tanto, necesito espacio libre para poder describirlas. Me traes sensaciones de noches cálidas y húmedas compartiendo, juntos, el paraíso en la tierra. Evocas a un tierno idiota, a un principiante que olvidó el guion de la obra el día del estreno. Y despiertas también la depresión de los amaneceres camino del puerto. Recuerdos en blanco y negro envueltos en luminosa oscuridad.

Alice se sentó agotada en el sofá. No quería acostarse todavía porque con el cambio de horario —lo sabía muy bien—, si dormía temprano, iba a estar con los ojos como platos a las cuatro de la mañana, maldiciendo su estupidez nocturna.

Regresó de viaje temprano en la mañana y, aunque no pasó por la revista, el día en casa la había cansado más que un reportaje en la selva amazónica. Aprovechó para resolver todo lo que siempre quedaba pendiente cuando estaba fuera: ir al supermercado, llevar ropa a la tintorería, pagar facturas, dejar el auto para hacer el cambio de aceite, rellenar algunos papeles del colegio de los niños y ayudarles con el trabajo escolar… Al final no sabía dónde fue a parar el tiempo.

Normalmente tomaba café en abundancia. Pero tampoco era cuestión de pasar la noche en blanco así que se acercó a la cocina para prepararse una infusión. Mientras esperaba el pitido de la tetera terminó por deshacer el equipaje.

Escuchaba desde el dormitorio el rumor de la voz de su hija de 16 años hablando en el móvil. Eran las diez de la noche y le había dicho cientos de veces que cortase a partir de las nueve. Al día siguiente tenía escuela y debía levantarse a las seis y media de la mañana. No eran horas para estar despierta.

Invariablemente la misma discusión. Estaba obligada a pasearse dos o tres veces hasta el cuarto. Siempre terminaban igual: su hija dejaba de hablar por teléfono tras una fuerte discusión o debía confiscárselo hasta el día siguiente.

Era una lucha perpetua y consistente; ninguno de los dos contendientes daba su brazo a torcer. Hoy estaba tan agotada que decidió darse un respiro y dejar que su hija se despachase a gusto con quien estuviese al otro lado de la línea.

Aparte de esta constante batalla diaria y de que era un tanto testaruda —no la culpaba porque la niña salió a ella— no tenía mayores quejas de su hija. Estudiosa y deportista —estaba en el equipo de natación de la escuela— era también muy noble. Achacaba esta última cualidad a que se crió más como varón que como mujer, siempre jugando con los gemelos Gabriel y Sebastián, dos años menores que ella.

Le agradecía al destino esta circunstancia. No aguantaba a las niñas retorcidas y mentirosas, que no dicen lo que piensan de frente y luego se pasan el día diciéndolo a espaldas de los demás. Eva poseía una manera de ver el mundo y de actuar más masculina que femenina, lo cual era una bendición. No muy distinto a ella, la verdad.

Un clon de su madre, tanto en su físico como en su espíritu: cuando alguien lo comentaba con la mejor intención del mundo, se enojaba. "Eres una fotocopia de tu madre", era una desafortunada frase para presentarse. Eva torcía el gesto —no soltaba alguna de las suyas porque al menos era medianamente educada en público— pero apuntaba para la eternidad a la persona en cuestión en su lista negra.

Gabriel y Sebastián, a pesar de ser mellizos, no se parecían en nada ni física ni mentalmente. Sin embargo, se entendían sin mediar palabra. Personalidades complementarias. Los nueve meses juntos *in utero* debieron ayudar en su entrenamiento. Si hay que compartir un espacio tan reducido, lo mejor es arreglárselas como buenos amigos. Eso eran ahora además de hermanos: amigos del alma.

Eva se llevaba estupendamente con ellos. Los trasteaba de vez en cuando dado su carácter fuerte, pero los mellizos le buscaban la vuelta y le tomaban el pelo todo lo que querían cuando se enojaba.

Eligió los nombres Gabriel y Sebastián a propósito, para que no tuvieran sus problemas. Los dos nombres se escribían igual en español que en inglés aunque cambiase su pronunciación. No quería que se desdoblasen como le sucedió a ella.

Toda su vida se sintió partida en dos, comenzando por sus dos nombres. Unos y otros la llamaban indistintamente según sus preferencias. Esta dicotomía fue uno de los temas más ridículos, polémicos y enconados que conoció. Su abuela paterna Alice, la gringa, era organizada, trabajadora, enfocada en sus metas, analítica, mesurada, inalterable. Eva, su abuela mexicana, era apasionada, desorganizada, creativa, divertida, explosiva e inestable. Por supuesto, cuando llegó el momento de bautizarla, su mamá deseaba llamarla Eva. La abuela Alice se opuso rotundamente, alegando que todas las mujeres de la familia habían llevado el nombre de Alice. Suegra y nuera llegaron a una solución salomónica: la bautizaron como Alice Eva. Así, desde la más tierna infancia, tuvo que aprender a contestar como Alice a la abuela y como Eva a su mamá. Para colmo, ella había nacido bajo el signo Géminis, el símbolo de la dualidad. Cuando nacieron los niños, su esposo bromeó: "¿Qué se podía esperar de ti sino mellizos?"

Hasta su destino parecía dual a tenor de lo que leyó un santero en la palma de su mano cuando realizó un reportaje en esa Cuba doliente, pobre, esclava. Una tierra bella a pesar de todo, con gentes de corazón limpio que buscaban su trocito de felicidad y la encontraban en medio de tanta desdicha. Dos líneas paralelas aparecían en la palma de su mano izquierda y se repetían idénticas en la derecha, cosa inusual según el brujo porque ambas manos suelen variar, dejando así una puerta abierta en el destino.

—Tu sino está sellado. Tendrás que elegir entre dos grandes amores que corren paralelos en tu vida.

Se rio en aquella ocasión, un tanto nerviosa. No creía en esas cosas y la incomodaban. Sin embargo, siempre quedaba la posibilidad de que fuese real. Total, las religiones son lo mismo que cualquier santería. O se cree o no se cree. Todo es cuestión de fe. Su papá, que cumplía sus obligaciones religiosas puntualmente y sin obsesiones, le dio la explicación más coherente de su vida cuando siendo niña preguntó por qué creía en Dios.

—Por si acaso —contestó, dejando zanjada la cuestión.

Gracias a Dios o al destino, la inestable Eva desapareció de su vida. Tardó años en arrancársela, en truncar sus expectativas. Por mucho tiempo trató de renacer de las cenizas. Parecía mantener un rescoldo del fuego que un día ardió en todo su esplendor. Desde que se casó con Andrew —un gringo sosegado para el que todo estaba claro, blanco o negro— Alice triunfó, aportando la calma y la paz que Eva nunca pudo alcanzar.

Recurrió también a la terapia, sobre todo después de la muerte de su hermano. No calibraba muy bien si le ayudó mucho o poco porque ésta es una tradición gringa muy asentada: recurrir al psicólogo por el mínimo problema. De todas maneras, la empujó a conseguir su meta. Se deshizo de Eva, de sus recuerdos tristes y felices —porque ambos duelen—. Enterró su alma confusa, sus ansias de alcanzar algo ausente que no sabía ni lo que era, su constante insatisfacción sin razón aparente.

En la cocina sonaba la tetera. Ya no se escuchaba a Eva en el teléfono. Los mellizos, que jugaban al fútbol en el equipo de la escuela y regresaban rendidos después de los entrenamientos, dormían plácidamente.

Su esposo, Andrew, estaba fuera. Los dos viajaban mucho. Él, por trabajar para el Departamento de Estado, y ella por ser reportera veterana de la prestigiosa revista *Nature Today*. Coordinaban bastante bien para que siempre estuviese uno de los dos en casa. No siempre lo conseguían. Para cubrir estos huecos existía Margarita, la empleada mexicana que crió al hermano de Alice y que, al fallecer éste —una punzada le atravesó el pecho al revivir el recuerdo aparcado— casi se deja morir.

Embarazada de Eva en aquel confuso año de 1994, decidió traérsela a Estados Unidos para criar a su hija. Cuando nació la niña, Margarita revivió y ya no digamos dos años después, cuando llegaron los gemelos en el 96: esa vez rejuveneció al tener a los dos varoncitos en sus brazos. Uno de ellos se llamó Sebastián como su tío.

Margarita era la abuela que nunca tuvieron, el pilar de aquella casa, la que cocinaba los mejores tacos del mundo y aún les cantaba nanas, ahora supuestamente a escondidas por ser ya mayores.

Se sirvió el té y de mala gana se sentó frente a la computadora. Tras una semana de ausencia debía tener mil correos, la mayoría basura. Utilizaba un Blackberry con todos los servicios posibles pagados por la empresa pero por principio se negaba a hacer esta tarea cuando se encontraba en cualquier confín del mundo haciendo un reportaje. Le parecía una violación andar contestando correos mientras la envolvía la imponente selva amazónica o cuando compartía un pez recién pescado con la tribu de los indios Kuna. Estaba convencida de que todos podían esperar unos cuantos días. Sólo se permitía usar el Blackberry para llamar a casa una vez al día y saber cómo andaban los muchachos.

Dejó la taza humeante sobre el escritorio. Prendió la computadora pensando en lo lejos que estaba ahora de esa comunidad de "hombres azules", los Tuareg, que pasan sus vidas recorriendo el desierto del Sahara. ¡Y tan sólo habían pasado 24 horas!

Acababa de compartir una semana en sus territorios, al sur de Argelia, documentando su vida para la revista. Mañana se pondría manos a la obra con el tema. Como la acompañó un camarógrafo que rodó para el canal, también tendría que preparar el guión del programa. "Hoy en día hay que hacerlo todo", pensó.

Pocas posibilidades quedarán en el futuro de transmitir esa vida bajo un cielo estrellado inconmensurable. Los nómadas Tuareg también van cediendo al progreso y cada vez son más los que cambian la tienda por la casa de adobe. Alice recibió el regalo de compartir siete días con esos seres itinerantes en un océano de arena.

Entró en el buzón y, como se temía, observó una lista con 230 correos. Dejó a la máquina bajándolos mientras abría algunas cartas que Margarita colocó sobre la mesa del despacho. Todas facturas o publicidad, como siempre. La gente ya no escribe cartas. "Te estás volviendo vieja. Suenas como tu papá", se recriminó. Ahora los jóvenes utilizan otros medios de comunicación.

Ella misma se había actualizado abriendo una página de Facebook. No porque tuviese mucho interés —y el tiempo no le sobraba para babear— sino porque sus tres hijos tenían una y quería saber qué se cocían.

En la escuela recibieron una charla sobre los peligros de este tipo de redes y Alice habló con sus hijos. Si querían tener página en Facebook, ella debía tener acceso. Y si no, no había página, punto. Protestaron todo lo que quisieron y no cedió. Después de prometerles que sólo entraría en sus páginas pero que nunca escribiría ningún mensaje de "mamá" en las mismas porque "fíjate qué ridículo podríamos hacer", consintieron.

Así que tuvo que crearse un perfil en Facebook. Habían pasado dos años ya y la página estaba un tanto mustia. Subía alguna cosa de vez en cuando por su amor a la actualización periodística, pero poco más.

El asunto de poner una foto fue peliagudo. Guardaba muchas de sus viajes, estupendas para la promoción de una reportera del *Nature Today*, en traje de faena, sin ducharse y haber visto un peine en varios días. Rebuscó hasta que topó con una en la que aparecía maquillada y de peluquería. Era de una fiesta en la que acompañó a Andrew. Seguramente algún evento del Departamento de Estado.

Correspondía al archivo del 2007 así que era del año anterior al que abrió su página. No poseía ninguna otra clasificación. Por lo menos no era muy antigua y estaba bastante bien. No solía acompañar a Andrew a muchas recepciones de este tipo. Realmente no se encontraba muy a gusto y, dada su profesión, andaba casi siempre de viaje.

Eran reuniones sociales de *networking* donde todos se felicitaban mutuamente de lo bien que se desenvolvían profesionalmente, comentaban superficialmente asuntos políticos y económicos de actualidad para mostrar que estaban al día y eran ilustrados, y se intercambiaban tarjetas con la esperanza de realizar posibles negocios conjuntos.

Para colmo, muchas de las mujeres en estas reuniones ejercitaban la profesión de "esposas y madres" en todo su rigor. En más de una ocasión soportó horas enteras hablando de marcas de ropa, niños, cocina, jardinería y alguno que otro libro porque, eso sí, casi todas estaban metidas en algún "club del libro". Las "señoras" se juntaban por turnos cada semana en casa de una de ellas para ponerse moradas de dulces, sacarse la depresión de encima y, de paso, comentar la última novela romanticona de algún escritor mediocre.

Estuvo dos veces en uno de esos clubes a petición de Andrew y salió espantada. No servían té ni café sino alcohol en todas sus variedades. Las lectoras, algunas de ellas alcohólicas en su opinión, regresaban a casa más que contentas. Junto a las visitas al psiquiatra y la variedad de pastillas antidepresivas que les recetan, se mantienen a raya en su lugar. Sistemas muy eficaces para aliviar la soledad y la depresión del ama de casa.

En resumen: esas reuniones eran un aburrimiento total. Últimamente estaba más en boga acudir juntitas a clases de cocina para darle un aire al club del libro y asistir a conferencias magistrales de los chefs de moda que cobraban por compartir sus estúpidas recetas lo que ella pagaba a Margarita por cocinar un mes entero.

Andrew deseaba que se integrase en este mundo, el suyo. Lo intentó sin éxito. Le desagradaba tanta hipocresía, tanta infelicidad soterrada, tanta sonrisa falsa. Ese vacío intelectual y anímico que, al final, se terminaba llenando con alcohol o píldoras rosadas. Un ambiente en el que, en cuanto das la espalda, te despellejan viva, como apreció en otra reunión a la que acudió.

Una de las contertulias, con un poco más de cerebro y alguna copa de más, se lo comentó al oído en una ocasión:

—No se te ocurra ausentarte ni para ir al baño.

Tras sufrir esta tortura se negó en redondo a continuar la rutina. E hizo bien. Tiempo después se enteró de que la llamaban "la mexicana", como se lo hizo saber una de las brujas con muy mala intención, por supuesto. Andrew no volvió a insistir aunque se entristeció cuando se lo comentó. Ella no podía integrarse en esa tribu. Le horrorizaba ese sentimiento de "pertenencia" a cualquier grupo estructurado. Le ahogaba la dejación de libertad exigida por el clan. Como un bautismo tras el cual debes seguir las reglas establecidas.

Por lo menos la foto estaba pasable. Aparecía muy atractiva. Seguía siendo una mujer bandera a sus 46 años. La genética fue magnánima con ella. Era delgada por naturaleza, aunque generosa de senos gracias a la herencia mexicana de su madre, de quien también sacó una exuberante melena negra. Ahora la teñía de vez en cuando porque las canas asomaban. De su papá, aparte de unos ojos azules profundos que miraban con un magnetismo hispano, heredó una mecha albina, como un relámpago que recorriera su pelo al lazo izquierdo. Tapaba concienzudamente con tinte este legado genético cada vez que se asomaba.

Su larga melena desapareció años atrás en aras de una más corta, práctica, lisa y a la altura de los hombros. No se puede andar por selvas y desiertos con semejante pelo que no sabes si podrás lavar en varios días. Su profesión la mantenía en perfecto estado por tener que caminar, escalar, trepar y todo lo que conlleva ser una periodista del *Nature Today* cuyas informaciones se centran mayormente en comunidades indígenas en vías de extinción.

Cuando paraba en su casa de McLean, en las afueras de Washington D.C., la capital norteamericana, acudía al estudio de yoga de Shanon Lee, que aparte de ser una de sus mejores amigas, la ponía al día. La flexibilidad es fundamental para la resistencia y Alice la necesitaba en su trabajo. Sus enseñanzas en cuanto a la respiración, parte fundamental del yoga y la meditación, le hicieron mucho bien.

Shanon decía que el yoga ayudaría a integrar a Eva, que no debía desterrarla porque era parte de sí misma y que nunca estaría completa y feliz sin ella. Posiblemente tuviese razón pero era muy complicado. Prefirió simplemente deportarla.

Con todo ello, estaba dura y flexible: a su edad tenía un cuerpo imponente que muchas mujeres más jóvenes envidiarían. Ciertas arrugas aparecieron en su rostro. No se advertían en la foto porque iba maquillada. Cosa rara en ella que tenía buena piel y poco tiempo que perder en afeites. Aquel retrato de Facebook le gustaba: no era la Alice de todos los días pero sí lucía en todo su esplendor.

Tras separar las facturas y tirar la publicidad, devolvió su atención a la computadora para seguir con la ingrata tarea de contestar los correos. Entre todos ellos se fijó en uno procedente de Facebook. Seguro que era Sebastián, que tenía la costumbre de recibirle con un "Welcome Home Mom" cada vez que regresaba de viaje. Este niño era un cielo.

Entró en su página para ver el mensaje. Era de un tal Pablo Castro. Un escueto "Hola" acompañaba la solicitud de amistad. Ni idea. Al ir a apretar el botón para borrarlo se fijó de refilón en la firma Adán Edén y se quedó suspendida en el tiempo. Leyó y releyó aquella palabra y aquel nombre varias veces sin dar crédito. Su mente se quedó en blanco y su cuerpo comenzó a sentir escalofríos, como cuando ataca la gripe.

Temblando, apretó el botón de contestar como una autómata. ¿Cuánto tiempo había pasado? ¿Treinta años? ¿Qué contestaba a ese "Hola"? Se levantó como una sonámbula y paseó por el despacho, recorriéndolo varias veces sin saber qué hacer.

Se acercó a la cocina y se preparó otro té. Volvió a sentarse a la computadora sin atreverse a tocar ni una tecla. Se paró de nuevo. Se alejó del aparato y fue a ver cualquier cosa en la televisión. Tras media hora de cambiar canales sin saber lo que estaba mirando, regresó al despacho. Después de contemplar por diez minutos el mensaje sin atreverse a mover un dedo, se incorporó de nuevo y se acercó al dormitorio para intentar leer un libro que tenía a medias. Se tumbó en la cama y pasó veinte páginas sin enterarse de lo que estaba leyendo. Cambió la lectura por un sudoku. Esta tarea normalmente la calmaba mucho. No logró poner un solo número en las casillas. Paseó otra vez hasta el despacho y se acomodó frente a la computadora sin saber muy bien qué hacer.

"¡Tantos años tratando de olvidar y ahora esto! No es justo", pensaba Alice, llena de terror mientras Eva sonreía agazapada. El pánico se apoderó de ella. La duda, su sistema de vida antes de conocer a Andrew, regresó. El pasado retornaba con toda su fuerza y sus implicaciones. Trató de perderse. Contempló durante un buen rato las fotografías familiares en la estantería. Pasó a los cuadros. Uno bastante torcido. Se paró a arreglarlo. Los libros. Debería organizarlos por orden alfabético algún día. Nunca tenía tiempo de hacerlo. La alfombra necesitaba una buena sacudida. Se lo haría saber mañana a Margarita. Analizó la impresora al detalle. Faltaba papel. Se levantó a rellenar la bandeja. Se concentró en la papelera, llena a rebosar de folletos. Se acercó hasta la basura en la cocina para vaciarla y regresó. No deseaba retornar sus ojos a la pantalla de la computadora. Quizás, si no miraba, en un rato desaparecería el mensaje. Miró de reojo y allí seguía.

Al contemplar por enésima vez ese nombre en su pantalla, recordó de repente y sin ninguna razón aparente que Adán decía que lo opuesto del amor no es el odio sino el miedo.

Sus manos autómatas bajaron hasta el teclado:

¡Vaya, qué sorpresa! ¡Después de tanto tiempo!

Firmó "Eva Paraíso" por primera vez en treinta años y apretó el botón de enviar. Alice había bajado la guardia. Eva comenzaba a despertar.

3

Por una moneda

Me llevé clavados en el alma tus ojos verdes mientras me be-
sabas. Un minuto que se convirtió en una eternidad y se per-
petuó en mi mente. Lo busco cuando quiero y lo vuelvo a
revivir.

Ese nombre surgido de la nada ahora la envenenaba. Había
abierto de nuevo la ventana del pasado sin posibilidad de re-
troceso. Ese árbol que germinaba noche tras noche trajo una
felicidad que nunca se repitió. Esas ramas vacías le rasgaron el
vientre de deseo insatisfecho.

Adán representaba lo único real para Eva porque ella lo
sintió. El resto sólo eran palabras y nombres sin contenido.
Pablo Castro era solamente un alias de Facebook para contactarla. Ahora Adán ni tan siquiera ostentaba su nombre original, el que heredó de su padre y que Eva nunca conoció. En

Tampico todo el mundo lo llamaba "Don" por su elocuencia oratoria. Aquel seudónimo honorífico se convirtió en su nombre de guerra sindical, el que lo definía. Para el mundo, Adán era ahora Gabe Mills, un multimillonario hombre de negocios con residencia principal en Los Ángeles, grandes inversiones en el sector de bienes raíces, empresas de importación–exportación y numerosas propiedades regadas por toda la geografía mundial.

Para ella seguía siendo un chamaco sentado en una rama siempre esperando a que se abriese una ventana, con el corazón pleno y los deseos a flor de piel.

Aquel Adán regresó sigilosamente al árbol la noche siguiente. Recordaba una visión celestial. No estaba seguro de si había sido real o lo había soñado. Debía asegurarse.

Acurrucado allí pasó varias horas sin resultados. La ventana permanecía cerrada y la habitación a oscuras. Retornó una noche más y lo mismo. A la cuarta se materializó su sueño. Eva —recordaba este nombre entre nebulosas— entró en el cuarto flotando entre espumas azules. Una empleada la seguía. La acomodó frente al espejo, peinó durante un buen rato la refulgente melena, la acostó y apagó la luz.

Volvió cada anochecer a pesar de estar agotado del trabajo en el puerto. Necesitaba comprobar esa misma escena una y otra vez para convencerse de que existía, de que no la imaginaba cada noche. La precisaba para poder levantarse de la cama al día siguiente. Era su droga.

Después de una semana entera así, un día, tan agotado por la falta de sueño, se quedó somnoliento en el árbol tras su ritual. Despertó justo a tiempo cuando su cuerpo se tambaleaba. Logró agarrarse de una rama para no caer pero produjo un gran ruido.

Logró reacomodarse en su lugar y, al voltearse, encontró la ventana abierta de par en par. La diosa de espuma miraba sorprendida a menos de un metro de distancia. Sus ojos no denotaban miedo. Solo curiosidad.

Transcurrió una eternidad de miradas. Le dio la sensación de que sus ojos eran verdes.

—Eva —se atrevió a musitar.

—¿Sabes cómo me llamo?

—Sí, soy Adán —replicó sin saber bien lo que decía.

Y así, los dos quedaron bautizados por el destino. Porque esa noche nació Eva y desplazó a Alice. Porque ese instante dio a luz a Adán, cuyo nombre real Eva nunca llegó a conocer.

Más tarde se pondrían apellidos porque los amantes siempre lo hacen para disfrutar de ese secreto que solo les pertenece a ellos. Eva se transformó en Eva Paraíso y Adán se convirtió en Adán Edén.

El destino fue benévolo con ellos cuando la mamá de Eva quedó embarazada. Comenzó con pérdidas y tuvo que mantenerse en cama varios meses. Eva se sentía culpable por la alegría que le produjo esta circunstancia, la que le dio la oportunidad de disfrutar de cierta libertad de movimientos sin estar todo el día controlada por el atento ojo de su mamá.

Pasaba mucho tiempo en casa de su mejor amiga Marta, así su mamá quedaba más tranquila. Siguiendo el ritual acordado, se adentraba en la casa bajo la observante mirada de la sirvienta, que la acompañaba a todos lados. Saludaba a la chacha de Marta y subía al cuarto de su amiga donde se "encerraban". Ahí nadie las molestaba.

El papá de Marta siempre estaba trabajando o de viaje, y la mamá, a la que no le gustaba nada Tampico, pasaba grandes temporadas fuera, de viaje en Europa.

Marta siempre disponía de dinero. Daba una buena propina a las sirvientas a cambio de que jamás entrasen en su cuarto cuando Eva visitaba y mantuviesen la boca cerrada, instrucciones que acataban de muy buen grado.

Las dos chachas aprovechaban el día para invitar a varias de sus amigas y tumbarse en el salón a ver la televisión grande y comer la comida de los señores. Por las risas que llegaban de abajo, también debían catar el güisqui del papá de Marta.

Un pacto que agradaba a todo el mundo. Marta y Eva ponían música a todo volumen, charlaban un rato y, cuando Adán aparecía en el horizonte, las dos saltaban por la ventana, escalaban la tapia posterior del jardín y se largaban con él a recorrer mundos desconocidos.

Muchos días simplemente iban al cine. Mientras Marta disfrutaba de la película prohibida, Adán y Eva se dedicaban a abrazarse, besarse y, sobre todo, a mirarse. Los ojos clavados el uno en el otro: se empapaban en sus miradas, intentaban retenerlas en una eternidad. Eva no recordaba ninguna película a las que acudieron, solo los ojos de Adán escrutándola en la penumbra.

¡Cuán lejos y cerca estaba todo aquello ahora en su mente! La ausencia de Adán fue el detonador que cambiaría su destino para siempre. Sus esquemas terminaron por romperse en pedazos. Seis meses de amor, 180 días de Edén. Tres meses esperándolo en la ventana; 92 días de ausencia, uno detrás de otro. Nueve meses en Tampico.

Y luego la partida apresurada, el regreso a Estados Unidos con la excusa de que su mamá, ya restablecida, prefería dar a luz allí. Y no quería recordar. El pasado era de un dolor inmenso por mucho que Adán ahora lo hubiese esclarecido. Hay cosas que no tienen remedio aunque se aclaren.

* * *

Una moneda fue la causante de todo. La avaricia, la razón de su separación. Con frecuencia Adán navegaba río arriba para descargar mercancías en la hacienda El Naranjo, gran propiedad de los descendientes de un potentado español que se pegó un tiro en la boca tras la muerte en un accidente de aviación de su único hijo varón.

A unas dos horas de Tampico, la enorme casona con torretas de castillo estaba ya bastante deteriorada pero la hija del hacendado aún mantenía cierta actividad comercial. Había vendido gran parte de la hacienda para sobrevivir. El Castillo, como se conocía a la hacienda, y el puerto fluvial todavía seguían en pie.

Aquel día que cambiaría sus destinos, Adán casi se parte una pierna haciendo descargas en el mugriento almacén. Una de las maderas podridas del piso cedió al colocar un pesado saco y cayó a un sótano aún más cochambroso. A duras penas se levantó, no sin antes resbalar de nuevo en algún objeto con sonido metálico. Al quedar tumbado de nuevo y palpar el piso con precaución, descubrió tres piezas de metal roñoso. En la oscuridad, al tacto, parecieron insignias. Las agarró sin darle mayor importancia y las guardó en el bolsillo, olvidándose de ellas.

Pocos días después, su mamá las descubrió cuando fue a lavarle el pantalón. Las restregó bien y comenzaron a relucir, doradas. A la hora de la cena las puso sobre la mesa.

—¿De dónde has sacado estas monedas?— preguntó a Adán.

—Las encontré en la hacienda el Naranjo cuando descargaba.

Su papá las agarró, inspeccionó, le regresó dos y se quedó con una.

—Mañana voy a llevar una al licenciado para que la examine. Parecen buenas.

Su papá salió para el puerto al día siguiente y nunca regresó. Por la noche aparecieron por la casa un grupo de matones a indagar por la procedencia de la moneda y saber si existían más. Apalearon a su hermano paralítico, que cayó en coma y murió sin despertar cuatro meses después. Violaron a su mamá. El cuerpo torturado y mutilado de su papá apareció meses después en una fosa junto al del licenciado.

"Ajuste de cuentas sindicales", proclamó la policía, la justicia y la prensa. Caso cerrado.

Mientras tanto, Adán, colgado en su árbol del paraíso aquella noche, se salvó. De regreso a la madrugada le detuvo un compañero de su papá —mucho antes de llegar a su casa— para relatarle el infierno y conminarle a huir.

Estaban avisados los compañeros del D.F. Un camión le recogió en casa del camarada poco después para el traslado.

—¿Y mi madre?

—No te preocupes. Es una mujer fuerte. La cuidaremos. La hemos trasladado a un lugar seguro.

Pasarían décadas antes de que pisase de nuevo esa tierra maldita donde amó y odió como nunca lo volvería a hacer. Allí dejó su corazón y su alma. Solo se llevó la venganza para el nuevo viaje que se disponía a emprender.

Con la ayuda clandestina del sindicato y papeles falsos encontró un trabajo de limpiador en una escuela. Entonces se hizo llamar Damián López, uno de los varios nombres que ostentaría a lo largo de su vida.

Tras dos años malviviendo y ahorrando unos pesos que enviaba puntualmente a su madre, consiguió un puesto de vigilante nocturno en un centro comercial gracias a su guapura. Su propósito era estudiar durante el día y en ello empeñó los siguientes años.

Su edad y su facilidad para los estudios convirtieron su carrera en un paseo militar. En poco tiempo se forjó un grupo de amigos de los cursos superiores. No soportaba a los jovenzuelos de su curso, aunque no le costó demasiado introducirse en el círculo de las chavas.

Aprovechaba su físico y su facilidad de palabra para embaucarlas. Seleccionaba cuidadosamente a su presa y, más tarde, con la ayuda de la guitarra y sus ojos, completaba la batida. Su vida era ahora la del cazador en busca de un botín a cualquier precio.

Atraía a las resbalosas como un imán, razón por la que comenzaron a invitarlo a todas las fiestas. Pronto se integró en el círculo de los privilegiados, presidido por Narín de León, hijo de un magnate de los supermercados. Narín le ofreció uno de los varios apartamentos que sus papás poseían regados por toda la ciudad y allí se trasladó. Gastos pagados a cambio de ocuparse de la jodedera para todos. Pronto el apartamento se convirtió en el centro del universo del grupo y en el lugar de celebración de su liturgia.

De bar en bar, sin distraerse, su banda de siete u ocho amigos deambulaba como si nadie ni nada pudiera perturbar su espacio, obtenido del mundo por privilegio de nacimiento.

Al final de la noche, con mucho tequila en el cuerpo, el trofeo era salir de algún recinto con la cintura de una mujer entre los brazos. No siempre ocurría. Pero al día siguiente volvía a intentarlo con la misma fuerza y las mismas ganas. Era la razón de su vida.

Se acostumbró a buscar un perfil de mujer imposible. Una como aquella Eva de ojos cambiantes, azules cuando se enfurecía, violetas cuando escuchaba o hablaba, y verdes cuando se reía y amaba.

El primer año de universidad tuvo diversas novias, todas similares. Se parecían mucho a Eva pero siempre estaban incompletas: se reían distinto, besaban diferente, no olían igual, no sabían a lo mismo.

"¡Qué importantes son los olores y los sabores!", pensaba ahora frente a la computadora después de enviar otro mensaje a Eva. No les damos importancia alguna y son los que despiertan nuestros más atávicos instintos. La libertad se olía en su melena y su cuerpo sabía a Eva. Sus sabores y olores eran compatibles con los de Adán, nada los alteraba. Se sumergían el uno en el otro en total sincronía. Sus cuerpos creaban un olor y un sabor único, simultáneo. Hasta sus alientos se volvían uno cuando se amaban.

Nadie lo sabía mejor que su amigo Juan Menéndez, cubano que pasó 18 años en las cárceles castristas antes de poder exiliarse en Miami. Hablaba poco de esta época. Si lo hacía era para revelar alguno de los momentos felices vividos con sus compañeros de penuria, que también los hubo.

Contaba que el olor a ropa recién lavada puesta al sol para secarse era uno de los más poderosos aromas en su vida. Le recordaba los escasos días al año en que les permitían hacer colada y cambiarse de ropa en la miserable prisión.

—Algunos pensarán que estoy enfermo —comentaba entre carcajadas—, pero se me para cuando lo huelo.

Lo entendía perfectamente porque a él se le erguía la suya recordando el aroma a champú de la melena de Eva recién lavada.

Cuando ya su olfato y su saliva se cansaron de buscarla en cada rincón del D.F., en cada mujer que poseyó, cogía sin discriminaciones. Las hormonas no tienen ojos y la entrepierna necesita con urgencia ser liberada de la opresión, no política sino física.

En el apartamento de Narín se compartía todo. Su deporte favorito era poner alias a las nenas que tenían la desgracia de cruzarse en su camino. Por allí pasaron la "Peluda", conocida por su abundante mata de pelo en la pucha y, para ser exactos, en todos lados. Narín, quien se la cogió de primero, lo notificó para que no les pillara desprevenidos: "Si así está el caminito, como estará el bosque".

La "Tequila" era muy aficionada al agave destilado; la "Me lo Prendes" dijo esa frasecita cuando se unió al grupo en un club. Había una a la que llamaban la "Vente, Vente". El mote era obvio. Y todo el grupo tuvo ocasión de comprobar el origen de tal apodo. La mayoría no conocía su nombre de pila. Era un problema en ciertos ratos de intimidad porque tenían que utilizar mentirillas a tenor de "cariño" y "amor" para evitar llamarla "Vente, Vente".

Lo que siempre anheló fue el AMOR con letras mayúsculas. Esa sensación de tener mariposas en el estómago, de soñar despierto, de perderse pensando en el ser querido. Sus recuerdos con Eva estaban atrapados en esas sensaciones. El sexo era relevante pero no fundamental en su composición mental.

¿Se puede recordar un olor?

El de Eva era de hierba recién cortada.

¿Se puede describir una risa?

La de Eva hablaba.

¿Se puede contar un sabor?

Eva sabía a naranja. Dulce con un punto ácido, como toda ella.

El tiempo en el DF fue de farra continua. Y sin embargo no desatendió sus estudios, que pasó con muy buenos grados porque hay tiempo para todo: para coger y para estudiar.

Se licenció con honores de la Universidad Nacional Autónoma de México (UNAM) en Filosofía, Literatura y Sociología. Todo un logro que llamó la atención del licenciado Augusto Perot, quien lo contrató por una miseria como profesor agregado y asistente.

Podía haber seguido a su amigo Narín en alguno de sus negocios mucho más lucrativos, pero aceptó la oferta de su profesor. Tenía unos planes muy concretos y en ellos no entraba quedarse de huevón en México. La venganza toma su tiempo y mejor se sirve fría.

4

***

Deseos del corazón

Anoche, entre las sábanas, llegué hasta nuestra luna siguiendo el camino marcado por tus manos en las pocas ocasiones de eclipse que nos concedió el ingrato destino. Era de día y no vimos la luz. Era de noche y resplandecía. Volví a la tierra convertida en gota de agua y por senderos sólo explorados por los privilegiados iniciados en el amor. Me introduje en tu ducha en forma de lluvia artificial. Rodé por tu cabello, te susurré al oído, humedecí tus labios, resbalé por tu hombro, me acurruqué en tu pecho, me entretuve en tu mano, besé tu verga, te acaricié el muslo y cosquilleé tus pies. Después me volví lágrima para bajar hasta mi ombligo y esconderme allí hasta el próximo eclipse, esperando que tus ojos me descubran y tu aliento me evapore.

* * *

Eva rompió su promesa de no utilizar la Blackberry en sus viajes. Lo que comenzó con un simple "Hola" se había transformado en el objeto de su vida. Su mente estaba ocupada 24 horas por Adán y su próximo correo.

En su último viaje a Salvador de Bahía, la tierra brasileña de los timbales, la capoeira y el candomblé, vivió pegada al aparato. Quería saberlo todo de Adán. Ella, que nunca tomó, se dejó esta vez abrazar por los brazos de Baco en una de aquellas fiestas africanas. Deseaba que se le nublase la mente. Despertar sin recuerdos.

Pasaba de la alegría a la tristeza, del optimismo al pesimismo, del amor al terror en cuestión de segundos, varias veces al día. En ocasiones se enternecía tanto que le saltaban las lágrimas. En otros momentos se excitaba tanto que reía sin ton ni son, como si hubiese fumado un tapete bien cargado.

De regreso a la seguridad del hogar, con los niños durmiendo plácidamente, consiguió tranquilizarse un tanto a pesar de que su mente continuaba ocupada en Adán.

Hasta su cuerpo estaba sufriendo una metamorfosis. Había adelgazado más de cinco kilos que no sobraban. Su piel parecía más joven. Debían ser las hormonas circulando a toda velocidad por su sistema. Se reía más a menudo. Eva parecía una adolescente de nuevo.

A partir de su reencuentro en Facebook el 27 de abril de 2010, durante casi un mes se intercambiaron información "útil": familia, hijos, trabajos, aficiones. Disfrutaron localizando sus respectivas residencias en Google Earth e intercambiando detalles de las mismas.

Le daba miedo ir más allá, aunque su cuerpo y su mente estaban inmersos en sus palabras. La confusión se convirtió en su modus vivendi y sus preguntas no conseguían respuesta.

¿Amaba a su esposo? Llevaba 17 años casada con Andrew. La vida era pacífica, ordenada, tranquila, y sobre todo, se sentía segura y equilibrada con él.

¿Deseaba ir más allá con Adán? Ni idea. Mantenía una lucha consigo misma que la estaba agotando. Alice perdió definitivamente la batalla y la guerra cuando el 27 de mayo llegó uno de los mensajes de Adán. Recordaba que hoy, exactamente hacía un mes, la contactó por primera vez. Enviaba un mensaje especial para celebrar este aniversario tan exclusivo. Y por primera vez —Eva se lo constató a la reticente Alice— encabezaba un correo con "Hola, cariño".

Adán estaba casado, "por compromiso" según sus propias palabras, y tenía un hijo al que adoraba.

Subrayaba que nunca nadie había vivido de una manera tan intensa el PRIMER AMOR, así con mayúscula.

Ese que se aloja para siempre en un rincón del corazón de las personas. Lo había vuelto a visitar y, a pesar de algunas telarañas y las bisagras oxidadas de la puerta, el interior del rincón permanecía como entonces. Confortable. Cálido. Luminoso. Con la chimenea encendida todavía y con leña al fuego. Recordando levemente aquellas estrellas reflejadas en sus ojos. Toda la pasión inmune al paso del tiempo. Después llegaron más huéspedes al corazón pero eran visitantes de paso. De sus visitas quedaron sólo cenizas de pasiones pasajeras, que por mucho que se remuevan ya no tienen brasas. Nunca tendrán el privilegio de ese primer amor, de permanecer durante décadas con toda la pasión del fuego resistente a la decadencia del entorno.

Te mando una canción de regalo. Así me recuerdo a tu lado. Feliz aniversario, Eva.

El mensaje llegó acompañado de "Eva". Ésta fue la primera

de toda una serie de canciones que se intercambiaron hasta llegar a crear su propia colección, única y de uso exclusivo para los dos amantes. Sinfonías que los acompañarían el resto de sus vidas. No era casualidad que enviase como primer regalo aquella melodía.

Tras recibir el mensaje, la tormenta se desató en su cuerpo y su mente. Las hormonas la reconsumían y la concentración en su trabajo era nula. No podía continuar así. Temblaba con cada mensaje. Para ser todo un hombre de negocios escribía como un poeta.

Decidió ir al grano, como siempre. Le conminó a encontrarse a pesar de estar separados por miles de kilómetros. La última semana de junio tenía una reunión en Nueva York y podía quedarse a pasar el fin de semana.

Eva, me parece maravilloso.

Escribía como un poeta porque escribía con el corazón.

Tenía la impresión, desde hace días, de tenerla dentro del cerebro como una pelota de ping pong. Rebotando en todas partes buscando la salida sin lograrlo. Y le gustaba que rebotase. Atrapada en sus pensamientos, más suya que nunca. Fruto de su imaginación, con leves toques de fotos, mezclados con sueños de lo que fue, lo que pudo ser y lo que podrá ser, y una pizca de ilusión adolescente. Tenía tan ocupada la mente que hasta se estaba olvidando de sus negocios. Las tres letras de su nombre estaban encerradas como en una caja, aquella de Pandora.

Llevaba una sonrisa estúpida en la cara y no se la podía quitar. Hasta en el golf lo notaban. No es serio que un señor madurito, empresario, vaya así al trabajo. No sabía qué hacer para quitársela.

¿Me puedes sugerir algo?

Rápido o perdería su reputación de hombre cabal, ganada con gran esfuerzo.

Prefería que su encuentro en Nueva York fuese sin prisas y sin agendas. Quería mirarse, como entonces, en sus ojos; sentarse a la sombra de su pelo; que se vistiese como en Tampico, con sus jeans, y no de gringa como en la foto de su página de Facebook. Abandonarse a sus sensaciones, a lo que dictase el corazón.

Bueno, me voy a la cama. Mañana me esperan 18 hoyos a partir de las ocho de la mañana. Te dedicaré el mejor. Un beso inmenso, mi gloria divina.

A partir de ese día, Eva trabajó frenéticamente para preparar el encuentro. Alice, totalmente subyugada, colaboró voluntariamente para organizarlo todo a la perfección. Eva tenía la reunión el 30 de junio y el 1 de julio, miércoles y jueves. Se quedaría hasta el 5 de julio ya que, de todas maneras, el 4 de julio era fiesta nacional. Adán llegaba el viernes 2 de julio y se quedaba hasta el 5 de julio. No podía hacerlo más largo. Sus empresas le reclamaban.

Por primera vez desde su traslado laboral a Washington pasaría el 4 de julio en Nueva York. Tuvo que excusarse con Andrew, quien lo entendió. Adujo que, ya que estaba en Nueva York, prefería pasar la fiesta nacional con sus antiguos compañeros de trabajo. Él sabía que Nueva York era muy importante dentro del mundo anímico de Alice. Fue su primer alto al regresar a su patria desde Tampico. Allí estudió en la universidad y se curtió como reportera. Andrew estaba al corriente de que Alice tenía una Eva a la que nunca tendría acceso y lo aceptaba. Reconocía que era un paquete completo: o lo tomas o lo dejas. Y la quería a su lado a pesar de todas las tributaciones que hubiese que pagar. Hombre práctico, soltaba cadena cuando era necesario y jalaba cuando era preciso. Alice lo sabía y siempre había tenido esa incómoda sensación de que Andrew la manipulaba sutilmente. Invariablemente terminaba llevándola a su terreno de manera aparentemente voluntaria. A cambio —reconocía— le proporcionaba la estabilidad que nunca hubiese conseguido por su cuenta.

Aunque nunca llegó a compartir todo su mundo con él, se encontraba muy incómoda. Si no deseaba decir algo, se callaba. Ésta era la primera vez que mentía a su esposo. No encontró otra solución. Andrew reprochaba de vez en cuando estos silencios. Eva guardaba un fondo insoldable al que ni él ni nadie tendría nunca acceso. Un pozo lleno de dolor y de pérdidas que Alice llevaba toda su vida rellenando a paletadas de tierra hasta llegar a secarlo completamente.

El tirón era tan intenso que hubiese caminado sobre carbones ardiendo para encontrarse con Adán. Ni su horror ante la mentira tenía ahora ningún poder. Consideraba que los conceptos de culpa, remordimiento y pecado son puros inventos de las religiones para encadenarnos. ¿Sirven de algo? De nada. Para dar de comer a las iglesias, exclusivamente. Cuando se ha cometido un error, cuando uno no hace caso al cerebro del corazón, cuando no sigue sus más profundos instintos, siempre se equivoca. Siempre. Bien lo sabía ella. Las caídas no hay que repetirlas. Se levanta, se sacude el polvo, aprende de ellas y punto final. Esa era la única lección. Una vez se confundió por no seguir sus instintos y se había pasado la vida entera llevando a cuestas el dolor. Toda una vida tratando de justificar lo que no podía hasta que decidió olvidarse de ello. Y, de todas maneras, cada cual justifica sus decisiones a su gusto y según sus intereses. Si acierta, considera que *a priori* su determinación fue la adecuada y se felicita efusivamente de su gran acierto. Si se confunde, se justifica *a posteriori* con argumentos que calmen la conciencia. Quizás culpando a los elementos, a circunstancias externas, a un mal momento… El resto, el que no piensa, el que llama "pecado" al error, se confiesa y está listo para el siguiente. ¿Para qué darle más vueltas?

Adán poseía un *pied à terre* en el SoHo. No le gustaban mucho que digamos los hoteles y, como se desplazaba regularmente a Nueva York por sus negocios inmobiliarios, había adquirido esta propiedad, elegante y discreta. Dejaba las llaves en el delicatessen de la esquina, de toda confianza. Eva podía quedarse allí hasta que él llegase en lugar de alojarse en un hotel.

Si él organizaba la estadía, ella se ocupaba del entretenimiento.

¿Qué tipo de comida le gustaba? ¿Quería almorzar en algún restaurante especial? Habría que hacer reservas con tiempo si deseaba alguno de los que estaban más de moda.

¿Quizás le interesara ver un espectáculo en Broadway? Necesitaba comprar pronto las entradas para conseguir buenos asientos.

¿O posiblemente le gustaría ir a algún club de música a oír al último grupo y bailar? También habría que reservar con tiempo.

Las preguntas no acababan.

La contestación de Adán no fue de gran asistencia:

Cariño: haz lo que quieras. Yo sólo deseo estar contigo en cualquier lugar del planeta el mayor tiempo del mundo. Un cuartito y una cama, lo más pequeña posible para estar muy juntitos, es todo lo que quiero.

Reservó al menos un almuerzo y una cena. El primero en Balthazar, su favorito, un clásico aún de moda en el SoHo, cerca del *loft* de Adán. Para la cena llamó a uno de sus amigos de Nueva York. El paisaje gastronómico de esta ciudad tan vibrante e innovadora cambia con frecuencia inusitada y deseaba algo especial para Adán, lo más de moda.

Sabía que le gustaba la comida japonesa y oriental así que, siguiendo los consejos de su antiguo compañero de periódico, se decidió por Buddakan, el restaurante panasiático de boga en Chelsea. Su amigo, muy bien relacionado en la ciudad, se encargó de la reserva porque era imposible conseguir una mesa sin recomendación. Se disculpó con él pero no podrían verse. Andaba muy justa de tiempo. Iba de trabajo, a tope. Otra vez será.

Miró algunos clubs de jazz y música latina en el Greenwich Village por si acaso, aunque no compró entradas. Vio que, si decidían acudir en el último minuto, podían adquirirlas en la puerta, pagando unos dólares extra.

Preparó dos o tres recorridos turísticos alternativos para pasear Incluyó Central Park, la Quinta Avenida, Broadway, Wall Street, Battery Park, la Estatua de la Libertad y Ellis Island. Si tenían tempo visitarían su *alma mater*, la Universidad de Columbia.

Alice se sentía cada vez más como su tocaya de ficción, cayéndose por el agujero negro sin fin del País de las Maravillas. Eva estaba tan ocupada planeándolo todo que no disponía de tiempo para pensar en mucho más.

El mes de junio pasó sin sentirlo. Los niños tuvieron exámenes finales de los que salieron con muy buenas notas. La preparación de los campamentos de verano la ocupó unos cuantos días.

Aparte de eso, caminaba en una nube. Su única meta ahora era Nueva York. No conseguía concentrarse en ningún nuevo proyecto. Trató de cerrar lo que llevaba entre manos. Tenía bastante trabajo administrativo en la revista y debía finalizar el guión de su último reportaje para el canal de televisión. Dedicó sus escasas fuerzas a ello.

Mientras tanto, los mensajes eran cada vez más abundantes. Comenzaron a crear su propio lenguaje, como hacen todos los amantes, aunque sean epistolares o cibernéticos. Llamaba la atención el hecho de que su relación fuese igual de clandestina que cuando eran adolescentes.

La que bautizaron como "primera dimensión" —la escritura— ya no les bastaba. Escalaron hasta la "segunda dimensión" —la voz— y acordaron determinadas horas para comunicarse telefónicamente, ya fuese por móvil durante el día o por Skype en la noche. En la "tercera dimensión" —el pensamiento— se repasaban las 24 horas del día. La "cuarta dimensión", en la que los cuerpos se encontrarían, estaba cada vez más cerca. La "quinta dimensión", la de los sueños, fue el refugio de Adán durante años y ahora, desde hacía pocos meses, el de Eva.

El 4 de junio, día de su cumpleaños, preparó una pequeña fiesta para sus amigos más íntimos. Se sentía de buen humor y a Andrew le encantó la idea. Por supuesto, Adán la felicitó en un correo. Al día siguiente, sin falta, colgó las fotos de la fiesta en su página de Facebook. Sabía que Adán las vería. Su comentario no tardó en llegar:

Estás más alta, más guapa, más delgada y con los senos más grandes desde que nos reencontramos.

Su relación, igual que antaño, no se basaba sólo en el placer físico —que lo hubo y mucho— sino en una complicidad mutua y en el placer intelectual que se brindaban. A Adán le gustaban los retos y Eva los ofrecía. A Eva le gustaban los hombres valientes que no se arrugan al enseñar su lado más tierno y Adán era lo suficientemente fuerte como para hacerlo. Su relación suponía un constante desafío que no daba tregua ni al cuerpo ni a la mente.

Aparcó todos los recuerdos dolorosos en alguna trastienda a la que ahora, por mucho que lo intentaba, no tenía acceso. Allí fue a parar el tiempo más feliz de su vida: su amor con Adán. Le acompañaba el más desgraciado, el que trajo la muerte de Sebastián, su hermano, al que amó como a un hijo. Perpetuar la felicidad malgastada duele a veces, mucho más que cualquier otro recuerdo. Allí terminó también aquel otro período en el que, poco después de su regreso a Texas, su madre iba y venía a México y por fin acabó por abandonarlos para siempre a su padre y a ella —ya en la universidad— llevándose a su hermano, niño todavía. No la culpaba ahora. La vuelta a Texas no fue nada halagüeña. El reencuentro entre su mamá y la abuela Alice, su suegra, se convirtió en una declaración de guerra. En realidad retomaron la batalla que mantuvieron en tregua durante su estancia en Tampico.

Allí vivía primordialmente su partida apresurada de Tampico y el sufrimiento inconmensurable de la gran pérdida. De todo lo que pudo haber sido y no fue. Contra tanto daño, Eva utilizó el olvido. Decidió convertirse solo en Alice y enterrar a Eva, a Adán y sus consecuencias. Fue la única manera que encontró para sobrevivir.

Allí anidaba el divorcio de su primer esposo, Juan, un cubanoamericano que conoció en la Universidad de Columbia. Dos años que pasaron sin pena ni gloria. Buen sexo, mucha juerga, marihuana de la buena, música estridente y poco más. Se divorciaron sin resentimiento alguno. No tuvieron hijos y ni siquiera poseían una hipoteca en común. Cada cual tomó su camino sin mayores reticencias. Nunca le volvió a ver ni supo nada de él.

Preguntaba a Adán todo lo que quería saber y poco a poco pequeñas gotas de memoria comenzaron a filtrarse desde su trastienda. Él recordaba milagrosamente todos los pequeños detalles de su relación. Pero más que recordar, Eva sentía. Eran como oleadas de calor que la envolvían con cada recuerdo compartido. Tenía ganas de saber cómo eran sus manos aunque recordase el tacto.

Mis manos... Son de "hombre", cariño. Grandes y largas. Pero tiernas. Siempre calientes y secas. Un beso enormeeeeeeeeeeeeeeeeeeeeeeeeeeeeeeeeeeeeeeeeeeeeeeeee.

"Vivimos y vivimos sin pensar jamás qué hubiese sido de nosotros si, en un momento determinado, elegimos un camino u otro", pensaba Eva leyendo este breve correo de Adán, tratando de imaginarse sus manos sobre su piel. A veces una decisión aparentemente inconsecuente como comer en uno u otro restaurante puede determinar que en uno conozcamos a la pareja de nuestra vida y que en el otro simplemente almorcemos.

Comentaron esta circunstancia al igual que muchas otras que salían en el camino. Vieron la película *Serendepity*, cada cual por su cuenta, para ilustrar el caso. Adán explicó que eso se llamaba "ucronía". Representaba un futuro alternativo. Qué hubiese pasado si...

Dedicaron los siguientes días a inventarlas. Adán las recreó innumerables veces desde que dejó Tampico. Dónde hubiesen vivido si se hubieran casado. A qué se hubiese dedicado cada uno. Cuántos hijos habrían tenido y cómo serían.

O quizás tampoco hubiese funcionado, se comentaron, porque todo es posible. Con el carácter fuerte de los dos y sus grandes diferencias, quizás todo hubiese acabado en divorcio. Ucronías buenas y malas pero ucronías conjuntas al fin y al cabo.

Así es el destino. Adán pasó de ser un revolucionario en ciernes a convertirse en todo un empresario. Eva, la niña acomodada, se transformó en una periodista cuya pluma abogaba por las comunidades indígenas más desposeídas. Una inclinación que nació allí, en Tampico, de la mano de Adán, de su lucha revolucionaria, de la pasión que le contagió en la defensa de aquellos sindicalistas, quienes le escuchaban en los mítines como si fuese el mismito Dios. En las pocas ocasiones que consiguió escaparse con él, acudió a alguna de estas reuniones. No podía apartar la mirada de aquellos hombres y mujeres que, a pesar de no poseer nada, lucían una dignidad asombrosa, pisoteada por los terratenientes y el capital. Pareciera como si aquel año en Tampico ambos hubiesen intercambiado sus almas. Tres décadas más tarde, el destino se confabulaba para devolvérselas.

5

———— • ————

El secreto mejor guardado

Antes de nacer ya te amaba. Recuerdo que decías que me gusta mirarte cuando estás gozando, cuando entornas los ojos, cuando sientes placer, cuando me besas. Y no es verdad: me gusta mirarte siempre que estoy contigo. Y cuando no estoy contigo, no puedo dejar de pensar en ti. Eres el pensamiento que logra evadirme de los problemas. La brújula que siempre apunta al norte. Te necesito como tótem de mi vida.

Eva constituía el secreto mejor guardado de Adán. Nunca lo mencionó a nadie. Se quedó sólo para él y así le gustaba. Tampoco tuvieron tanto tiempo: desde que la conoció hasta que la vio por última vez discurrieron 180 días. Los repasaba cientos de veces.

Su cordón umbilical con aquella relación resultaba inexplicable. Muchas veces dudó comentárselo a Juan. Parecía el amigo más apropiado para ese tipo de confesión pero ¿qué le iba a contar? ¿Que llevaba toda su vida enamorado de un recuerdo? Él veía a Eva como a una diosa, inalcanzable. Como decir que uno adora a Angelina Jolie.

—Pues muy bien —hubiese contestado Juan o cualquiera de sus amigos—. Súmate al carro.

Tampoco jamás tuvo clara la naturaleza de su relación. ¿Fueron novios? Él siempre aspiró a ello pero nunca concretaron nada. Ella ni preguntó ni exigió ningún compromiso. Simplemente se amaron.

Nunca supo si él fue su primer amor. Físicamente sí porque era virgen cuando hizo el amor con ella por primera vez. Y no se refería al sexo porque había cogido mucho antes y lo seguiría haciendo después, y aún cuando la cortejaba o lo que fuese que hacía con Eva. Hablaba del corazón. Para Adán lo fue con toda certitud.

Solo ella ocupó sus pensamientos y su corazón y lo seguía haciendo. Ello no le impidió embaucar a una profesora medianamente atractiva de la Universidad de California cuando se trasladó allí como profesor invitado por un semestre. Se casó rápidamente y tomó el apellido de la gringa —Mills—, cambiándose el Damián a Gabriel o "Gabe". Aguantó los años necesarios para conseguir la nacionalidad, se portó lo mejor que pudo en la cama y se divorció.

Con el recuerdo de los ojos verdes de Eva conseguía una erección cuando la necesitaba. Cerraba los suyos y la contemplaba allí, en la ventana, mirándolo asombrada. Todo lo que necesitaba, concentrado en una mirada verde. Su vida real y la imaginaria con Eva se convirtieron en líneas paralelas dentro de su universo. Cuando tenía que coger por obligación, todo se teñía de verde.

Antes de conocerla no le pasaba. En aquellos tiempos, en sus círculos de Tampico, se cogía más fácil en el registro revolucionario. Leía a Alain Tourain y Erich Fromm para allanar los caminos que inevitablemente conducían a compartir la cama de algún cochambroso hotel del barrio portuario. En circunstancias peores, el discreto interior de alguna barca mugrienta atracada en el puerto camuflaba la explosión momentánea de las hormonas que reventaban la bragueta.

Se movía muy bien en las conversaciones políticas con subliminales objetivos de cama. Su paraíso terrenal se concentraba en la Colonia Petrolera. Ahí desarrollaba su estrategia, mezclando la paciencia del cazador y la hiperactividad del charlatán. Podía vanagloriarse de que nunca pagó por el sexo. Las mujeres se le ofrecían.

Ahora, el status suplía a la juventud y la cartera a los músculos. Excepto el golf, no practicaba mucho deporte regularmente. El *green* lo mantenía medianamente en forma. Disimulaba bien la barriga gracias a su altura y a la ropa de marca cuidadosamente elegida. Un buen corte de pelo le confería esa dignidad que exudan los hombres de negocios maduros no exentos de cierto atractivo para algunas mujeres con fino olfato, perfectamente entrenado para detectar una posible cartera abultada. Nunca le faltó compañía en la cama.

Intentó localizar a Eva durante sus años en el D.F. sin éxito. Debía ser discreto para conservar el pellejo. Los compañeros del sindicato no le daban razón. Uno le hizo el favor de acercarse a la casa de los McDermond con la excusa de entregar un mandado. Los McDermond ya no vivían allí.

En los primeros años de ausencia, cada vez que paseaba y veía una melena como la suya se quedaba paralizado. Luego, poco a poco, la primera sensación de rabia y frustración por perderla dio paso a un sentimiento de agobio. Posteriormente le invadió una placidez en la que se acurrucaron los recuerdos, frescos como el primer día. Más tarde consiguió convivir con su memoria sin que le hiciese daño. Y finalmente aprendió a disfrutarla.

Recordaba con frecuencia el momento en que pudo hacerlo sin sufrir. Practicaba este ejercicio mental a menudo, como si le diese miedo olvidarla si fallaba en algún detalle. Hasta que la localizó fantaseaba sobre lo que habría sido de ella. Si se casó, si tuvo hijos, dónde trabajaba, si amaba a alguien, si era feliz, si seguía teniendo esa cualidad que le volvía loco: reír y hablar a la vez, como aquella vez que, en un revolcón en el invernadero, se llenó las nalgas de espinas de cactus. Eva se rio a la vez que lanzaba algún comentario de los suyos. Esas cosas que decía, que le salían simplemente del alma, directo al grano, tan natural como el olor a libertad de su pelo. ¡Qué tiempos aquellos!

A falta de lugares mejores cogían casi siempre en el invernadero de la casa de Marta. Este fue su palacio durante seis meses. Sobra sitio cuando se ama así. Entre el perfume de las gardenias y las melodías de un radio que descubrieron abandonado por allí y que enchufaban bajito, la noche invitaba a amar, a soñar bajo un ramillete de estrellas. Música de José José entre los cristales empañados o baladas de Juan Gabriel y Dulce bajo el cielo plomizo, que dejaba caer unas gotas de ternura que calaban hasta el alma, alejados por fin del tumulto adivinable de la ciudad, convirtiendo la música en un baile de cuerpos... Y en Tampico. Y con Eva. ¡Qué más se podía pedir!

Todo esto y mucho más le recordó a Eva en los correos que intercambiaron casi a diario desde su reencuentro el 27 de abril del 2010.

Eva, su niña. Eva. Así la llamaba todo el mundo en Tampico, el nombre de preferencia de su madre. En realidad su primer nombre era Alice. Ella se lo contó en una ocasión. La abuela la llamaba Alice y la madre, Eva. El tiempo que vivió en Tampico, lejos de la influencia de la abuela, se convirtió en Eva a tiempo completo.

Cuando contestó su primer mensaje se pasó una hora chismeando su página de Facebook antes de atreverse a responder. Escribió como diez borradores y ninguno le gustaba. No quería parecer frío pero tampoco excesivamente interesado, no fuese a asustarla. Parecía que fue ayer cuando se perdía entre sus brazos. Y ahora estaba al otro lado de la línea. Eva. Eva. Eva McDermond de Los Santos. Alice L. McDermond. Eva.

¡Le había hecho tanta ilusión encontrarla después de tanto tiempo! Y verla tan fantástica con sus espléndidas cuarenta y seis primaveras. Tan guapa y atractiva como siempre ¡¡Quien tuvo, retuvo!! Y que se acordase de él… Él, que había crecido a lo ancho, como podía comprobar. Y las canas… buaaaaaa.

Bueno bella. No quiero ser demasiado pesado. Me encantaría saber más de tu vida, pasada y presente. Un beso grande. Adán.

Intentaba no empujar demasiado. Le aterraba perderla. Ella reconoció posteriormente en uno de sus correos que había abierto la caja de Pandora. Como había pasado tanto tiempo, los recuerdos felices de una persona pueden no serlo para otra. De la caja de Pandora salieron cosas buenas y malas. Todas se escaparon excepto la esperanza.

Trató de contestar de una manera delicada para no asustarla y escribió que no sabía si los trozos de su memoria existían todavía en la suya. Sería un juego lindo de conseguir y, como en un rompecabezas, reconstruirían periodos de sus vidas con golpes mutuos de memoria. Sólo puso una condición: que todos los recuerdos fuesen bonitos y felices.

¿Te atreves, Eva?

Su contestación pareció un tanto confusa y no salió de dudas. Eva no tenía ningún recuerdo ni malo ni bueno, sólo una oleada de emociones incomprensibles. Lo qué más recordaba, decía, eran sus ojos y cómo la miraba. Se acumulaban las preguntas.

No sabía qué deducir de ese último mensaje. Continuaba anidado en la prudencia, hijo del miedo a cortar ese frágil hilo de comunicación que se estaba formando entre ellos. Necesitaba asegurarse por dónde pisaba. Prevaleció como siempre su mente cartesiana y respondió atendiendo a la cordura.

Ahora que la tecnología había realizado el milagro, él también tenía muchas preguntas: ¿guardaba malos recuerdos de su relación? ¿Qué tipo de sensaciones había sentido al despertar el pasado? ¿Pensaba que estarían muy cambiados física y mentalmente? ¿Lograrían realizar una abstracción del pasado?

Eva no guardaba ningún mal recuerdo, solamente estaba muy confusa por las sensaciones renacidas. ¿Haría abstracción del pasado? Seguramente no. Cerraría los ojos y volvería a ser aquella niña de 16 años en sus brazos que no supo aprovechar el tiempo.

Sigue escribiéndome cosas bellas como tú sabes, Adán. Recuerda cómo era y cómo me querías a los 16 años y tus recuerdos serán los míos.

Al recibir este mensaje, Adán tuvo una erección como nunca la había tenido. Lo abrió justo cuando estaba a punto de comenzar un desayuno de negocios. Al intentar disimular tanto el correo como la erección, puso el azúcar en el jugo de naranja en lugar de ponerlo en el café. Además, tiró el azucarero. Felizmente todos achacaron su azoramiento a la edad. "Adán, que no se pueden cumplir cincuenta años", dijo con guasa uno de los comensales.

Desde que reconectaron, la echaba en falta las veinticuatro horas del día. Le parecía todavía increíble que fuese ella la que leía las palabras que durante tanto tiempo quiso decirle y que pensó no iban a poder salir nunca del mundo donde habitan las imaginaciones de los amantes. Mundo prohibido para la mayoría de los mortales y que sólo unos pocos privilegiados como Eva y él podían disfrutar.

Sufría cuando pensaba en ella, ausente durante aquellos momentos maravillosos —envueltos de silencio nocturno, con todas las hadas y musas rondando por el techo— esperando bajar para inspirar el amor en un hombre y una mujer. Faltaba el cincuenta por ciento para que se materializase la noche mágica.

Recurría también frecuentemente a la luna para mandar sus mensajes a través del espacio —2.700 millas de distancia— y del tiempo —tres horas de diferencia— que los separaban. La mejor mensajera.

Casi a diario se sentaba en la baranda a mirar la misma luna que ya contemplaban los ojos de su amada. Constituía su droga diaria. Se llevaba la computadora portátil y, como si estuviese en un confesionario, se quedaba transpuesto delante de una hoja en blanco de Word que luego pasaría al correo electrónico. A veces surgían sólo tonterías y las borraba. En otras ocasiones la inspiración parecía casi divina.

Leía y releía sus mensajes cientos de veces; le inspiraban canciones que escuchaba y elegía cuidadosamente. "Ésta para una noche de amor insuperable… Ésta para una locura adolescente". Las adjuntaba en los correos y, por supuesto, todas iban a parar al USB de su amor musical compartido.

Amaba a Eva en todas sus vertientes. Hablaban de lunas pero también de condones, de literatura y de chingar, de cine y de comerse enteros, de sus familias y de orgasmos. Poco a poco, la temperatura de las palabras terminó por desbordar el termómetro del alfabeto a falta de treinta días para reencontrarse en Nueva York.

Advirtió que en Nueva York la auscultaría exhaustivamente. No dejaría ni un solo escondite de su cuerpo sin mirar aunque tuviese que pasar alguna noche durmiendo sobre su ombligo, cansado de tanto sumar pecas. En cualquier caso y aunque se agotase, sería un inventario apasionante. La espera parecía eterna. Para colmo, se compraba calzones y brasieres sensuales para la ocasión… Le encantaría verla en un conjunto interior. O exterior. O sin ropa. De cualquier manera. Él ya tenía los condones, claros o de color —sorpresa, no sabía cómo eran— pero servirían.

A partir de este punto llegaría el intercambio epistolar —ya sin horas marcadas— lleno de lunas gratas e ingratas, de lluvias naturales y artificiales, de espumas que llenan y vacían los cuerpos, de mariposas que revolotean en las espaldas, de hogueras que consumen a fuego lento. Una cascada de comunicaciones que nunca parecía suficiente para saciar el hambre que ambos tenían de re-conocerse. Compartían una sensación de carencia que no se iba por mucho que escribiesen miles de palabras al día.

6

Preludio en Costa Rica

Espero que hayas bailado conmigo la canción que te he mandado, apretadita. Pasé toda la tarde buscándola, no me acordaba del título. Sabía que te iba a gustar. La he bailado contigo para que lo sepas. Estábamos en Tampico y no dejabas de besarme. Eres una descarada. Me enloqueces.

A Adán se le desbordaba el pecho frente al edificio en el SoHo de Nueva York. Habían pasado muchos años, y algunos kilos y canas se sumaban a su bagaje. Ya no tenía 20 años por mucho que Eva lo enloqueciese. Sin embargo, confiaba en la fuerza del amor y en la potencia con la que había permanecido en su recuerdo.

Añoraba ahora atarla a su vida de alguna manera. Estuvo a su lado tres décadas. Compartió sus venidas —a veces como simple *voyeur* en una esquina de la habitación— con sonrisa de aprobación. En muchas ocasiones ella vivía la pasión con él, suplantada por sucedáneos cuerpos de mujer.

Su mayor éxito fue que nunca la olvidó porque nunca quiso olvidarla. Tenía unas ganas enormes de susurrarle al oído las palabras más bellas que consiguiesen abrir de par en par la puerta por la que penetrarían sus deseos. La quería suya como el primer día.

Albergaba serias dudas sobre si estaría esperando o se habría arrepentido en el último momento. Muy visceral y buena Géminis, dudaba de todo. Sus emociones, recordaba, eran una montaña rusa. Y seguía idéntica.

Para lo bueno y para lo malo, todo venía amarrado en aquella mujer que no lo abandonó nunca. Tuvo con ella las mayores peleas de su vida. Claro que, al día siguiente, todo se arreglaba haciendo el amor dulcemente, con una sesión de ternura inacabable, con unas carcajadas espasmódicas o bailando en el invernadero de Marta… Una bomba, su Eva.

A veces escribía mensajes como para levantar a un muerto, como aquel de los primeros días, cuando comenzaron a planificar su primer encuentro. Suplicaba que escribiese a diario porque necesitaba sus palabras como el aire; aunque fuese un simple "Hola mi vida", para saberlo ahí, para imaginárselo imaginándosela. Su adicción a él rayaba en la paranoia. ¿Cómo la atrapó tan de sorpresa? ¿Cómo consiguió asaltar de tal manera su cuerpo y su mente? No se lo podía explicar. Solamente deseaba amanecer con él.

Otros días sus dudas se manifestaban atrozmente. Él comprendía y trataba de tranquilizarla. Para él, al fin y al cabo, el día de hoy era la resolución de un camino que recorrió durante los pasados treinta años. Para Eva suponía un cambio radical en una vida que transcurrió sin su presencia, sin su recuerdo.

Era viernes, más de la una de la madrugada, y el alma se serenaba. Se había quedado solo en el salón oyendo algo de Pavarotti a media luz mientras escribía. Anexó "Caruso", una canción que lo emocionaba especialmente. Aunque la hubiese oído miles de veces, deseaba que la escuchase pensando en él para que supiese mejor. La exhortó a escucharla a diario, sola, a recorrer mentalmente las notas musicales como si paseara por el pentagrama. Preparándola para ese 2 de julio en el que la oirían juntos por primera vez.

Mi vida, si no tienes tiempo de acordarte de mí este fin de semana, yo me acordaré por los dos, ¿vale? Te adoro.

Regresó a Tampico muchos años después para el funeral de su madre, de incógnito, ya como Gabe Mills. Tras la ceremonia recorrió las propiedades que había adquirido con sus primeras ganancias mediante testaferros: la casa de Marta y la de Eva.

Anteriormente había comprado la hacienda El Naranjo a través de una de sus sociedades. Visitó la propiedad en numerosas ocasiones pero no se atrevió a desplazarse más allá de lo necesario para cerrar sus asuntos pendientes.

Pasó primero por la de Eva. El pasto estaba bien cuidado. Tenía contratado a un jardinero para que lo mantuviese impecable. Contempló su árbol, todavía en pie, robusto, imponente. Intentó treparlo pero el tiempo no perdona. Años atrás lo ascendía en dos saltos. Buscó una escalera en la caseta de utensilios, la apoyó contra el tronco y subió. Allí se quedó sentado en la rama un buen rato, frente a la ventana.

Notó que estaba germinando así que aprovechó para recoger semillas. El día que tuvo que huir de Tampico, sólo un par de cosas le acompañaron aparte de la ropa que llevaba en el cuerpo: las dos monedas de oro que nunca abandonó y un paquetito de semillas del árbol que casualmente había recogido esa misma noche. Ahora, en cada una de sus propiedades en Los Ángeles, Nosara, Marbella y Cartagena de Indias, lucía plantado un orejón, el "árbol de Eva".

Los contemplaba crecer en cada una de sus propiedades pero nunca se subió a uno de ellos. Sólo eran una copia, suficientes para no olvidar, para recordar, no para vivir. La ventana seguía cerrada. Se subiría cuando Eva asomase desde la ventana.

Caminó hasta la casa de Marta, a tres cuadras. Estaba vacía, en desuso, con el pasto excesivamente crecido y la pileta vacía. Tendría que despedir al otro jardinero pendejo.

Súbitamente todo desapareció como por arte de magia al adentrarse en el invernadero, todavía en pie. Se llenó de flores, especialmente gardenias. Podía sentir su perfume, la cálida humedad, el silencio, la oscuridad, la sintonía romántica de la radio al mínimo volumen, solo audible para sus cuerpos. Allí, tras una enorme mata de gardenias, yacen dos adolescentes descubriéndose. Juegan a ser mayores pero su inocencia se exhibe en los cristales del invernadero como gotas de rocío. No puede haber más pasión ni mayor ingenuidad.

Etiquetan sus juegos. Inventan lenguajes secretos que no se registrarán nunca en el diccionario. Dialogan con besos húmedos y profundos. Hablan en mordisquitos suaves de labios, en manos que se multiplican, en dedos como garfios prendidos en suaves colinas, en pieles recién estrenadas, en descubrimientos de anatomías prohibidas. Se empapan de versos y de susurros y de jadeos, que nunca sirven para aplacar del todo su sed.

La soñó cientos de veces desnudándose poquito a poco, mirándole a los ojos, temblando, con la liturgia de la experiencia y la emoción del principiante. Con toda la ternura del mundo, sin prisas.

Inventaba cuentos los días que viajaba en auto muchas millas solitarias. Algunos de ellos los narraba posteriormente en los correos que enviaba. Cuando sonaba el móvil, imaginaba que ponía "Eva llamada", pero nunca escuchaba su voz. Siempre eran otras personas empeñadas en cortar su charla imaginaria con ella.

Durante el trayecto Eva preguntaba, hablaba, sonreía. A veces callaba y miraba hacia el lado opuesto y le dejaba hablando a su pelo radiante por el sol del atardecer. Iba vestida con unos jeans descoloridos, los que mejor le sentaban. Llevaba una camiseta azul escotada y una chaqueta de punto y piel color marfil con las mangas y bordes de espuma.

Muchas veces la contemplaba caminando torpemente a su lado, con la barriga hinchada, a punto de dar a luz a ese hijo que debieran haber compartido. Él la ayudaba a avanzar, a subir los últimos escalones de ese hogar compartido, que se llenaría con varios hijos más con el paso de los años. Pensaba, pero no le dijo nada, que no podía haber nada más bonito en el mundo.

Eva se tranquilizaba unos días con sus mensajes. Después volvía a la carga. Estaba cada vez más asustada conforme se acercaba la fecha de su encuentro, que bautizaron como la "cuarta dimensión".

Adán seguía calmándola con su paciencia y placidez infinita. Recordó que Machado decía en uno de sus poemas algo así como: "La locura en el amor es sensatez". Viniendo el verso de donde viene —un sabio del amor—, estaban disculpados de cualquier locura que pudieran hacer.

Eva. Te amo.

Confiaba en su buena estrella y en esa luna, amable celestina. Estaba tan ilusionado que no quedaba sitio para asustarse.

Se sentía como un estudiante que va a examinarse con el viaje a Nueva York. Quería llevar perfectamente preparada la asignatura, figurar en el cuadro de honor. Debía empeñarse en reconquistarla. No se conformaba con menos. ¡Tenía tantas ganas de verla! Era un pequeño milagro en su vida.

Se quedaba en el despacho hasta tarde, muchas veces hasta las nueve de la noche y, aunque estaba agotado a esas horas, no quería ir a casa. Escribía el primer correo nada más levantarse a las seis de la mañana porque amanecía con ella. El último correo y pensamiento del día, cuando se acostaba, siempre destinado a ella, como cuando estaba en Tampico.

Sentía una sensación rara. Es Eva. Es Eva. Y renacía como aquel adolescente que la admiraba a ella, enamorado, contando los minutos, las horas y los días para verla y ahora esperando para ponerse delante de la computadora.

Tenía tantas ganas de hablarle, de sugerir imágenes, de seducirla, de besarla, de estar con ella, de hablarle, de escucharla, de tocarla, de abrazarla, de susurrar cualquier infinitivo bonito que le acercase a su Eva.

Las palabras ya no bastaban y, al cerrar la computadora al terminar su jornada laboral, se sentía fatal. Necesitaba verla en la cuarta dimensión. Sus deseos estaban a punto de cumplirse en Nueva York.

Apretó por fin el timbre del apartamento del que ya se sabía el interior. Sólo que ahora encerraba un deseo, una esperanza, la que nunca escapó de la Caja de Pandora. Sonrió recordando los varios calendarios y planes que Eva mandó para los días que pasarían juntos.

Mientras esperaba se fijó en que el cielo oscurecía por segundos. Auguraba una fuerte tormenta de verano. No importaba, bien al contrario. Los meses que disfrutó con Eva estuvieron marcados por lluvias, lloviznas, tormentas y aguaceros, todo típico de Tampico. El agua caída del cielo regó su amor con perseverancia.

En esta nueva etapa hablaron más de la "lluvia artificial" —la de la ducha—, que pensaban compartir en su primer encuentro. Ya se habían recorrido el cuerpo con las palabras, enjabonándose, besando cada gota de agua que tocaba su piel, amando bajo la lluvia creada por ellos y para ellos.

Su primer encuentro cibernético y su primera ducha artificial *online* tuvo lugar en Costa Rica y allí pensaba llevarla en su próxima cita —a su propiedad de Nosara— para trepar al árbol, para que se asomase a la ventana.

Tres semanas atrás, Adán viajó allí para uno de sus negocios. Se quedó en San José para cerrar una operación. No tuvo tiempo de desplazarse a Nosara.

Después de un extenuante día de negociaciones con las autoridades de la ciudad, negociaciones que no le llevaron a ninguna parte, volvió al hotel agotado. Pensaba que no podría comunicarse con Eva pero encontró una zona Wi-Fi y consiguió conectarse a Facebook, su droga diaria.

Su último correo lo clasificaba como "montaña rusa negra" y tenía que cuidarla para no espantarla. Envió un artículo que encontró en la red sobre reencuentros entre antiguos amantes. El recuerdo de las poderosas hormonas adolescentes renacen con tal furia que es imposible contenerlas, como si quedasen impresas en el cerebro. Debía tranquilizarla. Intentó transmitir su optimismo, su seguridad en "un final feliz", su dedicación a una relación con la que nunca rompió el cordón umbilical.

Entonces tenía el corazón blandito y lleno de plumas, por lo que quedaron huellas, sensaciones, ilusiones que todo el tiempo del mundo no logró borrar. Siempre fue una referencia en su vida amorosa. Una nebulosa colgada en el tiempo con vida propia, con capacidad de trasladarse.

Durante este tiempo, sus sentimientos eran unívocos, no buscaban respuesta y eran tan fuertes que sumaban para los dos. Existían muchas probabilidades de que no recordase ni su nombre. Pero hubiera sido lo mismo. Sus recuerdos estaban por encima de la realidad de 2010. Sus sensaciones y emociones seguirían vivas durante otros treinta años más, posiblemente amplificadas por el hecho de saber que triunfó en todas las facetas de su vida. Algo que la convirtió en un pequeño mito. Y, además, a ese mito le iba a hacer el amor en cuanto estuviese delante. ¿Qué más se puede pedir?

Reiteró que sólo deseaba que fuese pronto. Que estaba loco por rodear su cuello con su brazo izquierdo, atraerla hacia él y permanecer pegado a ella durante los próximos cien años oyendo el latido acelerado de su corazón, impasibles al mundo.

Y me voy, que me espera una negra que parece un armario, todo senos y nalgas, para darme un masaje absolutamente casto, y luego ducharme e ir a tomar un refrigerio al restaurante del hotel. A pesar del artículo te sigo adorando, Eva.

Eva contestó —ya más relajada— que el artículo aclaró el revuelo en su mente y cuerpo. Las primeras vivencias, sobre todo el primer amor, se quedan impregnadas en los circuitos cerebrales sin que seamos conscientes. Una vez despertadas, poco puede hacerse. Ni el sentido común ni la madurez pueden desbancar el feroz deseo de sentir al ser amado, de olerlo, de comérselo entero. Ya no tenía vuelta de hoja. Sólo un deseo loco de estar juntos, aunque fuese unos pocos días, en cualquier parte del mundo.

Y aquí estamos, mi amor, a punto de echarnos un buen palo (o más, todo depende de ti) que culminará este calentón cibernético en el que nos hemos metido, escribió Eva en un correo.

A su vuelta a Los Ángeles, Adán relató a Eva lo que sucedió tras dejarla, camino del Spa. Pasó por la habitación, se puso el albornoz y fue hacia el matadero. Allí la negra se empleó a fondo. Al principio en la espalda y después le hizo dar la vuelta.

Como no había dejado de pensar en ella, apareció aquella enorme erección bajo la toallita de felpa, como tienda de campaña.

La negra miraba para otro lado y, por más que quería controlar aquello, más difícil era. La negra permanecía impasible, como si no pasara nada. Él, tratando de disimular. La escena parecía de Cantinflas. Suponía que estaban acostumbradas, aunque a él le sucedía por primera vez.

Luego se puso la bata de baño y aquello no aflojaba. Tomó el ascensor tapando lo que podía y llegó al cuarto. ¿Y quién le esperaba? Eva McDermond. ¿Le sonaba ese nombre? No sabía si deseaba seguir con la historia. Parecía escuchar que sí. Se lo contaba. Si no quería leer, lo dejaba ahora.

Pues bien: se fueron a duchar y, después de un beso largo bajo la lluvia artificial, Eva se volvió de espaldas y él tomó su cintura. La apretó contra su pecho y hundió su cabeza bajo su pelo... Y aquello se les fue de las manos. Aparecieron todos los registros posibles que puedan surgir en una ducha y todo se desbordó.

De ahí nos fuimos a la cama y ¿quieres saber qué pasó? Bueno, como tú estabas también allí, ¿por qué no me lo cuentas? Si no te acuerdas, yo lo recordaré con todo detalle... Un beso, vida mía.

La serie de Costa Rica, preludio a su encuentro a Nueva York, siguió dando mucho juego a su amor cibernético, recordaba ahora mientras unas grandes gotas comenzaban a mojar el asfalto del SoHo neoyorquino.

Eva contestó con otro correo dando "su versión de los hechos acaecidos en la habitación del hotel de San José" que no desmerecía nada de la enviada por Adán y que lo puso en órbita.

¡¡¡Qué locura de mensaje!!! Salió del corazón. Sintió que todo lo que contaba era algo que la razón ya no podía controlar. Escribió maravillosamente, se superó. Y sólo escribía para él. Alucinaba.

Exploró acertadamente dentro de su lado masculino y femenino con una infinita sensibilidad. Emergió con fuerza en ese correo una Eva enamorada que necesitaba decírselo y repetir su nombre para asegurarse de que el mensaje llegase a su alma. Le gustó tanto que lo tuvo la mañana entera levitando con una sonrisa estúpida permanente.

Eva, te lo vuelvo a decir como ayer, como antes y como siempre: que te quiero, te quise y te querré con locura y sin caducidad.

Con la calentura en aumento, decidió abrir los correos de Eva una vez llegó a la oficina. Después del incidente del azucarero durante el desayuno de trabajo y, dado el cariz que estaban tomando las cosas, fue una decisión muy acertada.

Ahora también madrugaba un poco más algunos días —cada dos o tres— para hacerse una paja en la ducha antes de salir para el trabajo. Las erecciones en el despacho a las ocho de la mañana enfrente de la computadora son difíciles de explicar y, en un par de ocasiones, su secretaria estuvo a punto de pillarlo.

No pudo ocultar la cara de baboso pero disimuló la bragueta inflamada. Seguro que pensó que estaba viendo porno en Internet. Mejor.

Otro día, faltando diez para el encuentro en Nueva York,

continuó con la saga de Costa Rica. Esa mañana se empleó a fondo en la ducha y escribió con mano firme. La espera hasta su encuentro real se hacía eterna y, a falta de posibilidades en la cuarta dimensión, todo lo volcaba en la primera, la de la palabra, que Eva calificaba ahora muy chistosamente como "calentón cibernético".

Reía recordando algunas de sus expresiones. Seguía igual. A veces con dos o tres palabras remataba una cuestión de manera certera. Para él era mucho más que eso y creía que para Eva también, pero tenía gracia. Y, como siempre, siguieron en su juego de enamorados adolescentes.

Acababa de volver de viaje y estaba en el despacho a solas. El personal desaparecido por el fin de semana. No sabía lo que haría. Su esposa le había amenazado con la posibilidad de acudir a la ópera que partiría por la mitad el día de golf.

Si no tenía golf leería y se acordaría de Eva y de la última noche que pasaron en Costa Rica. Si tenía golf, también se acordaría de ella.

Por cierto, ya había notado tu memoria selectiva (tú la llamabas amnesia) ya que has olvidado los momentos que vivimos en la segunda noche de Costa Rica, que fueron muy importantes. ¿Quieres que rellene los huecos que olvidaste? ¿Te apetece? No te oigo. ¿Sí o no? Me ha parecido que has dicho que sí... Te cuento.

Relató con esmero esa segunda tarde-noche pasional en la habitación del cuarto piso del Fairmont.

Recordaba que hablaron de atarla a la cama con la cinta de la bata de baño, el cinturón del pantalón y la corbata. Eva, atada a la cama, rehuía su mirada. Estaba preciosa. Y aquello que aparentemente quedó "atado y bien atado" como tantas veces en la historia, se desató y fue todo suyo. Se sintió como una marioneta zarandeado por sus brazos, ahora fuertes y convulsos, liberados de las ataduras. Mordía, jadeaba. Nada se podría comparar a aquello.

Adán escribía largo y tendido (expresión que para ellos pasó a ser "largo y tendido-s") cuando comentaban todo lo que iban a contarse y hacerse en su primer encuentro real en Nueva York.

Se oyó un zumbido que le sacó de su ensimismamiento y el portal se abrió. Llevaba una abultada erección.

—¡Vaya! —pensó—, como el día que la conocí en el árbol. Si se lo cuento, se muere de risa.

Agarró su maleta, empujó la puerta y miró hacía las escaleras. Unos peldaños más arriba, en el primer descansillo, estaba Eva esperando como una diosa griega en el Olimpo, mirando desde lo alto, abriendo el pasado, sonriendo en el presente e iluminando el futuro.

7

Miénteme y dime que me amaste

He tenido una entrevista esta noche con nuestra luna alcahueta. Llevaba puesto un traje de neblina. Estaba un poco somno- lienta creciendo. Le he pedido que me hiciera el favor de darme unas noches especiales en Nueva York. Me ha ofrecido una luna de miel con tres noches de boda. Me ha parecido bien la sugerencia. Me ha puesto la condición de que estemos enamo- rados. No sé si he mentido pero he respondido que estábamos muy enamorados y locos por nuestro encuentro.

La cuenta atrás hasta el 2 de julio, día que Adán llegaba a Nueva York, casi acaba con Eva. Continuaba adelgazando sin razón aparente y Andrew empezaba a preocuparse por su pér- dida de peso. Hasta las chiches grandes que tanto gustaban a Adán se redujeron de tamaño. Andrew recomendó a Alice que fuese a visitar al médico y ella contestó que así lo haría.

La espera se hacía eterna. Tenía fuego entre las piernas (totalmente prosaico, pero cierto). Él se relajaba a su costa y ella mientras tanto se quemaba. Sentía cada nuevo mensaje como una tea más ardiente que la anterior que penetraba hasta lo más profundo. De un momento a otro comenzaría a disfrutar orgasmos espontáneos.

Sweet dreams my love.

Tomó el tren hacia Washington en lugar del avión, su medio de transporte regular. No quería apresurarse. Necesitaba tiempo para pensar. A Andrew lo conoció precisamente en un vuelo a Caracas, pocos meses después del divorcio de su primer esposo. Alice comenzaba a trabajar para *Nature Today* tras dejar el *New York Daily* y se había establecido en un pequeño apartamento en Washington D.C., la sede de su nueva empresa.

Atrás dejó Nueva York con nostalgia pero sin pena. Andrew era entonces un joven licenciado en Relaciones Internacionales de la Universidad de Georgetown. Como chapurreaba bastante bien el español consiguió un puesto en la sección de Latinoamérica del Departamento de Estado.

Lo vio sentarse a su lado en el avión sin prestar atención. Había decidido concentrarse en su trabajo tras el divorcio y darse un tiempo antes de comprometerse en otra relación.

Sin embargo, Andrew —como le confesó posteriormente— se enamoró de ella nada más verla. Intentó trabar conversación sin demasiado éxito aunque al final del vuelo logró enterarse del hotel en el que se alojaría. Y allí, en el bar del hotel, se pasó los siguientes días hasta que la avistó de nuevo, haciéndose el encontradizo.

Tomaron una copa y consiguió sacarle el teléfono para llamarla a la vuelta, cosa que hizo nada más llegar. Tras un año en el que Andrew no dejó de llamarla ni un solo día, Alice comenzó a convencerse de que debía darse otra oportunidad. Andrew no dudaba nunca de nada. Siempre sabía qué hacer, la dirección correcta hacia la que encaminarse, lo que les convenía. Deseaba una familia con hijos, una casa en los suburbios... Pensó que era el hombre perfecto. Durante 17 años no había dudado ni un momento de su elección. Pero ahora... Ahora que aparecía Adán y despertaba su cisne negro, el que siente, el que duda, el que ama a ciegas, todo se trastocaba. ¿No habría sacrificado la emoción en aras de la estabilidad?

En aquel momento no lo pensó. El futuro sólido y calmado que Andrew ofrecía compartir le gustaba. Se casaron y pronto llegó la pequeña Eva, momento en que aprovecharon para mudarse a McLean, en Virginia, a una casa amplia y bonita como correspondía a una joven familia en crecimiento y donde vivían muchos de los compañeros de Andrew del Departamento de Estado.

El barrio, perteneciente al condado de Fairfax, disfrutaba de uno de los mejores sistemas de escuelas públicas del país, razón principal por la que la zona era elegida por tantos funcionarios de alto rango de la administración norteamericana. El férreo sistema policial del condado daba al barrio una seguridad inusitada en un país donde la venta libre de armas se considera un derecho constitucional y cualquier lunático puede adquirir y utilizar un rifle de asalto si se lo pide el cuerpo.

Alice no sentía miedo. Su trabajo lo demostraba. Pero su seguridad era una cosa y la de sus hijos otra muy distinta. A ello se sumaba la sensación de ahogo que sentía cuando recordaba Tampico, con las revueltas y manifestaciones en las calles, sus padres preocupados a todas horas, ella siempre vigilada por la sirvienta. Decididamente no deseaba que sus hijos pasasen por ello.

Alice se asentó en una sosegada y organizada existencia. Trajo a Margarita de México para criar a su hija. Pronto llegaron los mellizos, adoptaron una perrita, que no tenía desde su infancia en Texas, y los años pasaron plácidamente. Aparte de alguna rotura de pierna —Sebastián jugando al fútbol— y de muñeca —Eva hija patinando sobre hielo— los niños crecían sanísimos y tanto Alice como Andrew estaban satisfechos con sus trabajos.

Su esposo representaba una roca sólida en la que se apoyaba cuando sus incertidumbres renacían, cada vez más esporádicamente. Andrew siempre la aplacaba con sus razonables y calmados argumentos. Pero todo terminaba ahí. Llegaba la calma, el aburrimiento, la rutina y el pasar de los días uno a uno, todos iguales. Durante años creyó que era lo mejor. Una vida sin altibajos, sin sobresaltos, sin penas, sin dolores, sin cambios... Sin nada que te hiciese sentir, en realidad. Y un desasosiego por ninguna razón aparente que acallaba a base de ocuparse las 24 horas del día. Ahora que había reaparecido Adán todo se trastocaba. Lo peor eran las comparaciones y, sobre todo, las dudas. ¿Era amor verdadero el uno o el otro? ¿La pasión, al final, no tiene fecha de caducidad y termina en un vacío rutinario?

Un letargo la invadió con el traqueteo y se quedó adormilada hasta llegar a Nueva York, despertándose sobresaltada con la parada del tren. En el taxi desde la estación de Pensilvania al apartamento del SoHo no consiguió relajarse tampoco, por mucho que intentó alejar su pensamiento de la caja de Pandora que iba a descerrajar.

Los mensajes subieron de tono al establecer definitivamente

el encuentro en Nueva York y Eva pasaba los días en un ardiente estado de constante deseo y ansiedad. Ambos expresaban sus más íntimos deseos, como de adolescentes.

Dijo que deseaba que la poseyera mil veces. Adán contestó con ironía que "¡Vaya susto!", que a su edad era complicado. Eva respondió: "Lo dejamos en 999 entonces", y la broma siguió con números cada vez más bajos. Y así como ella estaba todo el día andando sobre ascuas, la reacción de Adán era totalmente distinta a tenor de sus palabras.

Pensar en ella todo el día provocaba un estado de relax inimaginable. Su mejor anti-estrés, su terapia. Hablaba con ella, la imaginaba en su carro como copiloto y la contemplaba; pensaba lo que iba a escribir y se reía de sus propias ocurrencias; se ponía a tararear una antigua canción compartida; oía decirle "te haría el amor"; la veía por todos los lados, todo remitía a ella.

La echaba mucho en falta pero no hacía daño la ausencia. Nada podía dañarlo. No quería ni pensar en el futuro. Constituía un privilegio vivir y disfrutar ese presente único, exclusivo. Ella surgió de la magia de un deseo larvado. No sabía si era su Eva o un ser virtual creado en su computadora portátil y que tenía capacidad para contestarle, decirle lo que quería leer, conseguir que se emocionase, hacerle reír o sonreír estúpidamente.

"¡Qué distinto reaccionaban, Dios mío!", pensó Eva. Ella se alteraba con cada mensaje mientras que Adán se relajaba a su costa. Quizás por ello se amaron: se complementaban y cada cual ofrecía al otro lo que estaba buscando.

Adán debía tener un disco duro en el cerebro porque recordaba hasta los detalles más nimios de su relación. A veces le tomaba el pelo diciendo que lo estaba inventando todo y que, como ella no se acordaba, no podía rebatirle. Pero le daba igual que siguiese relatando o creando su historia conjunta. Era bella.

El 27 de junio, a seis días de su primer encuentro, Adán recordó aquel tiempo. Resultaba importante para él transmitir que, más que acordarse de cómo sentía ella, recordaba cómo sentía él cuando estaba a su lado. Se consideraba diferente, afortunado, buena persona, inseguro, idiotizado por una fuerza superior.

Pasaron juntos seis meses. Y ese tiempo se había convertido en una nebulosa de sensaciones. Cuando trataba de profundizar aparecían palabras, frases, momentos, olores y sabores que permanecieron en algún lugar del tiempo.

Adán explicaba que su nebulosa trascendía al tiempo y al espacio.

Podría haber comenzado en el año 1843, o un julio caluroso del año 729, o incluso en el año 2124, un glacial día del mes de enero. Su nebulosa se trasladaba con él, aparecía en cualquier momento de la historia o de la cronología. La llevaba en sus viajes, la sentía en un hotel perdido del planeta, ya que era su nebulosa y estaba en ese rinconcito del corazón donde vive el primer amor. Se mantiene siempre en estado puro aunque la memoria la arrincone y el tiempo trate de hacerla añicos. Son emociones que sobreviven al tiempo.

Este trocito mínimo de la historia le pertenecía a él y deseaba compartirlo con ella en pequeñas dosis de Facebook. Nadie podía entrar sin permiso; sólo les pertenecía a ellos dos.

¿Se acordaba de la película Johnny Guitar y de la maravillosa frase que le dice a su enamorada Vienna? *Miénteme y dime que todos estos años me has esperado.*

En una de tantas noches de domingo —un poco plomiza y

depresiva— rogaba sentado en el patio y mirando a la luna: "Miénteme y dime que he sido todos los hombres que has amado. Miénteme y dime que me has buscado entre la gente a la salida de un aeropuerto. Miénteme y dime que paseando por el parque te ha parecido que yo estaba sentado en un banco. Miénteme y dime que fui algo importante. Miénteme y dime que me quisiste. Miénteme y dime que me has visto en todos los invernaderos que has visitado. Miénteme y dime que toda tu vida es un laberinto que acaba en el parque sentada en un banco esperando mi sonrisa. Miénteme y dime que soy tuyo".

Aparte de los cientos de mensajes se mandaban fotos por Blackberry. Eva envió una suya cuando Adán la pidió. Eligió una de las más recientes con los Tuareg, que le encantó, aunque comentó que "la próxima vez adjunta una más lujuriosa".

Se cruzaban instantáneas de sus vidas cotidianas. Si Adán viajaba y almorzaba en un restaurante interesante, fotografiaba el plato y lo enviaba para que ella "compartiese" esa comida con él. Si Eva visitaba algún lugar de interés, remitía la foto para "sentirse" juntos. Intentaban compartir sus vidas a pesar de las barreras y las distancias.

Adán llegaba al mediodía. Faltaban todavía seis horas para que su mano tocase el timbre del apartamento del SoHo. Eso, si no se producían retrasos aéreos.

Sin poder concentrarse en nada, salió a comprar algo de comer al asiático de la esquina, donde Adán dejó las llaves. Quería disponer al menos de alguna bebida y unos aperitivos. Compró jugo de naranja, leche, plátanos, galletas, pan de sándwich, jamón dulce y lonchas de queso. Unas pocas fresas y uvas maduras completaron sus adquisiciones.

Después de colocar todo en el pequeño frigorífico del magnífico apartamento se ocupó en maquillarse. Casi nunca se arreglaba pero esas ojeras necesitaban hoy un retoque.

Se sintió satisfecha frente al espejo y se vistió como a él le gustaba, con unos jeans ajustados y una camiseta sencilla de manga corta. Como en los viejos tiempos. No se perfumó porque Adán siempre prefirió su olor natural, recién duchada, su pelo oliendo a champú. ¿Estarían muy cambiados? ¿Resultaría un desastre este encuentro? ¿Era un error?

Se sentó en el sofá de diseño del *loft* y agarró un libro cualquiera de la estantería para pasar el tiempo. Faltaban dos horas. Miró por la ventana a un cielo neoyorquino que se estaba poniendo plomizo por momentos. Presagiaba tormenta.

Su corazón dio un gran vuelco al recordar que la lluvia fue una de las constantes de su amor. Llovía a menudo en Tampico y las gotas golpeaban fuertemente sobre el techo del invernadero donde se abrazaban y amaban. El agua resbalaba por los cristales convirtiendo su nido de amor en un submarino sumergido en un océano inmenso y solitario, solamente iluminado esporádicamente por los rayos de la tormenta que iluminaban dos cuerpos desnudos y felices entre las plantas.

Los enormes truenos, al restallar, ocultaban momentáneamente el fragor de sus risas, sus jadeos acompasados, el estallido de sus orgasmos. Eva —quizás desde entonces— disfrutaba las tormentas. Asociaba este orgasmo visual y sonoro de la naturaleza con el suyo propio.

Diluvió el último día que se encontraron. Como dirían los fresitas, el cielo lloraba por ellos. ¡Pero qué razón tenían los fresitas! Ya nunca volvió a verlo. Después estuvo tres meses esperando con la ventana abierta, solitaria. Y un 4 de julio voló con su mamá a Nueva York. En ese momento no tenía idea de que años después recuperaría a Adán en esa misma ciudad donde lo sintió perdido por primera vez.

Hasta trasladarse a Tampico pasó su infancia en un rancho en las afueras de Dallas, Texas. No recordaba mucho más allá del aroma a hierba recién cortada de los prados, los días de tormentas espectaculares que asustaban a su madre pero a ella le encantaban —o eso pensaba ahora—. Cuando se trasladaron a Tampico dejó con la abuela a su amada perrita Nelly. Corría con ella a todos lados y fue su compañera de juegos infantiles.

No tenía más recuerdos concretos pero sí una sensación de autonomía perdida. Según comentaba Adán cuando se sumergía en su melena, "un olor a pradera y libertad" aún subsistía de aquella etapa de su vida.

Eva llegó a Tampico en 1973 con nueve años. Su papá trasladó a la familia al bullicioso puerto mexicano al ser contratado como alto directivo por la empresa multinacional petrolera PEMEX.

Por aquél entonces, la dependencia de todos los sectores de la economía del petróleo era extrema y el terror a que se acabasen las reservas provocó graves tensiones internacionales. La gran crisis del petróleo de 1973 agravó la situación.

Michael McDermond, que trabajaba para una petrolera en Dallas, recibió una jugosa oferta de PEMEX que gustó sobremanera a su esposa María de los Santos McDermond, deseosa de alejarse de su suegra a miles de kilómetros. A Tampico llegó una niña flaca y larguirucha, Alice Eva McDermond de los Santos, que pasó a llamarse Eva a tiempo completo.

La pequeña fue inscrita en el mejor colegio femenino y la familia se instaló en la elegante Colonia Altavista, en una casona señorial alquilada por la compañía. El enorme jardín sembrado de árboles gigantescos, con senderos de gravilla y sinuosos setos, se convirtió en el lugar ideal para los juegos infantiles.

Se integró estupendamente en el colegio y pronto hizo amigas, entre ellas Marta y Yolanda. Todas vivían por la zona y se visitaban con frecuencia. Hablaba español, inglés y francés de corrido. Eva vivía como una chiquilla radiante y feliz. Su mundo se encerraba en una burbuja luminosa y neumática donde otras realidades se estampaban y rebotaban y nunca llegaban a traspasarla.

Paseaba de nuevo por el *loft* sumergida en sus pensamientos. Lo había recorrido sin objetivo concreto. Repasó la cama de nuevo, estiró el edredón, cambió la iluminación repetidamente, recolocó jarrones y adornos, movió sillas y banquetas. Quedaba una hora.

Volvió a sentarse y encendió la televisión de plasma. Conectó la CNN y, como siempre, Irak, Afganistán y la estúpida guerra sin fin y sin objetivo que allí se libraba. Todo seguía igual, como decía su papá. Millones de vidas sacrificadas en aras del oro negro. Le vino a la mente aquella otra "zona de guerra", las zonas miserables a las que Adán iba a arengar.

Nunca las había visitado hasta que Adán la llevó. Pasaba cerca casi a diario, en compañía de su papá, que la dejaba en el colegio antes del trabajo. Aquello parecía bien feo. Eva ni se fijaba en la miseria, que se estampaba contra la ventanilla tintada del auto con chófer.

Como Adán disponía de carro cuando se desplazaba para el sindicato, la recogió como siempre en casa de Marta, su eterna excusa para estar libre. Y así cruzó por primera vez "al otro lado", al mundo proletario. Fue su primer gran paso por fuera de la burbuja de su vida. Sin saberlo comenzó su camino hacía otro futuro alternativo, que hasta entonces no estaba en su horizonte de niña rica y mimada. Ese día nació la inquietud que la llevó a convertirse en lo que era hoy: una defensora de los más desposeídos.

Sonó un trueno en la lejanía que la sacó de su ensimismamiento. Seguro que iba a llover fuerte. Una poderosa tormenta de verano que regaría este reencuentro en Nueva York, la ciudad atada a su corazón, donde comprendió por primera vez en toda su dimensión que no volvería a perderse en los brazos de su amado Adán. Donde estudió y maduró. Donde se casó y divorció. Una ciudad como era ella ahora: madura y doliente, enamorada y asustada, casquivana y apasionada.

Aquel otro 4 de julio la sorprendió la inmensidad de los edificios neoyorquinos en el taxi hacía el hotel. Dejaba atrás unos últimos meses de pesadilla sin noticias de Adán. Llamaba a Marta cada media hora para comprobar que no había llegado una nota. La obligó a ir al invernadero a cada rato. Permanecía horas y horas despierta mirando al árbol.

El timbre del *loft* del SoHo la sobresaltó. Adán estaba allí.

8

Luna de miel en Nueva York

Lo de mil veces será una broma... ¡¡¡Qué susto!!! Todos los récords ya los pulverizamos en su día. Ahora es época de reposo y de compartir una buena comida, jajaja. Prefiero actualizar el inventario que hace ya algún tiempo hice con las pecas de tu cuerpo. ¿Recuerdas? Entonces conté 163 pecas. Me empleé a fondo... Espero volver a contarlas. Besos de parte de mi boca para la piel de tu espalda y, para ti, todo el cariño y la ternura de la que soy capaz.

"Esta noche después de cenar miraba la luna desde el patio. Casi estaba llena. Pensaba, tonto de mí, que tú ya la estás viendo, Eva. Qué bien suena: Eva... Eva... Eva... A la luna he encargado decirte que estoy loco por zambullirme en tus ojos y recorrer tu mente, cada una de tus emociones, tus éxitos y tus fracasos, tus viajes, tus deseos, tus secretos más ocultos, amigos y enemigos, ambiciones, esperanzas. He pedido que me

localice un sitio en tu cabeza, un escondite oculto y secreto para ocultarme, que no me encuentres y así quedarme para siempre en tus recuerdos. 999 besos", plasmaba Adán sus emociones en uno de sus correos nocturnos.

Pidió a Eva que detallase qué pasó por su mente en esos primeros días de Facebook: si tuvo tentaciones de cortar de inicio, si tardó en recordar quién era, si le pareció descarado. En fin, todo lo que rondó por su cabeza en esos primeros mensajes.

Respondió con un correo titulado *Blast from the past*, una frase que reflejaba perfectamente cómo se sintió cuando vio el "Hola" de Adán Edén. Cómo un simple "Hola" puede tener las consecuencias que tuvo era un misterio que todavía no se explicaba. Fue literalmente una "explosión desde el pasado". Tal cual.

Eva se acordaba perfectamente de quién era, no tuvo que indagar mucho en su cerebro. No había pensado en él desde que decidió borrarlo de su vida para siempre, a la fuerza, conscientemente. Sabía que todo lo ligado a Adán afloraba su parte más oscura. Para sobrevivir, decidió concentrarse en el presente y mirar al futuro. Pensó que lo había superado tras tanto tiempo, por eso todavía le sorprendió más la reacción.

Fue más un tumulto de sentimientos, no de recuerdos concretos. Un vacío en el estómago. Un miedo enorme a contestarle. Intuía que era muy peligroso, que si lo hacía estaba perdida. Una vez que tomó la decisión pensó: "De perdidos al río".

Y, aparte de la reacción mental, tuvo la física. Una calentura, un deseo de Adán inaplazable.

Eva lo veía subir los peldaños en cámara lenta, acercándose a ella como en un sueño; el que imaginaba despierta desde aquel 27 de abril.

Estaba a punto de detonar a pesar de encontrarse paralizada. No podía mover ni un músculo ni articular palabra.

Conforme ascendía los pocos escalones que le separaban de Eva, el corazón de Adán palpitaba saliéndose del pecho. Al llegar al rellano los dos se zambulleron en sus miradas sin atreverse a rozarse ni a decir una palabra.

Ella le cedió el paso y le siguió cerrando la puerta. Adán miró a su alrededor, apoyó la maleta contra la pared, la tomó de la mano y la condujo hasta el sofá, donde se sentaron escrutándose.

—¿Estás nerviosa?

—Un poco.

—Estás bellísima.

—¿Quieres comer o beber algo? Estarás cansado —contestó Eva, intentando levantarse.

Adán la retuvo apretando más fuerte su mano.

—No te muevas.

Eva lo miró, sonrió y apoyó su cabeza en su pecho. Rodeándola con sus brazos, Adán voló al pasado, hundiéndose en el aroma de su melena. "Ya tocaba tocarse", escribió en uno de sus correos previos diez días atrás, cuando comenzó la cuenta regresiva.

La tormenta neoyorquina estaba en pleno apogeo cuando empezaron a desnudarse y explorarse. A pesar de la larga ausencia, las pieles se reconocieron al instante, igual de compatibles que el primer día.

Ese 2 de julio no salieron del apartamento. Se dedicaron a sondear sus más íntimos rincones. Jugaron al escondite, se buscaron por todos los recovecos. Dormían y se despertaban para proseguir el intercambio de almas y cuerpos. Dormitaban, repostaban e intercambiaban palabras y espumas.

Se adormecían, reían y se amaban bajo la lluvia artificial. No hubo ni noche ni día, sólo un eclipse cuyo significado pasaría a formar parte de su lenguaje secreto. En su código íntimo, los días de eclipse simbolizaban los encuentros en la cuarta dimensión, la real, donde no existe ni el día ni la noche.

De aquí también salieron los nombres con los que los dos amantes se llamarían frecuentemente de ahora en adelante: Eva se convirtió en Mrs. Program por su capacidad para organizar todo al dedillo y Adán se transformó en Mr. Rico tras sufrir las consiguientes chanzas de Eva porque al chingar no dejaba de repetir: "Qué rico, mi amor".

Mientras se alejaban los truenos y la tormenta amainaba en las calles de Nueva York, la lluvia artificial los inundaba dentro del *loft* del SoHo. Adán se metió en la ducha y la estaba esperando. Eva había traído un albornoz blanco para rememorar su amor cibernético de Casablanca. Se lo quitó despacito mientras se acercaba a su amante húmedo.

Adán agarró su mano y, abriéndole la palma, dejó caer un chorro de jabón. Con sumo cuidado dirigió la mano de Eva hacia su pecho. Eva le dio la vuelta, pegándose a él por detrás, mientras le restregaba el pecho con el jabón… Todo se deslizó a una dimensión sin nombre mientras sus manos se buscaban con ansiedad de hambrientos y sus bocas mezclaban salivas. Adán la besó con fuerza y con rabia. Intuía, cerca del final, la desaparición de la Cenicienta de la ducha.

Con detalles mucho más álgidos, Adán describiría en correos posteriores uno de los momentos supremos de su luna de miel en Nueva York, aquel instante inenarrable bajo la ducha, su lluvia artificial en la cuarta dimensión, esperada por meses por Eva y durante toda una vida por Adán.

¿Sucedió así? ¡Qué más da! Lo que Adán describía o recreaba se convertía en su verdad compartida. Porque ellos no solamente vivían del placer real sino del imaginario que despierta la palabra.

También se rieron sin parar, sobre todo el primer día, en el que no daban abasto para reconocer sus pieles y contarse sus vidas. Adán reaccionaba con una normalidad absoluta, una de las cualidades que más enloquecían a Eva.

Le asombró que se desnudase con tal naturalidad en su presencia, sin importarle la barriga, que por otro lado a ella tampoco le afectaba. Decía: "Voy a ponerme cómodo" y se quedaba en calzones sin inmutarse.

Ella, que estaba en plena forma, pensaba que, de no haberlo estado, no hubiese ido a Nueva York ante la vergüenza de descubrir un cuerpo envejecido. ¡Qué distintos son los hombres de las mujeres! ¿Será por educación o genética?

Adán se quedó asombrado de su cuerpo de 46 años y lo admiró desde todos los ángulos. Le llamó la atención que no tuviese ni una estría después de parir tres hijos, especialmente gemelos.

Finalmente susurró: "Aunque hubieses tenido 80 años y las chichis hasta el suelo, te hubiese chingado igual porque eres simplemente Eva".

—Eso habría que verlo —contestó Eva con picardía.

O quizás tuviese razón. Ella jamás se hubiese imaginado metiéndose en la cama con un barrigón, epíteto que ahora utilizaba cariñosamente con Adán.

¡Qué cosas! Su primer esposo, Juan (del que nunca habló a Adán), era un auténtico mango. El cubanazo se cuidaba y, claro, tenía veintipocos años por aquel entonces.

Su segundo esposo, Andrew, también estaba estupendo a sus 48 años. Corría maratones y se entrenaba casi a diario.

Alternaba con la bicicleta los fines de semana e iba al gimnasio de vez en cuando.

Si alguna vez miró a algún hombre con deseo, siempre fueron cuerpos masculinos bien formados. Pero ahora tenía enfrente a un barrigón. Pero era él: sus ojos, su boca, su sonrisa, su voz, sus manos, su olor, su sabor, sus palabras. Hasta su barriga parecía adorable y sorprendente.

—¡No tienes ombligo! Como el Adán de Carlos Fuentes en la novela *Adán en Edén*. El Adán primigenio del paraíso. ¿Qué pasó?

—Mi razón es mucho más prosaica. Me operaron de una hernia entrando por el ombligo y me quedé sin él —contestó Adán entre risas.

Adán trató de definir el placer de compartir el *loft* con ella.

Contó que soñaba con un "desfile privado con su nuevo conjuntito sensual" para comprobar si había mejorado en su arte de eliminar barreras para encontrar el filón que les llevase hasta el paraíso.

—Qué rico, cielo. Eva en estado puro y solo para mí durante tres noches y cuatro días.

Lo de las "barreras" —broches del brasier— tenía su historia, recordó Mr. Rico en uno de sus correos pre-Nueva York tras compartir con su Eva uno de sus muchos y letárgicos viajes de negocios. En el invernadero siempre andaban con prisas y recordaba que sus nervios agudizaban su torpeza a la hora de enfrentarse a los broches del brasier de Eva.

Pensaba en la paradoja que podría producirse en sus vidas si al final del camino, cuando tuviesen setenta y pico años, se convirtiesen en el "último amor". Sería una metáfora de la vida. Un *happy ending* maravilloso.

Dar vueltas y vueltas en un laberinto de setos para que, al

final, el primer amor y el último amor se uniesen en un guiño simpático de la vida y les llevase juntos a alguna playa perdida de México, del Caribe o de la Costa del Sol, donde sólo existieran el uno para el otro.

Dos viejecitos empeñados todavía en descubrirse los rincones, huyendo de hijos y de nietos, desgranando literatura y chingando como adolescentes. Y era una idea que le hacía reír. Y además con sus dotes de adivino…

—*Je ne sais pas*… ¿Qué te parece? Te tendré controlada para que realmente seas el "último amor" —dijo entre las sábanas tras relatar sus planes de futuro.

Mientras Eva se aseaba en el baño, Adán, tumbado en la cama, satisfecho como un cachorrillo recién alimentado, rememoraba el instante en que abrió la primera foto que envió Eva. Un retrato de ella con 16 años. Fue un momento divino.

Delante de la computadora, viendo su foto, sentado en la salita, solo, con la noche y el viento, con todos los recuerdos en la cabeza pugnando por salir y situarse en el mail de respuesta. Se daban codazos por ser los primeros. Él tratando de poner orden. Y además salían en estado puro y los traducía a lenguaje noble para evitar ser grosero.

Buscaba metáforas y eufemismos sobre la marcha para tratar los temas delicadamente. Cuando hablaba de flores y lunas hablaba en realidad del recuerdo de los dos buscando un rincón en el invernadero para amarse. Y su torpeza para entender los broches del brasier…

Ahora lo podía expresar, recordar todo pero al principio hubiese sido un tanto agresivo. En el proceso de la traducción de las ideas que surgían no sabía cómo definir lo suyo. Barajaba posibilidades como "amantes" (puuajjjj) pero sonaba a mayor. Novios no… Amigos tampoco… Al final se decidió por adolescentes debutantes. Eufemismo similar a dos cachorros calientes y desesperados por verse a todas horas, por tocarse y aislarse del mundo.

Eva regresó a la cama con una botella de agua. Se acostó a su lado, la abrazó y se lo relató.

—Que huevón que eres —contestó, dándole un sonriente mordisquito en la oreja—. La próxima vez me compraré brasieres de cierre sencillo aunque... para lo que duran puestos. Creo que ya hablamos de jueguitos sensuales en algún correo, ¿verdad?

—Verdad. Y te cuento lo que me pasó cuando recibí ese correo tuyo acerca de mis manos sobre el broche de tu brasier en el probador de la tienda, ayudándote a elegir. Por cierto muy inspirado —comentó Adán mientras la abrazaba más fuerte contra su pecho.

—Cuenta, cuenta, gordito.

—Estaba en nuestra terraza —la luna estaba casi llena— viendo la llegada de la noche. Tenía la computadora portátil en las rodillas, sobre la entrepierna, pensando en ti, pensando en lo que te iba a decir. Releyendo tus correos. Y cuando llegué a éste, la computadora que estaba sobre la entrepierna comenzó a levitar de una forma mágica. Y como estaba caliente la batería, mis huevos se empezaron a freír literalmente. Y sudaba. Y no sabía por qué. En ese momento llegó mi esposa: me dijo que tenía el pelo empapado y que no hacía tanto calor como para eso. No sabía cómo salir de aquello... La verdad es que aprovecho todos los momentos para escribirte. Me gusta mucho releer los correos, uno tras otro. Más de una vez y más de dos te puedes suponer lo que ha pasado —explicó agarrándola por la cintura y montándola sobre él—. ¿Te he dicho ya que te quiero? ¿Hoy todavía no, verdad? Bueno, pues eso: que te quiero, Eva. Te quiero. Y porque te quiero voy a dejar que me hagas lo que tú quieras. Lo que tú quieras. El único límite es el de tu imaginación y mi estado físico de cincuentón —soltó mientras sus risas se confundían con el cadente jadeo de sus respiraciones y un último relámpago silueteaba el perfil de sus cuerpos fundidos.

9

Un *voyeur* sólo para Eva

Y nuestras lenguas servirán para todo: para manejar las lenguas vivas, las lenguas oficiales, las malas lenguas, las lenguas vernáculas, las bilingües y las lenguas viperinas. Y dejo para lo último tu lengua y la mía, empeñadas en registrar el mapa de nuestros cuerpos en las papilas, en un nudo gordiano imposible de desatar, en explorar cada rincón y cada trocito de piel, con profundidad para que el sabor nos dure por lo menos hasta el próximo encuentro. Un beso con lengua cariñosa.

Adán le enseñó a besar con los ojos abiertos. Le resultó extraña la petición. Ella siempre vio en las películas románticas que la gente cerraba los ojos para besarse, pero resultó una experiencia superior.

Cuando te alejas del ser amado sus ojos siguen eternamente clavados en la memoria. Para bien o para mal sus pupilas continúan mirándote desde ese beso durante años. Fue una de las cosas que más tardó en arrinconar cuando decidió extirpar sus recuerdos.

Esos ojos abiertos a unos centímetros de los suyos, mirándola mientras sus salivas se disolvían juntas, tardaron años en evaporarse. Nunca volvió a besar a nadie con los ojos abiertos. Conocía muy bien sus consecuencias.

Esa manera de besar tan particular formaba parte innata de su forma de ser. Adán era un *voyeur* congénito. Le gustaba verlo todo además de sentirlo.

Si la masturbaba no se perdía detalle, siguiendo al pormenor cada uno de sus movimientos y estertores. De todas las posiciones que utilizaban, la que más apreciaba era tenerla encima y no porque fuese más placentera sino porque podía contemplarla en todo su esplendor.

Eva a veces cerraba los ojos cuando no aguantaba más de placer y, siempre que los entreabría, allí estaba él, escrutándola, penetrándola con los ojos, absorbiendo el placer que le proporcionaba.

Al principio de su relación adolescente, reaccionaba un poco nerviosa ante esa mirada fija en cada uno de sus movimientos pero se acostumbró. Adán aseguró en Nueva York que solamente le ocurría con ella porque la amaba.

No quería perderse ni uno de sus gestos para luego recordarlos a solas, ejercicio que practicó casi a diario desde su fuga de Tampico. Con el resto de las mujeres se concentraba en su propio placer sin dar demasiado.

Con su esposa, perteneciente a una acaudalada familia californiana venida a menos, y con la que se casó por beneficio de todos, ya ni chingaba.

—Ella puso el apellido y me dio entrada a la alta sociedad.

Yo aporté el capital para que se dedicara a lo único que sabe hacer: acudir a la peluquería, al salón de belleza, a la manicura, a la pedicura, a salir de compras con las amigas y visitar al cirujano plástico.

Cada uno en su mundo, tan distantes que ni tan siquiera compartían cama. Un cómodo arreglo satisfactorio para ambos.

—¿Y cómo puedes vivir así? —se horrorizó Eva.

—¿Y cómo vive todo el mundo? Eva, eres una niña, mi niña —contestó con ternura, abrazándola—. Y yo, además, siempre te he tenido para vivir.

Eva se apartó.

—¿Y vuestro hijo?

—No es hijo de ella —contestó tenso Adán.

—¿De tu primera mujer, entonces? ¿La profesora?

—No... Pero dejemos los temas familiares. Estos tres días son solo nuestros. Solo existimos tú y yo —comentó Adán con cierta autoridad, atrayéndola fuertemente hacia él, casi haciéndole daño.

Eva se dejó ir. No deseaba contaminar las pocas horas que pasarían juntos.

Evocaron el pasado y se recordaron mutuamente, repitiendo encuentros y situaciones memorables. Algunos de ellos casi los matan de risa. Adán rememoró el momento en que, siendo noche y cerrado el invernadero, trataron de descubrir el clítoris de Eva con escaso éxito, hasta que sacó el encendedor para iluminar la situación.

Eva se negó rotundamente a reproducir la escena porque, aparte de estar bien iluminados en el *loft* del SoHo y dado que ahora era corto de vista, podía resultar un peligro para su integridad física.

Disfrutaron de todos los días neoyorquinos oscuros y lluviosos como en el pasado, coincidencia que comentaron mientras se vestían para ir a cenar al restaurante que Eva, alias Mrs. Program, reservó para esa noche.

Por la mañana pasearon hasta Central Park abrazados estrechamente debajo del paraguas suministrado por la precavida Mrs. Program, que miró las previsiones meteorológicas.

Un largo trayecto interrumpido por escalas en algunas tiendas para que Adán comprase alguna cosilla para su mujer y su hijo. Eva no compró nada porque sus hijos ya tenían de todo y "no se puede tirar el dinero en tonterías cuando hay comunidades que no pueden ni comer".

Regresaron al SoHo al mediodía y pararon a repostar en Balthazar, uno de los lugares preferidos de Eva. Siempre que ocupaba una de esas mesas la invadía una sensación de paz, sosiego y melancolía que nunca pudo asociar con nada ni nadie hasta hoy.

Con sus espejos y sus mesas de velador, múltiples conversaciones flotando en el aire, los parroquianos de aire intelectual y Adán sentado al otro lado descubrió el por qué. La respuesta que se evadió por tantos años estaba sentada enfrente. Era igual al café Media Luna de Tampico, donde tantas tardes lluviosas y maravillosas disfrutó con él.

Comenzaron a frecuentar el Media Luna tras dejar otro café de mal recuerdo, el Sierra, donde iban algunas veces para compartir discusiones políticas con los compañeros de sindicato de Adán.

Jamás le interesaron e iba allí exclusivamente por aprovechar cada minuto en su compañía. No acudió en muchas ocasiones. La soportaban porque llegaba con él. Nunca la recibieron bien. La niña del ingeniero, de la Colonia Altavista, allí no pintaba nada.

Para colmo, los hombres la miraban con ojos lujuriosos, envidiando a Adán y las mujeres... bueno... nunca vio más odio en los ojos de ninguna persona como en los de aquellas que se llamaban "camaradas".

A Adán se lo aceptaban por ser compañero y, al fin y al cabo, con su fama de cogedor, entraba dentro de lo normal que cogiese a la niña bien. Normal con lo re buena que estaba. Si se había ofrecido, la calentorra... ¡Vaya cabrón! No desaprovechaba una ocasión.

Alguno de los compañeros intentaba acercarse a Eva en algún descuido de Adán, que no le quitaba el ojo de encima. No podía ni levantarse de la silla para acercarse a la barra a pedir una cerveza.

Recordaron estos detalles mientras comían ligero. Adán sufría unos celos agudos. Nunca tuvo esa desagradable sensación anteriormente y nunca la padeció posteriormente. Sólo fue celoso con ella.

Varios de estos comentarios desagradables trascendieron hasta Adán, que aunque no dijo nada, se sintió muy dolido porque ya estaba enamorado hasta la médula.

Poco a poco dejaron de acudir al Sierra y se trasladaron al Media Luna. Allí, en aquel café de Tampico, gemelo del Balthazar del SoHo, se completó la transformación de Adán, su deslizamiento desde el abismo de comunista en ciernes a la placidez de ejecutivo agresivo, concluía Eva, quien no se explicaba semejante cambio en Adán.

—¿Y dónde dejaste la revolución? —preguntaba Eva, transportada al pasado en este café.

—No la dejé, sigue conmigo. Igual que tú.

—Ya, seguro. No te burles de mí.

—Ahora lucho distinto.

—¿Desde una mansión en Los Ángeles y un *loft* en el SoHo? El dinero corrompe.

—Exactamente, mi niña. El dinero es la mejor manera de corromper. Anda, no preguntes tanto —contestó Adán, que tenía unas ganas inmensas de terminar el almuerzo y regresar al apartamento.

—Adán, soy una mujer, no una niña. No me trates como a un bebé.

—Esta es la Eva que yo conozco. Peleona. Sigues igual.

—Y tú has cambiado mucho.

—Por fuera, por fuera... Por dentro sigo igual. Además, mira: si tú me cuentas un secreto, yo te cuento otro.

—No tengo secretos.

—Seguro que sí. Todos los tenemos, sino no viviríamos. Nuestra relación fue secreta, por ejemplo. Yo nunca se lo conté a nadie. ¿Y tú?

—No tengo secretos —contestó Eva con voz temblorosa.

—Anda, terminemos de almorzar, mi vida —cerró la conversación Adán, acariciándole la mano para calmarla.

Eva capituló ante este roce, que erizó todo el vello de su cuerpo.

Si fuera por Adán, ni hubiesen salido del apartamento. Le importaba un rábano Central Park o la Quinta Avenida o el Boulevard de Broadway. Todo lo que deseaba era disfrutar de Eva a solas pero como a Mrs. Program le hacía mucha ilusión compartir la que llamaba "su ciudad", consintió. El escenario daba igual con tal de tenerla a su lado. Además, conocía la urbe de norte a sur y de este a oeste pero deseaba darle gusto a su niña. Si le apetecía mostrarle Manhattan, adelante. La ciudad, de todas maneras, era distinta con ella a su lado.

Disfrutó inmensamente del paseo porque estaba diluviando.

Eva se mantuvo pegadita a él debajo del paraguas, agarrándole la cintura, y a veces metiendo la mano en el bolsillo trasero de su pantalón.

Sentir su tacto allí le produjo un placer extraordinario. Tanto, que era uno de los detalles de esos tres días en la capital del mundo que luego recordaría con mayor ternura.

La lluvia fue de nuevo su aliada, igual que en el pasado. Prometió poner una vela a la Virgen del Carmen, reina de los mares, patrona de los pescadores y marinos y manipuladora de las aguas, por esta bendita lluvia que seguía empapando su amor. Su estatua siempre fue su faro en el puerto de Tampico, donde se visualizaba perfectamente desde el río Pánuco, a escasos metros de las escolleras.

Llegaron calados a la que ya era "su casa". Se desembarazaron rápido de las ropas mojadas y saltaron a la cama, donde se abrazaron y besaron antes de quedarse dormidos de agotamiento, satisfechos, como dos retoños después de jugar y llenar sus estómagos.

En ese día de eclipse despertaron casi anocheciendo para acudir juntos de nuevo a la lluvia artificial. ¡Tenían tanta ansia uno del otro!

Los días anteriores al encuentro, Adán no podía concentrarse ya en nada. En cuanto se sentaba en el despacho, escribía por un e-mail y por otro y, si hubiese tenido más, por todos y cada uno de ellos.

Adán, Adán Edén, Pablo Castro, Gabe Mills, Adán que te adora, Adán pendiente de ti, Adán que no pasa el tiempo, Adán desconcertado, Adán buscando Evas, Adán dormido, Adán despierto, Adán alérgico, Adán cocinero de sueños, Adán en el golf, Adán leyendo…

—¿Qué estupidez, verdad? Las palabras ya no me bastan

—comentó Adán alegremente mientras se vestían para salir a cenar.

En la calle les recibió la interminable lluvia torrencial. Mientras intentaban parar un taxi —tarea milagrosa en Nueva York en un día de lluvia— Adán recordó algunas situaciones similares a la del encendedor. Afirmaba rotundamente que era de color naranja y que se quemó el dedo de tanto apretar la mecha para iluminar el clítoris de Eva.

Pegaditos bajo el paraguas, Mrs. Program y Mr. Rico se desternillaban de risa rememorando anécdotas hasta que se detuvo un taxi. Un Sijh de turbante muy amable y conversador les sonreía desde el vehículo.

Buddakan lucía espectacular. La señorita que les acompaño hasta su mesa —muy bien situada, por cierto— se encargó de destacar que el restaurante apareció en la serie televisiva *Sex and the City*. La cena fue de matricula de honor.

Con los años que vivió en Nueva York, Eva se conocía todos los trucos. Dado el aguacero que estaba cayendo, pidió al taxista Sijh su número de teléfono para que regresase al término de la cena.

La vuelta al *loft* acurrucada en el asiento trasero del auto entre los brazos de Adán, mientras relampagueaba y tronaba fuera, les produjo un inmenso placer.

Dada su edad y apariencia, el afable taxista asumió que eran matrimonio y, ya sintiéndose en confianza, hizo todo tipo de preguntas, interesándose por sus hijos, de dónde venían, cuantos días visitarían Nueva York.

Adán dejó conversar a Eva.

En los veinte minutos que duró la carrera creó una ucronía completa de su vida conjunta. Venían de México, de Tampico; se escaparon unos días para celebrar su 30 aniversario de bodas; tenían dos hijos ya mayores, la hija con novio a punto de casarse y el niño terminando la universidad... Tranquilamente y con todo lujo de detalles, Eva relató el universo paralelo que pudo ser.

Adán lo siguió todo con atención y, por primera vez en mucho tiempo, no dijo una palabra. Estaba enternecido hasta decir "basta".

—Podríamos haber formado una familia como la que describiste. ¿Te hubiese gustado? —dijo Adán al entrar al apartamento.

—Pero no sucedió —dijo con rabia Eva cerrando la puerta con un portazo.

—No te enojes, cariño —susurró Adán, abrazándola.

Eva comenzó a llorar quedamente.

Adán la condujo hasta la cama, la tumbó, la desnudó suavemente, se desnudó él y se abrazaron, piel contra piel, boca contra boca, para robar tiempo al tiempo.

Cuando despertaron un par de horas más tarde estaban alegres de nuevo. Eva no podía estar triste mucho tiempo y si ella era feliz, Adán también lo era.

Para animarla, volvió a retomar el tema de las anécdotas pasadas.

—¿Recuerdas cuando descubriste la felación? Fue muy curioso. Por supuesto, estábamos en el invernadero. Tomé tu cabeza para llevarla hacia mi verga. Me preguntaste a tres centímetros: "¿Que quieres que haga?". No tenía claro lo que debía contestar. Te expliqué que la usaras como una paleta de nieve. Recuerdo hasta el rincón del invernadero, Eva. Nunca me pasó con ninguna mujer antes ni me ha vuelto a suceder después. Las que lo saben, lo hacen, y las que no, intentan hacerlo sin atreverse a preguntar.

Rememoraba también perfectamente el momento exacto cuando le comunicó quién era él. Tras varios encuentros en el árbol, enamorado sin remedio, tomó la decisión. Prefería que le rechazase ahora y no más adelante, cuando se enterase de que era un estibador del puerto. Luego sería mucho peor.

Siempre fue muy práctico al tomar decisiones. Una vez meditadas se mantenía firme por doloroso que fuese. Esa cualidad lo ayudaría mucho en el futuro que le esperaba —todavía desconocido en esas fechas— y causaría gran dolor a Eva.

Ella, apoyada en el marco de la ventana, y él, sentado en la rama, se pasaban horas simplemente mirándose, observándose, sonriendo, haciendo muecas. Adán no necesitaba conversación. Le bastaba sentirla enfrente. Le producía una sensación de felicidad nunca antes conocida.

Entonces se lo contó.

¿Su reacción?

—¿Y?

Una letra. Una sola letra musitada por los labios de su niña le abrió las puertas del paraíso. Su amor se desbordó ante ese modesto carácter de la escritura. Tanto, tanto que tuvo que contener las lágrimas.

Saltó de la rama al dormitorio, la tomó suavemente por la cintura, la apretó contra su pecho y se besaron por primera vez. Deseaba sellar la boca de su niña y saborear esa "Y" maravillosa que se quedó con él para el resto de su vida.

Eso, decía Adán, era lo que más le gustaba de Eva: su naturalidad, su frescura. Siempre decía lo que pensaba, para bien o para mal. Si hay que preguntar algo, se pregunta, y si hay que decir que no, se dice que no, como cuando pidió metérsela por detrás y respondió que no fuese tan puerco.

Rezumaban ingenuidad, cavilaba Adán. En esta nueva etapa

no sabía por dónde empezar. No conseguía poner orden en las emociones que almacenaba. Todas empujaban para aflorar a la vez.

Unas se sentían más importantes y se consideraban con mayores derechos a presidir la comitiva. Otras más profundas debían ser las primeras. Se peleaban sin pausa. Creía, en su inocencia, que los cuatro días en Nueva York servirían para sosegarlas. Muy al contrario, se amplificaron sobremanera. Estaban salidas de madre. Existía una sobre todo, la mas peligrosa y violenta, que no paraba de insistirle: "No puedo vivir sin ti, Eva".

Otra, más racional, pero igual de protestona, gritaba que cuarenta días —el tiempo que faltaba para su próximo encuentro— era una eternidad cuando el deseo de besar su piel se convertía en una necesidad primaria, por encima del comer y beber. Su cuerpo no podía resistir tanto tiempo una huelga sin piel.

La tan esperada cuarta dimensión fue la confirmación de unos días maravillosos, compartiendo un escenario de película con un guión en el que la realidad superó con creces la ficción. Cada minuto, cada trocito de su historia de amor neoyorquina, daba para una novela.

Cómo describir con palabras que dos enamorados compartan un minúsculo paraguas y que aún sobre espacio debajo de la tela para un tierno beso y un dulce apretón de cintura.

Cómo transmitir que el agua de lluvia no moja.

Cómo confesar que la mano izquierda de Eva en el bolsillo trasero de su pantalón moldeaba una declaración de amor por encima de las más bellas confesiones de amor jamás escritas en la literatura.

Cómo referir que entre los rascacielos más grandes del

mundo apareciese la luna celestina indicándoles el camino hacia el apartamento, donde se consumaron los sueños de tantos años de búsqueda en el laberinto de la vida.

Cómo relatar que compartir un sándwich de jamón y queso —con papel incluido— constituye un manjar digno de un Ferran Adrià.

Cómo narrar que un ferry destartalado con más de quinientas personas a bordo se convirtió en un crucero de lujo exclusivo para dos amantes.

Cómo contar que existió un apartamento en el SoHo que durante unos días se llenó de hadas buenas que se turnaban para contarles los besos. Hechiceras incapaces de llevar la cuenta de tantas caricias que se prolongaban hasta las tres de la madrugaba y se reanudaban de nuevo a las tres y cinco, en una secuencia inacabable de besos y ternuras. Cómo expresarlo.

Cómo comunicar que la ciudad más urbana del mundo se paró para escuchar sus susurros de pasión debajo del edredón. Cómo manifestar con palabras que hubo una tormenta que alguien diseñó para ellos en la noche de brujas y vírgenes alcahuetas.

Descríbeme todo esto, Eva. Y esto sólo es el principio. Porque también quiero que me cuentes cómo consigo concentrarme en mi trabajo con todo lo anterior. Tú eres más inteligente que yo y tienes más oficio de "escribidora". Yo sólo sé musitar una cosa muy sencilla y muy usada. No tengo imaginación ni oficio para más. Sólo puedo escribir que te quiero con toda mi alma.

"Escribía como los ángeles", pensaba Eva. Demostraba madera de poeta. Le sorprendía que pudiese vivir sin expresarse. Adán respondía que nunca escribió así. Solo una musa como ella le inspiraba.

En opinión de Eva, malgastaba su vida —por lo menos la creativa— en negocios que, por mucho patrimonio que aportasen, no llenaban su espíritu. Así se refería siempre Adán al cuantioso dinero que ganaba: "Patrimonio". Lo mencionaba con frecuencia, prueba de que le daba una gran importancia. Se llenaba la boca con esta palabra.

En la clase social a la que Eva pertenecía en Tampico —y en cualquier otro mundo paralelo— hablar de patrimonio, fortuna o dinero denotaba muy mal gusto. Olía a "nuevo rico" de lejos. Si uno es acomodado o de rancio abolengo pertenece a un círculo en el que todo el mundo sabe quién es. El apellido se conoce. Las empresas familiares se saben. Se vive en unos determinados barrios. Se frecuentan las mismas fiestas. Se es miembro del mismo club. Se veranea en ciertos lugares exclusivos. Se pertenece por derecho de cuna o matrimonio. Se conversa y se negocia pero nunca, jamás, se comenta lo que uno tiene. Simplemente se sabe. Los de la Colonia Altavista son los de la Colonia Altavista, sin más epítetos ni palabrería.

Asumía este defecto de Adán con amor. Dados sus humildes orígenes resultaba muy relevante para él disponer de estabilidad económica, una cuenta bancaria inflada y, sobre todo, que se supiera.

Le escuchaba con cariño cuando pronunciaba esa palabra con grandilocuencia. Le producía una enorme ternura contemplar al hombre que la amó bajo las palabras "revolución, igualdad y libertad" enunciar ahora "patrimonio y financiación" como su nuevo mantra. No juzgaba. Aceptaba igual a este Adán capitalista que al estibador recién llegado a la Colonia Altavista desde el muelle. Simplemente lo amaba.

Ella nunca pensaba ni hablaba de su patrimonio precisamente porque nunca le faltó nada. Ahora concentraba sus esfuerzos en devolver al mundo todo lo que recibió.

La mentalidad americana engrana el concepto de regresar a la comunidad parte de lo que brinda. El voluntariado desinteresado de millones de norteamericanos y las fundaciones suplen los huecos que, en otros países desarrollados, cubre el Papá-Estado. Esta cualidad —la caridad entendida no como generosidad limosnera sino como deber solidario— se fomenta desde la infancia.

En su opinión, es fundamental para contrarrestar el individualismo y el egoísmo que produce el capitalismo salvaje. Sus tres hijos participaban en algún programa de trabajo voluntario tanto a nivel personal como en el colegio, que exigía un cierto número mínimo de horas de voluntariado como requisito para graduarse. Es curioso cómo el país cuna del ciego capitalismo alumbra también las almas más generosas del mundo.

Adán no entendía. Él tuvo que partirse los cuernos para salir adelante y no debía nada a nadie. Una vez establecidos sus planes nada ni nadie le desviaba de su ruta.

Eva sintió un escalofrío al escucharle. Adán lo notó y la abrazó fuerte.

—Eva, te quiero y siempre formarás parte de mi vida. Sólo tu recuerdo me ha mantenido cabal.

Llevaba programados diez encuentros posteriores. Uno de ellos en Venecia. No conocía la ciudad italiana. Viajaba mucho por Italia siempre de negocios o ferias (Roma-Milán-Florencia-Nápoles-Turín). Venecia con su Eva… El paraíso. Disfrutar de su Eva, contemplarla, hablar, amar. Eva en estado puro. Alice Eva McDermond de Los Santos en la pila bautismal.

Proyectando viajes, soñando nuevos escenarios, visualizando un futuro conjunto, amanecieron abrazados en el *loft* del SoHo el 4 de julio del 2010, Día de la Independencia norteamericana. El mismo día en que Eva pisó Nueva York tras dejar en Tampico a su primer amor, al amor de su vida.

10

Fuegos artificiales

Cada correo tuyo es un pequeño milagro diario. Me pongo delante de la computadora, te imagino y espero. Confieso que el otro día, mientras escribía el párrafo sobre Tampico, coincidió que sonaba la canción de Pavarotti y Dalla. Nunca me pareció tan hermosa, se me saltaban las lágrimas. No se lo cuentes a nadie. Era una mezcla de recuerdos, música, alegría por tenerte, tristeza por tu ausencia... Y al final afloró una "furtiva laccrima". Eva, estás conmigo todo el día.

Amaneció en Manhattan. El día era diáfano, regalo de los dioses a una ciudad engalanada, lista para celebrar la fiesta nacional, la más importante de su calendario.

Eva despertó embargada de sentimientos contradictorios. Todo se apilaba en su cabeza. La entristecía sobremanera la circunstancia de que quedaban escasas veinticuatro horas para compartir con Adán. Por otro lado, le alegraba que todavía tuviesen veinticuatro horas para estar juntos.

La fecha también le provocaba una importante dicotomía en su espíritu. Aquel otro 4 de julio desterrado de su memoria regresó para anidar en su corazón y revivir la pérdida más dolorosa de su vida.

Amó tanto a Adán. ¿O nunca dejó de hacerlo? "Siempre dudando", se recriminó. Invariablemente esa división. Siempre dos alternativas, dos líneas en la palma de la mano, dos nombres que la despedazaban estirando en direcciones opuestas.

Por las prisas al salir de Tampico, el viaje, el excitante vuelo en avión, la llegada a una ciudad tan impresionante como Nueva York, no tuvo tiempo de pensar.

Después de instalarse en el hotel con su mamá, echar una siesta para descansar, ducharse, cenar y alistarse para ir a ver los fuegos artificiales, tuvo una bajada de adrenalina. Un *meltdown*, palabra que no sabía traducir muy bien al español. Un derretimiento, similar a un helado al sol que se funde poquito a poquito y del que no queda más que un charco de recuerdo. Así sucedió.

Tras llegar al lugar para contemplar los fuegos artificiales sobre el East River y disfrutar de la explosiva belleza y la fugacidad de los mismos, le entró tal llorona que hasta su mamá se asustó. Y eso que era la única al corriente de su estado.

Hoy llevaría a Adán al mismo sitio.

Tuvieron que regresar a Eva al hotel, temblando, febril. Pasó las siguientes veinticuatro horas durmiendo. Cuando se recuperó, la lucidez regresó con venganza. Dejó Estados Unidos siendo una niña y regresó convertida en mujer. Había conocido el AMOR con letras mayúsculas. Y lo más importante para crecer y madurar lo había perdido.

¡Qué sufrimiento lo que siguió!, recordaba ahora, de nuevo al borde del llanto, abrazada a la espalda de Adán, que comenzaba a desperezarse. Se giró, entreabrió los ojos, sonrió y colocó su mano derecha sobre la chicha izquierda, que abarcaba completa con su palma.

Siempre le acariciaba la chichi izquierda. Al contrario de Andrew, se colocaba a su derecha en la cama porque le venía "más a mano" al voltearse. A ella le daba igual un lado que el otro en el lecho.

Preguntó por qué prefería su derecha.

—Una razón de peso, mi vida: tener libre el brazo de ataque, el derecho... —bromeó Adán.

—Pues mi chichi derecha está muy solita.

—Eso lo arreglamos enseguida —musitó Adán, acercando su boca al pezón derecho de Eva para comérselo a pequeños mordisquitos.

—Y ahora la izquierda se ha puesto celosa.

—Voy para allá —susurró Adán, cambiando de objetivo.

Tras hacer el amor Eva comentó entre risas:

—Barrigón mío, ¿sabes que roncas?

—¡Vaya prenda que te llevas, Eva! ¿Tú crees que merezco la pena?

—Nada de nada. Ahora mismo te devuelvo para Los Ángeles —dijo Eva entre risas mientras se desmontaba de él después de darle un último beso en la oreja y hacerle una caricia en la barriga.

El ligero desayuno incluyó un divertido sándwich de jamón y queso "con papel". No se dieron cuenta de que las lonchas estaban separadas por un plástico casi invisible. Adán aceptó sin remedio el paseo proyectado por Mrs. Program. Él se conformaba con hacer una intensa vida social en un microplaneta de dos.

Agarraron el paraguas por si acaso. El cielo grisáceo amenazaba lluvia. Enfilaron en dirección al Battery Park, desde donde tomarían un ferry para visitar la Estatua de la Libertad.

Caminaron de la mano por Wall Street, que les tocaba de paso. La parada suscitó un interesante comentario de Adán frente a la estatua del toro—*The Bull*— que preside la calle de la Bolsa neoyorquina:

—Vaya cuadrilla de ladrones de guante blanco, hijos de puta. Así estamos como estamos.

—Lo dijo el capitalista —comentó Eva.

—A veces las cosas no son lo que parecen —replicó Adán, críptico.

—Efectivamente. Muchos parecen lo que no son.

—¿Ya estamos con filosofías?

—¿No te gusta?

—Ya no. Ahora solo la acción.

—¡Cómo te has aburguesado!

—Vamos a dejarlo, amor. Estamos en medio de Manhattan. Ya tendremos tiempo de pelearnos. Disfrutemos —comentó Adán, apretándola fuerte por la cintura, besándole la frente.

Los barcos para turistas aparecían repletos y las filas para embarcar inmensas. Eva decidió cruzar a Staten Island en el ferry normal, el que utilizan los neoyorquinos a diario para atravesar la bahía camino de su trabajo en Manhattan. Aunque no paraba en la Estatua de la Libertad o Ellis Island, pasaba cerca. Para apreciarlas y sacar fotos, más que suficiente.

Se mezclaron con los ciudadanos de a pie, más interesantes que los turistas. A la ida respiraron el aire marino en una punta del ferry y a la vuelta, en el otro extremo.

Las nubes levantaron y resultó un día precioso, entre sol y sombra, alumbrando un Manhattan radiante, exclusivo para ellos. Regresaron paseando a "su casa" a las tres de la tarde. Decidieron hacer un alto para almorzar ligero en Balthazar. Convertido en "su restaurante", el *maître* y los camareros les saludaban como a parroquianos de toda la vida.

A Eva le encantaba esta normalidad. Le despertaba una sensación de calor hogareño. Una vieja pareja de Nueva York de toda la vida, con sus recorridos habituales, saludando a los vecinos del barrio.

Pidieron una botella de vino para celebrar el encuentro. Se juraron amor eterno y prometieron que, de ahora en adelante, siempre pasarían juntos los 4 de julio y muchos días más.

La tarde se les fue en la cama, jugando, conversando, riendo y recorriéndose cada rincón con los ojos, manos, labios, lengua, saliva, dientes. Adán por fin terminó de contar las pecas de Eva mientras compartían sus canciones.

No salieron a cenar. Adán deseaba apurar cada minuto con ella. El sándwich que se prepararon esta segunda vez ya venía sin papel. Adán alabó mucho este detalle gastronómico.

Al anochecer se alistaron para acudir al East River, el mejor lugar para contemplar los magníficos fuegos artificiales de la Fiesta Nacional norteamericana.

El taxista Sijh, convertido en su chófer particular, aguardaba. La conversación discurrió entre las ucronías de Eva, contempladas con ojos de ternura por Adán, y las parrafadas del taxista padre de dos niñas, una de ellas ciega de nacimiento.

No se quejó. Sólo constató los hechos con naturalidad. Esperaba que estudiase y se independizase el día de mañana, al igual que la hija mayor.

Su esposa, muy religiosa, madrugaba para orar antes de despertar a las niñas y llevarlas al colegio. Pensó en trabajar.

Un segundo sueldo hubiese ayudado pero con la pequeña en esas condiciones decidió quedarse en casa.

Él trabajaba doble turno, 12 horas al día de media, incluidos los fines de semana. Ahorraba y adquiría tierras en su estado natal en India. En el futuro, cuando las hijas trabajaran y se casaran, se retiraría como gran terrateniente.

Estaba orgulloso de mostrar su ciudad, la que le regalaba el futuro soñado, a una pareja tan encantadora que llevaba tanto tiempo de matrimonio —excepcional hoy en día— y bendecida con hijos saludables.

¿Necesitaban sus servicios para regresar después del espectáculo? El tráfico se predecía horroroso. Él podía recogerles sin problemas. Constituía un placer servir a clientes tan educados.

No, regresarían caminando. No tenían prisa esta noche.

¿Y mañana? Parece que iba a llover de nuevo. Gracias a Dios hoy no llovió y la fiesta se celebraba por todo lo alto. ¿Precisaban su asistencia?

Una punzada de angustia atravesó el pecho de Eva. ¿Mañana? ¿Mañana? Mañana Adán regresaba temprano a Los Ángeles y ella a Washington por la tarde. Mañana se separaban. Mañana, un día maldito. Mañana debería borrarse del calendario. Mañana sin Adán no existía.

—Sí, por favor —contestó con voz temblorosa—. A las ocho puede recoger a mi esposo para trasladarlo al aeropuerto Kennedy. Regresa por asuntos de negocios. Yo me quedaré algunos días más de compras.

Ella tomaría un taxi cualquiera hasta la estación. Sabía que no tendría ganas de conversar en el trayecto solitario que le esperaba en menos de veinticuatro horas.

—Excelente, señora. Está usted bendecida con un esposo

trabajador —contestó el taxista Sihj mientras estacionaba el carro cerca del East River, repleto de neoyorquinos expectantes.

Caminaron en silencio abrazados por la cintura hasta encontrar un hueco con muy buena vista. Allí se quedaron, inmóviles, mirando el cielo, aguardando las primeras explosiones de luz y color que sellarían su luna de miel y su última noche de bodas neoyorquina.

Con los últimos estertores de la pólvora, Eva comenzó a temblar. Adán la abrazó más fuerte, acercándola a su pecho. Continuaban en silencio. Las palabras sobraban. Los dos sabían perfectamente que las manecillas del reloj giraban implacablemente.

Adán intuía las emociones de Eva un 4 de julio en Nueva York. Largos y tendidos se lo confesaron todo, desde el sentimiento más ligero al más profundo.

Volvieron abrazados paseando despacito hasta el SoHo, como si al hacerlo así el tiempo discurriese más lento. En esa espléndida noche de verano, los sonidos de los petardos, las risas de los festejantes y las bocinas de los taxis en las calles colapsadas no lograban traspasar la inmensa tristeza que invadía el corazón de Eva.

La luna, que tantas veces Adán envió desde Los Ángeles a McLean, lucía llena entre los rascacielos. Asomaba a cada rato para alcahuetearlos desde las estrechas fisuras que separaban los edificios.

Se acostaron sin tomar nada. No tenían apetito. Tampoco sueño. Adán recordó que no era la primera vez que veían fuegos artificiales juntos. Eva se sorprendió. No recordaba.

—Sí, mujer. Tienes una memoria muy selectiva. ¿Recuerdas la noche que escapamos a la hacienda El Naranjo? Durante la Feria de Abril.

—Cuéntamelo, Adán. No tengo fuerzas ni para pensar —suplicó Eva, acurrucada entre sus brazos.

—Una excursión de fugitivos. Huyendo de tu mamá y de los compañeros de sindicato con los que viajamos desde Tampico. Recuerda que el sindicato es sagrado. Cualquiera que se aleja de la tribu es un traidor.

Buscaron la fórmula para estar solos, alejarse del grupo asfixiante. Ya de noche se escondieron en una de las bodegas para acariciarse. Luego se perdieron entre los naranjos aprovechando la explosión de la pólvora.

—¿Recuerdas el aroma del naranjo en flor?

Él llevó una cobija y se arroparon juntitos, pegaditos. La noche cayó oscura y fría.

—¿No te acuerdas?

—No.

—¡Mensa! Sí, mujer. Cuando terminó la pirotecnia nos perdimos entre tanto gentío que se desparramaba. El humo de la pólvora, aún bajo, camufló la escapada.

—¿Cómo conseguí evadirme? Mi mamá siempre estaba atenta a cualquiera de mis movimientos.

—Como siempre —respondió Adán—, la eterna excusa de tu amiga Marta. La chacha, a la que Marta compraba generosamente y mentía a madres, siempre os buscaba coartada. Si telefoneaba tu mamá y solicitaba comunicarse contigo, invariablemente sacaba una buena excusa: "Las señoritas duermen la siesta". O: "Las señoritas disfrutan en la pileta. Si entran mojadas se enfrían". O: "Las señoritas salieron al cine", "Las señoritas fueron de compras", "Las señoritas se acostaron". Esa empleada debió hacerse millonaria si le pagabais cada vez que mentía.

Eva se llenó de ternura ante un Adán que atesoraba con

tanto detalle cada minuto que pasaron juntos. Se le humede-
cieron los ojos. Un sentimiento de vergüenza también la atenazaba. ¿Cómo era posible que ella no recordase casi nada?
¿Y entonces por qué lo amaba con tanta pasión?

—Hazme el amor, mi vida. Cómeme entera. Que tu sabor
me dure hasta la eternidad.

Con las primeras luces y tras haber dormitado posiblemente
un par de horas, los amantes se levantaron. Eva decidió
acompañar a Adán al aeropuerto. Su primer pensamiento fue
no hacerlo. Le daba pánico echarse a llorar en mitad de la
terminal. Recapacitó y comprendió que así pasaría una hora
más con él.

Puntual como siempre, el taxista Sihj aguardaba. Con una
sonrisa de oreja a oreja les cedió el paso al asiento trasero
mientras colocaba el equipaje de Adán en el maletero.

Eva se acurrucó entre sus brazos y puso la mano sobre su
muslo, acariciándoselo ligeramente en un gesto nervioso y re-
petitivo. El miedo a perderlo era atroz.

Adán la tranquilizaba.

—Eva, cielo, en poco más de un mes nos encontramos de
nuevo. Y en octubre comentaste que acudirás a una reunión
en Guadalajara, ¿verdad? Allí estaré para disfrutar de mi niña.

Cierto. Eva no había pisado México desde su marcha de
Tampico. Consciente o inconscientemente nunca regresó. Desde
que Adán retornó a su vida buscó la manera y el cielo la re-
compensó.

Aceptó a ojos cerrados la invitación para presentar una ponencia en el Congreso Medioambiental que se celebraría en la
ciudad mexicana a mediados de octubre.

Lo habían soñado y compartido en sus noches en blanco en
el SoHo. Aprovecharían para escapar un par de días a Tampico

y recorrer "sus lugares". Adán perpetuaría todos los rincones donde se amaron, se besaron, se pasearon, se abrazaron, rieron, pelearon. El lugar ideal para —por fin— sincerarse del todo.

—¡Casi se me olvida! —comentó Adán, alcanzando una cajita del bolsillo de la chamarra.

—¿Qué es?

—Ábrela.

Una moneda de oro refulgente la recibió. Miró con ojos de curiosidad a Adán.

—Esta moneda nos separó y ahora nos une —explicó, mostrando la otra gemela—. Sólo existen dos, una para ti y otra para mí.

—Pero Adán, debe valer una fortuna.

—Vale una vida entera, la nuestra.

Eva agachó la cabeza henchida de emoción y apretó fuertemente la moneda. Se fijó que la cajita contenía también una bolsita. La desanudó y encontró varias semillas.

—¿Y esto?

—Son semillas de nuestro árbol. Plántalas en tu jardín. Yo lo he hecho en cada una de mis propiedades.

Eva no pudo contener las lágrimas.

—Ya, mi vida. Nos veremos muy pronto. Mientras tanto no dejaré de pensar en ti —la consolaba un conmovido Adán, que la abrazaba fuerte contra el regazo.

Al llegar al aeropuerto se encontraba un tanto más animada. Acompañó a Adán hasta la entrada y se despidieron con un largo beso. Lo contempló alejarse con el corazón encogido. Adán se volteó varias veces para retenerla en su pupila hasta que desapareció en la escalera automática ascendente. Se desvaneció poco a poco, a trocitos. Primero su cabeza, después su pecho, sus brazos, sus manos, su barriga, sus muslos, sus pies.

El taxista notó su nostalgia en el viaje de regreso y ofreció un cigarrillo. Él fumaría si a la señora no le molestaba. ¿Deseaba acompañarle? Eva aceptó.

Nunca fumó aunque en Tampico, como todo el mundo fumaba en todos lados, seguía la corriente. Aceptaba un pitillo de vez en cuando y hacía como que se tragaba el humo. Así la dejaban en paz.

Adán también fumaba entonces. Dejó de hacerlo al cumplir los 30. A partir de aquel momento comenzó a engordar y perdió lo que jocosamente calificaba "sus tabletas de chocolate".

Se reía recordando la barriga sin ombligo de Adán, tan adorable. Sus brazos seguían fuertes, sus piernas dos pilares, sus manos, sus ojos, su mirada… Entre volutas de humo y sensuales recuerdos llegaron al SoHo sin conversar.

Pagó añadiendo una generosa propina y se despidió amablemente. El que fue su guía durante esos tres días excepcionales mencionó que disfrutaba de un esposo que la adoraba.

—Se notaba en sus ojos. La señora se reunirá con él en unos pocos días, no se preocupe. Los hombres trabajadores son difíciles de encontrar.

Empacó. No soportaba el apartamento solitario. Se dirigió a Balthazar. Paseó las tres cuadras que la separaban del restaurante con calma. La recibió el *maître* con su eterna sonrisa.

—¿Almorzará sola?

—Sí.

—¿Y su esposo?

—Está fuera de la ciudad en viaje de negocios.

—Entonces no le daré su mesa habitual sino una más discreta.

—Gracias.

Eva se acomodó solitaria en una mesita al fondo del local.

—¿Desea leer la prensa internacional?

—Sí, gracias. *El Universal*, si es tan amable.

—Se lo hago llegar con el almuerzo.

Tras un ligero refrigerio amenizado por un diario lleno de nefastas noticias económicas, de políticos corruptos y asesinatos sin sentido, regresó al apartamento. Agarró el equipaje y, sin mirar atrás para no echarse a llorar, cerró la puerta de tres días de felicidad inigualable. Devolvió la llave en el asiático de la esquina. Paró un taxi cualquiera y se dirigió hacia la Pensilvania Station. Regresaba a su mundo, uno que ya nunca sería igual.

11

Todo está en su sitio

¡¡¡Qué mañana de locos!!! Continuamente entra gente en el despacho y no logro escribirte. No me dejan en paz. Empiezo a escribirte y me interrumpen. Esto es un calvario... Y con la de cosas que tengo para contarte. El asunto "amor de mi vida" está sacado de tu mail de ayer. Es la primera vez que me lo dices y te puedes imaginar el subidón que me dio. Estoy que me deshago, que me desmigajo. Más que seducido, abducido.

El viaje de regreso a Los Ángeles resultó duro e incómodo. Un duermevela lo mantuvo perdido entre dos mundos. Se despertó varias veces sobresaltado con una erección disimulada por la frazada del avión.

Llegó destrozado, tanto por el incómodo viaje como por el cambio horario y por lo mucho que "trabajó" en el apartamento del SoHo a sus 50 años.

Su chófer esperaba en el aeropuerto. Se duchó y metió directamente a la cama. Se levantó en medio de la noche. No pasó por la oficina pero no olvidó consultar su correo y mandar uno a Eva para informar que llegó bien. Cenó ligero y se sentó en la terraza a contemplar la luna y compartir con ella unos cuantos mensajes para Eva.

"Tan cerca y tan lejos". Aún no podía creer que estuvo con Eva, su Eva McDermond, la de Tampico. Más madura, más sensata, convertida ahora en mujer y madre. Igual de fresca y natural, con la misma risa, el mismo olor y sabor que recordaba.

Repasaba mentalmente aquel mensaje en el que lo calificaba por primera vez como "amor de su vida". Ser su primer amor lo halagó. El salto a "amor de su vida" lo volvió loco. Aunque eso equilibraba la ecuación. Eva siempre fue el amor de su vida, sin concesiones.

Disfrutaba de estos momentos de soledad compartida con Eva como ningún otro momento a lo largo del día. Cuando no viajaba, invitaba regularmente a cenar a su hijo. Era adulto y vivía por su cuenta, no muy lejos, en una residencia que él mismo adquirió para compensar los años de abandono. Un hombre cabal a pesar de la infancia y juventud perdida. La vida, poco a poco, le estaba devolviendo parte de lo que le robó. Su hijo, la mayor recompensa de todas.

Su esposa pocas veces cenaba con él. Cada cual disfrutaba de su vida. Todo resultaba muy confortable, sin pasiones, sin reproches. Mantenía al servicio en orden, la agenda social al día y su guardarropa impecable. Si sabía de sus amantes, nunca lo comentó. Él tampoco preguntaba nada. El mejor sistema para no conocer inconveniencias es no preguntar. Todo muy civilizado y a gusto de ambos. Le gustaba el orden de su vida. La seguridad de que todo estaba en su sitio constituía una de sus grandes fuentes de placer y satisfacción. Y lo fundamental era, sobre todo, que así constara para el mundo exterior. Contra más convencional y vacuo pareciese su mundo, más fácil.

Últimamente uno de sus intermediarios y dos de sus clientes le andaban importunando. Cuestión de capear el temporal hasta que determinados peones del tablero cambiasen de cuadro. Siempre optimista, confiaba en que la situación se estabilizase ahora que su vida y su mundo quedaban completos.

El mes de agosto lo pasaría en su mansión de Marbella en España. Su esposa se instalaba allí para codearse con la sociedad europea. A estas alturas el calendario social estival estaba ultimado. Él iba y venía. En Marbella residía su mejor cliente, un jeque saudí al que había que dar coba.

Se escaparía a mediados de agosto para disfrutar de su Eva en República Dominicana, donde poseía negocios inmobiliarios. En septiembre quería invitarla a su casa de Costa Rica. A mediados de octubre se encontrarían en Guadalajara, donde Eva participaba en un congreso. Guardaba Venecia para la ocasión más especial: el viaje de bodas de verdad.

Acababa de realizar un sueño largamente atrapado en sus neuronas. No solamente contestó sus correos sino que estaba enamorada de él. Todavía no se lo creía.

Entre sus recuerdos resaltaba su obsesión por llegar a la categoría de novio. Nunca tuvo claro qué fueron el uno para el otro. Ahora disfrutaba de la condición de "novio" para desmarcarse de su común situación de "casados". Cuando Eva lo llamaba "mi novio" se le erizaba el vello.

Tuvo varias relaciones con mujeres físicamente semejantes a ella. Curiosamente se casó con dos totalmente diferentes. Quizás el subconsciente le obligó a esta elección, una de supervivencia, para no andar con comparaciones a cada rato. Claro que sus dos matrimonios fueron cuestiones prácticas. El primero por los papeles, el segundo por status y cobertura. Todo funcionaba como un reloj.

Sin embargo ahora, con los objetivos a punto de consumarse, con 50 años recién cumplidos, se presentaba un nuevo dilema. La razón de ser de su vida se materializaría en un par de años. A partir de ese momento tenía previsto un futuro con Eva. La rebelión en México triunfaría. Una revolución que él posibilitaba con financiación. Del caos sembrado, al que no era ajeno gracias a su tráfico de armamento, saldría triunfador su tapado. Él reorganizaría la anarquía, esta vez a favor del pueblo. La venganza y el amor constituyen las dos únicas causas por las que se puede esperar una vida entera si hace falta. Desde su salida de Tampico, ésta había sido su única misión: cumplir con la promesa hecha a su padre, recuperar a Eva y recobrar la familia que le pertenecía por derecho. Por el camino cayeron víctimas inocentes, eso no podía negarlo. Un pequeño tributo a pagar. En el amor y la guerra no se hacen prisioneros. El que los arrastra, pierde.

La contactó ahora, no por casualidad. Se convertiría en su compañera en esta nueva etapa en la que por fin podría ser él mismo, Adán, el que se quedó en Tampico con su recuerdo. Muchas veces en esos años se planteó la ucronía de "qué hubiera pasado si...". No lo sabía. Con ella y su hijo a su lado quizás se hubiese desviado. O quizás no. Resultaba complicado deducirlo. Solo conjeturas.

Esporádicamente recapacitaba que hubiese preferido tener una compañera cerca, alguien con quien compartir sus luchas, sus secretos, sus deseos, sus aspiraciones, su verdadero yo. Pero no podía reprochar nada a nadie. Hizo de su vida lo que quiso. Era dueño de sí mismo. En cualquier caso, comenzaba un nuevo ciclo en su vida aún más apasionante que las décadas pasadas y deseaba compartirlo con ella.

Las imágenes relacionadas con Eva quedaron prendidas del alma. Era un tanto injusto para el resto de amantes que pasaron por su vida. De muchas no recordaba ni tan siquiera el nombre de pila, cómo tenían el pelo o cómo vestían. Mujeres que en aquel momento significaron mucho y a las que inundó de "te quieros".

Le acompañaba las veinticuatro horas del día. La imaginaba a su lado y todo el rato iba inventando bobadas que decía. Ella se reía.

Cuando jugaba al golf y realizaba un buen hoyo, miraba al cielo y distinguía su cara sonriendo en las nubes. Si almorzaba en algún restaurante recordaba que esto o aquello le gustaba o desagradaba. Si viajaba, hablaba con ella sentada a su lado. Si iba al médico a la revisión anual, la contemplaba reprimiéndole a la salida de la consulta porque estaba pasado de peso y debería bajar esa barriga. Se acomodaba a su lado en las reuniones de empresa, le ayudaba a cocinar y sugería ingredientes, apoyaba su cabeza en su hombro en el sofá de la terraza mientras leía un libro, se emocionaba a su lado compartiendo una película.

Y no digamos nada si rememoraba los insomnios húmedos que Eva detallaba en algunos de sus correos. No podía parar en el sillón. Algún día alguien lo iba a notar. Tenía tantas ganas de Eva. Era la protagonista de su vida. "Su nombre envenenaba sus sueños".

Con el regreso de Eva no le costaba nada sentarse y ponerse a teclear. Nunca había escrito así. En su día rumió la idea de escribir un libro y guardaba celosamente un par de capítulos pergeñados. Nunca pasó a mayores.

A veces rellenaba varios borradores antes de conseguir una copia a su gusto. No le costaba esfuerzo alguno, disfrutaba. ¡Qué razón tienen los que hablan de las musas! No son ninguna invención. Son reales y la suya se llamaba Eva.

Frente a la computadora se le ocurrían cientos de cosas y las escribía de corrido, sin necesidad de pensarlas dos veces. Todo llegaba a la mente sin esfuerzo. Las ideas se empujaban por salir. Y además tenía ganas de compartir todo. Se atrevió a componer varios relatos de los que se sentía sumamente orgulloso. Con ella inspirándole podría escribir una biblioteca entera.

Dejó atrás su amada veranda para meterse a la cama solo y seguir soñando con su Eva. Mañana le esperaba una dura jornada tras su ausencia.

Madrugó. Durmió poco y mal. No importaba, así aprovechaba las horas de insomnio. Salió a las seis de la mañana de casa. Su esposa no se levantaba hasta bien pasadas las diez.

Desayunó en el club de golf y pitó para el despacho, donde el tiempo se evaporó solucionando desaguisados cometidos durante su viaje. Cierto cargamento estaba tardando más de la cuenta; problemas de aduanas, demasiadas preguntas en la frontera... Como no estés encima del negocio no hay nada que hacer.

A última hora consiguió hablar con Eva un ratito por teléfono. En realidad, una hora que le pareció un suspiro. Como siempre, nada más colgar se le quedaron mil palabras en el tintero.

Tras la cena, de nuevo sentado en su bendita terraza enfrente de la computadora, escribió su correo diario. Se quedó con ganas de charlar más. Ninguna novedad al respecto. ¡Se sentía inmensamente feliz de que hubiese regresado a su vida!

Igual que ella tenía un poquito de miedo a perderse de nuevo. Preparaba un contingente militar para tirarse en paracaídas desde la orilla sur del río Potomac, cerca de la casa de Eva en McLean, en caso de una eventualidad.

Lo iba a encontrar a trocitos.

Espero que sepas seleccionar bien mis trozos y quedarte con lo mejor, que como has adivinado es mi corazón. ¿Ha sido tu primera elección? ¿O no?

Cuando paraba en Marbella la percibía en el aire que respiraba. Durante una de sus estancias salió al jardín al atardecer. Se encontró contemplando las flores, buganvillas, petunias, jacarandas, mimosas, cortadelias, fexias y, sobre todo, las gardenias. El perfume de esta flor le transportaba inevitablemente a un invernadero.

Se las mostraba a Eva en su mente, repasando los colores y aromas como si el mérito de su lozanía fuese suyo. Correspondía a Paco el jardinero. Que no se llamaba Paco pero era rumano y tenía un nombre impronunciable. Él respondía cuando lo llamaba Paco.

Si su compañía imaginaria en su mundo real no fuese suficiente, la incitaba en sus correos a compartir una vida de fantasía. Sugería pasar un fin de semana imaginario juntos en Málaga, terreno conocido, así él jugaba en casa.

La invitó a cenar a un restaurante japonés de la calle Carretería; de menú, tempuras de todo tipo y unos makis. Le recomendaba también un california, que es exquisito. De postre, una delicia de chocolate chorreante sobre helado de vainilla.

Luego caminarían por el rompeolas del Paseo Marítimo. Regresarían abrazados hasta el auto aparcado en las cercanías. Y allí bajo las estrellas mediterráneas, dentro de un nido de amor frente al mar, escucharían sus canciones. Pavarotti,

Sinatra, jóvenes que están empezando y alguna cantante consagrada como la española Rosana, la que dice que "si tú no estás aquí, me falta el aire". No se equivoca nada. Sobrevivía con respiración asistida desde hacía treinta años. La noche la obviaba para que la narrara ella en su contestación.

Por la mañana le prepararía un desayuno especial, que tomarían en el jardín viendo batir las olas del mar en la casa de Marbella. Exprimiría jugo de naranja fresco y unos hojaldres de crema que sabía le gustaban.

Después de mil besos y algún "tocamiento" mañanero, paseo por Málaga. La calle Larios, el museo Picasso, el Puerto y más besos y más tocamientos. Estos últimos disimulados ¿de acuerdo? Que no es de recibo que una pareja madurita ande acariciándose en el centro de la ciudad.

Al mediodía cocinaría la mejor paella que degustó en su vida porque tendría un ingrediente fundamental: cariño. Mientras tanto Eva, sentada en los sillones de la alberca, descansaría leyendo el periódico, contemplando ese eterno Mediterráneo. Comerían en la veranda. Se iba a chupar los dedos y después chuparía más cosas porque la tarde se tornaría pecadora tras la paella.

Como el ejercicio les daría hambre, la llevaría a cenar a Banús sabores europeos para su dama gringa. Después a bailar. No zapatea desde uuuuuuhhhhhhhhhh. Sueña con que le agarre por el cuello y se apriete a él. Muy "pegaditos" para girar lentamente y disfrutar del aroma de su melena y el calor de su cuerpo.

¿Te apetece? Si dices que sí, lo organizo. Te busco a las 7:30 ¿de acuerdo? Espero tu respuesta. Un beso.

Le molestaba mucho no escribir más largo. Y dejar de escribirse le aterrorizaba. Sentía que rasgaba la línea imaginaria de miles de kilómetros que la ataba a él. La imaginaba delante de él con las primeras letras. Una sensación de cosquilleo invadía su cuerpo. Visualizaba el momento en el que leía sus mensajes. Se escondía detrás de su sillón y percibía su sonrisa. La notaba moverse nerviosa, oteando a cada lado con recelo, echándose hacia atrás y soñando un poquito con él entre frase y frase.

Y ahora, además de recuerdos e invenciones, también acarició su piel. Atesoraba esos preciados días en Nueva York en lo más oculto. Los revivía a diario para grabárselos a fuego por si luego tenía que estar un siglo sin verla.

Fueron tantos años esperando que, cuando sugirió encontrarse, respondió que sí a la primera. Quería estar mucho con ella, vis a vis. Y lo consiguió aunque —recordó sonriendo— Mrs. Program lo sacó de su apartamentito del SoHo un poco más de lo que le hubiese gustado.

Eva disfrutó la idea de pasar un fin de semana imaginario en Málaga. Aceptó todo su programa con excepción del contenido calórico, indicando que "visto el menú, no me extraña que tengas semejante barriga".

Esperaba a las siete y media con el corazón en un puño, encantada con la idea de cenar, pasear, oír música en el auto y bailar. Lo que se terciase con tal de tenerlo a su lado.

Nadie entendería como Eva sus "secretos del corazón". No aceptaba que nunca más tendría noticias suyas. Le recorría siempre una sensación de ruptura y desgarro. Existía en algún lugar. No podía desaparecer como Cenicienta. No importaba si le iban bien las cosas o regular, si estaba soltera o casada, si sus circunstancias habían cambiado.

Su máxima preocupación consistía en que no se acordase de quién era y tuviera que darle explicaciones: "Un muchacho de Tampico que jugaba a ser mayor, que sonreía como un bobo y que siempre te esperaba en el árbol, en el invernadero, en cualquier lugar".

Una vez que se acordó de quién era él —¡¡¡primera prueba superada!!!— también pudo suceder que educadamente hubiese dicho un "hola" y un "adiós". Suficiente para él. Ya estaba de alguna forma *online*. La puerta abierta para que algún día penetrasen sus deseos.

Cuando contestó lo de la "caja de Pandora" creyó que iba a perder el contacto y se sintió estúpido. Se decía: "No mezcles, Adán. Sólo mírala. No la toques que puede romperse. Eva es material sensible".

Respondió que la esperanza quedó dentro de la caja. La esperanza… por si acaso. Con esa ingenuidad trataba de quitar la carga negativa y arrancarle una sonrisa.

No olvides que siempre te quise, te quiero y te querré. Ni siquiera al amor permitiría que se perdiera el contacto Adán-Eva, Eva-Adán. En otro orden, me vuelvo muy pesado cuando hablo de ti. Estaría toda la noche hablándote de ti.

Recordaba con especial ternura el mensaje pre-Nueva York que ella envió. Su noviazgo tenía dos etapas muy definidas, el antes y el después de Nueva York. El salto cualitativo estaba dado. En aquel correo lo llamaba, por primera vez, "amor de mi vida". Le provocó una taquicardia de infarto cuando leyó esas cuatro palabras: *Amor de mi vida.*

Tras la vuelta de Nueva York, donde sus cuerpos se fundieron y sus mentes se acoplaron a la perfección como si el tiempo no hubiese existido, la pasión aumentó exponencialmente y, a falta de eclipses, todo lo volcaban en la primera dimensión, la de la escritura.

12

<hr>

Casi una paella

Eva, te adjunto un cuento. Es de una pareja de enamorados. Un día de principio de primavera en Tampico. Son hermosos, afortunados. Sueñan con proyectos ambiciosos. Imaginan compartirlos. Pero, sobre todo, enloquecen por explorarse dentro de unas horas en un invernadero, cuando el sol primaveral desaparezca y la luna se esconda entre las nubes sin poder dejar de mirarlos. Ella aprieta la cintura de él. Estruja su mano. No quiere perderlo. Aunque sabe que lo perderá en el camino a su destino. Él se aleja de su cara. Quiere grabar a fuego cada rasgo en su mente; sus ojos, sus labios, los bucles de su pelo. Reposa su fuerte mano en su cadera. Pero sin retenerla. Sabe también que no habrá un futuro común pero no deja escapar ni un minuto de ese privilegio que está viviendo. Son ajenos al mundo que, en ese momento, percibe la esencia de un amor adolescente. Una historia mil veces contada pero siempre diferente.

* * *

El mes de julio pasó sin sentirse y Adán decidió instalarse en Marbella antes de escapar a la República Dominicana con su Eva. Su esposa se encontraba aposentada en la mansión, preparando fiestas y variopintos actos sociales.

Él, mientras tanto, continuaba con sus vidas paralelas. Aparte de todos los mensajes interminables que enviaba, también escribía innumerables textos cortitos a lo largo del día.

Te quiero.

Te adoro.

No puedo vivir sin ti.

Me has ayudado mucho en la reunión de esta mañana.

¡¡¡¡EVA!!!!

Y mil estupideces más, porque siempre estaba a su lado y más aún cuando cocinaba.

Además de la práctica del golf (por necesidad empresarial), tenía una verdadera pasión por la gastronomía. Le gustaba comer bien y, además, cocinar. No guisaba muy a menudo pero lo relajaba. Desde que adquirió su propiedad en Marbella y probó la paella se aficionó. Contrató al mejor chef para que le enseñase los trucos más variados y ahora era un experto en paellas.

En Marbella, especialmente, despachaba a la cocinera y al asistente de cocina a pesar de sus muchas protestas.

—Señor, yo lo ayudo —protestaba siempre Maleni, la cocinera de origen canario, incómoda al ser desplazada de su territorio.

Pero Adán quería quedarse solo en sus dominios. Y ahora tenía un comensal muy especial para compartir los platos. Mientras cocinaba, trataba de conjeturar cómo sería una paella para su Eva. Conforme surgían los pensamientos conversaba imaginariamente con ella.

"No sé si te lo dije antes, pero yo hago paellas de las llamadas *ad person*, es decir: pensando en el comensal. Desde que vi *Agua para chocolate* siempre ha sido así. Las comidas se hacen para las personas queridas. Y hay que ponerles mucho cariño. Y si son para las personas odiadas, se le pone mucho odio".

Revolvía los ingredientes, probaba cómo estaba de sal, continuaba su monólogo en la soledad de su cocina, entre las perolas y sartenes.

"Volviendo al tema, creo que para Eva mi paella sería con aceite de oliva virgen, sin grado. Con un leve toque de ajo pero sin rastros, filtrando los trocitos. El sofrito puramente de la Ribera de Navarra, es decir: destellos de judías verdes, pimientos verdes muy troceados, guisantes de la mejana, tiras de pimientos rojos del piquillo de Lerín y cortes de chistorra de Arguedas. Unas leves hojas de alcachofa y cachitos de cardos como labios, gorditos y alargados.

Para darle un toque americano, añadiría al sofrito tomate *ketchup*, granitos de maíz y anillos chiquitos de salchicha Frankfurt, tan pequeños que quedan dorados e irreconocibles en el sofrito. Ese sofrito debe homogeneizarse durante 15 minutos a fuego lento.

Después se esparcen unas gambas cocidas y peladas, y algunos pedacitos muy leves de carne de ternera, previamente frita en la sartén. Y la clave de todo, donde más se ve el cariño, una vez rociado el arroz sobre el sofrito, es el agua sabrosa y caliente (previamente hervida en pescado). Se echa sobre el arroz y se espera quince minutos. Finalmente, un golpe de horno como un grito de guerra, como un decir "ya está" o como el final de un orgasmo.

Así será su paella para Eva. La cocinará el día que estrenen su casa en Tampico. Así lo describió en su primer correo desde Marbella.

Por la tarde disfrutó jugando al golf con los amigos. Participó en un torneo de fin de semana en Sotogrande, donde quedó bastante bien clasificado. Hasta consiguió un trofeo que, en su mente, dedicó a Eva.

En aquel anochecer maravilloso, en la terraza de su posesión marbellí, mirando el límpido verde-azul del mar, del mismo color que los ojos de Eva, recordaba la fuerza de la naturaleza que desprendía en todo lo que hacía, decía o —ahora— escribía. La vitalidad en persona.

Tenía todo listo para volar a Santo Domingo con su Eva el día 15 de agosto cuando sonó el teléfono. Su intermediario de Guatemala tenía problemas. Un cargamento desaparecido. Ramón y su equipo esfumados, y el cliente a la espera, de muy mal humor.

—¡Hijos de la chingada! —contestó.

—¿Hay posibilidad de reemplazo?

—Sí, pero tardará un mes, por lo menos.

—Mejor te acercas a conversar con el usuario.

Salió de inmediato para Guatemala. Tuvo el tiempo justo para mandar un correo a Eva explicando que cancelaba el encuentro en República Dominicana y reiterando que la amaba. Muy a su pesar, decidió no comunicarse con ella durante su estancia en Guatemala. Las circunstancias eran muy anómalas. No se podía fiar de nadie ahora. Dada la situación, las comunicaciones podrían estar interceptadas. No quería ni pensar en que localizasen al destinatario de sus llamadas. Mejor prevenir que lamentar.

Voló a la capital guatemalteca y, de allí, en avioneta privada a su centro de operaciones El Estor, en el Departamento de Izabal. Una discreta pista de aterrizaje en mitad de la selva lo recibió. Retirada la avioneta y cubierta con follaje para mimetizarla con el entorno se procedía a realizar la misma operación con la pista. Dos pequeñas y potentes grúas, disimuladas en cobertizos de paja, completaban la tarea. Arrastraban troncos de árboles para dispersarlos aleatoriamente aquí y allá. Al cabo de quince minutos sólo el ojo de un experto podría dilucidar lo que se encontraba allí. Para cualquier otro mortal aquello parecía un claro más de la selva talado y devastado por la codicia humana.

El área proporcionaba grandes ventajas estratégicas. El alejamiento, su geografía accidentada y, sobre todo, su población escasa, dispersa en aldeas y compuesta mayormente de Quekchí, la convertía en una zona perfecta para sus operaciones. Una etnia maya con su propia lengua, de pocas palabras, de hombres y mujeres olvidados por el mundo, masacrados por la autoridad, reservados, callados como una tumba. Una comunidad que jamás abriría la boca y mantendría el silencio sobre lo que ocurría a su alrededor. En lugares donde hay ojos y orejas por todas partes, la virtud del silencio no se paga con todo el oro del mundo.

Él se ocupaba de fomentar esta colaboración pasiva con donaciones a las autoridades. Parte se quedaba en el bolsillo de los mandos locales como en todos lados. Se aseguraba bien asegurado de que el resto llegase al pueblo a través de una organización sin afán de lucro. La escuela, el centro de asistencia sanitaria, un nuevo malecón en el lago Izabal a cuya orilla se encontraba la localidad y unos cuantos camiones de transporte de mercancías, mayormente banano, aseguraban el agradecimiento del silencio.

La presencia de su organización benéfica "gringa" y sus operaciones daba también cierta seguridad a El Estor donde, años atrás, un grupo de matones a sueldo de un terrateniente con ganas de expansión recorría la zona amenazando a los habitantes. Ofrecían una miseria para adquirir las escasas tierras de cultivo de las que se alimentaban los Quekchí. Tras la negativa del campesino siempre contestaban: "Si vos no querés vender, tu viuda venderá barato". Desde su llegada habían desaparecido tras distinguir a quién tenían enfrente. Los Quekchí estaban muy agradecidos.

El nombre de El Estor provenía de "Store", comercio en inglés. Se suponía que, en su día, algún aventurero británico o gringo instaló allí un almacén de bienes básicos. A su alrededor comenzó a formarse una comunidad que fue creciendo. El nombre cuajó hasta convertirse en oficial.

Permaneció dos días en la localidad para indagar. La humedad y los mosquitos eran insoportables. Las noches se aguantaban un poco mejor con las ventanas de la choza abiertas para formar corriente. La brisa del lago Izabal se filtraba a duras penas por la tupida mosquitera que recubría su cama, donde yacía tumbado, empapado en su propia transpiración y con los ojos abiertos.

Amaneció tras dormir apenas tres horas. Se vistió cubriéndose de pies a cabeza, manga larga, botas de caña alta y sombrero para evitar el sol, las picaduras de los mosquitos y, sobre todo, las mordeduras más peligrosas de arañas venenosas y culebras ponzoñosas. Cargó la mochila con efectivo y esperó a su representante, que apareció puntualmente diez minutos después.

Marcos Xicol se ocupaba en El Estor de su organización benéfica y del resto de sus negocios. De etnia Quekchí por parte de padre, Adán lo conoció en Antigua muchos años atrás. Trabajaba de camarero en su restaurante favorito y le atendía muy gustoso dadas sus generosas propinas. Intercambiaron información escueta en alguna de las numerosas ocasiones en las que almorzó allá. Manejaba la lengua de sus ancestros con soltura, al igual que el español, y chapurreaba el inglés gracias a su trato con los turistas. Cuando montó sus operaciones en El Estor se acordó de Marcos. Le ofreció una jugosa suma para que se hiciera cargo de las operaciones. Aceptó encantado. En unos dos años más, cuando todo llegase a su resolución, Marcos regresaría a Antigua con el capital suficiente para abrir su propio restaurante y conseguirse una bella y joven esposa. Un hombre fiel y feliz. Y un Quekchí puro, único ser humano que aguantaría estas extremas condiciones de vida.

Había estudiado al detalle las posibles rutas antes de decidirse por El Estor. El Petén era la directa a México pero, por esa misma razón, se había convertido en el trayecto más transitado. La autopista de los barones de la droga. Mucha competencia, posible ingerencia en el terreno de alguno de ellos y, sobre todo, vigilancia extrema. Izabal lo convenció rápidamente. Precisamente por su inaccesibilidad estaba virgen. El transporte se presentaba más dificultoso y costoso. A cambio constituía una ruta mucho más segura. Y acertó de pleno hasta el día de hoy. El lago Izabal —con sus puertos y el río Dulce— permitían el transporte fluvial en buena parte del recorrido, compensando los costes más elevados del complicado terreno selvático.

Vio a Marcos asomarse en la puerta. Sin mediar palabra se dirigieron a la vivienda del alcalde Bernardino Hucub, medio familiar de su agente. Por allí todos estaban emparentados por sangre o por matrimonio.

Tras los consiguientes saludos protocolarios en Quekchí y concluir el desayuno consistente en pupusas de maíz fermentado y Coca-Cola, pasaron a conversar en castellano. Adán les dejó platicar —como era de rigor en esta comunidad— de manera indirecta. El jefe siempre debe mantenerse al margen hasta escuchar a todas las partes y dictaminar el veredicto final. Así se llevan los negocios en su cultura. Los dos comenzaron sus negociaciones sin mirarle, como si no estuviese allí.

Mientras tanto se distrajo pensando en la pericia de la Coca-Cola. A los lugares más remotos del planeta, apenas tocados por la civilización, llegaba la soda. Si alguien hubiese copiado su sistema de distribución para traer hasta ellos un sistema de depuración de agua o libros escolares, el mundo sería un lugar mucho mejor. Regresó su atención al diálogo.

—Hermano Bernardino, el señor Mills está muy preocupado —Marcos inició la charla.

—Hermano Marcos, usted sabe que el transporte llegó al muelle de El Estor y continuó camino a su destino —afirmó el alcalde.

—El señor Mills conoce las circunstancias. Desea saber qué pasó después. En compensación, le gustaría ofrecer a El Estor medios para la adquisición de dos nuevas canoas con motor.

—El señor Mills es muy generoso. Aceptamos con gusto su regalo. El hermano Orlando Pop les espera.

Marcos se paró, señal de que aquello había concluido. Los dos miraron a Adán en silencio. Este asintió con un discreto gesto y se puso en pie. Dejaron la bolsa con los billetes acomodada en una de las sillas de la sala de Bernardino Hucub. Adán, como siempre aconsejado por Marcos, había incluido el dinero justo para dos canoas motorizadas y un extra para el alcalde.

Una hora después llegaban a la choza de Orlando Pop en el todo-terreno. Antes hicieron una parada en la oficina de Marcos para recoger unas chucherías que presentarían de regalo a la esposa y un fajo de billetes para el cabeza de familia.

Totalmente aislada de cualquier aldea, la choza de Orlando estaba rebosada de niños y animales domésticos gracias a la generosidad de Adán. El Hermano Pop trabajaba para él en el recubrimiento de la pista de aterrizaje y en el mantenimiento de las grúas.

Tras la Coca-Cola de rigor, Marcos comenzó el interrogatorio.

—Hermano Orlando, el señor Mills desea información sobre la última carga.

Orlando se paró y salió de la cabaña sin mediar palabra. Lo siguieron en silencio caminando a su lado por una buena media hora. Adán daba gracias a la Coca-Cola porque sudaba como un puerco. Sin la bebida ya estaría deshidratado.

Orlando se detuvo y señaló una zona tan tupida como el resto. A primera vista no se apreciaba nada, pura selva. Sin embargo, el ojo experto de Orlando les indicó dónde mirar. Efectivamente, si se acercaban, el tronco de un gigantesco árbol aparecía artificialmente agujereado.

Orlando sacó una bala aplastada del bolsillo y la incrustó en uno de los orificios para indicar que provenía de allí. Mostró también un pedazo rasgado de tela negra.

—Uniformados —sentenció.

Aquellos eran los únicos restos de la masacre. Los asesinos hicieron bien su trabajo, borrando cualquier rastro. Si se olvidaron de algo, las torrenciales lluvias de la temporada terminaron la tarea.

Regresó a Guatemala esa misma noche. Dejó en manos de

Marcos el reclutamiento de un nuevo equipo de transporte desde El Estor y lo conminó a extremar las precauciones.

Le preocupaba sobremanera la filtración de información. La carga y sus rutas las conocían exclusivamente un puñado de hombres de toda confianza. Siempre variaban de una a otra para evitar, precisamente, estos percances. La presencia de "uniformados" indicaba claramente de dónde procedía la traición.

Ordenó a su intermediario en la capital que contratase discreta vigilancia para el Jefe de la Policía Nacional Civil y sus topos en el Ministerio de la Gobernación. La filtración venía de muy arriba. Estableció que pagase generosamente a las familias de Ramón y su grupo. Tenía pocas esperanzas —por no decir nulas— de supervivencia. Sus hombres estaban muy bien pagados y eran fieles. Si les asaltaron, habrían defendido la mercancía con sus vidas. En la selva, o matas o mueres. Ninguno contaba con sobrevivir ante un ataque de este calibre. Capturados, sabían que simplemente deferían la muerte tras enfrentarse a la cruel tortura. Ahora sólo quedaban viudas y huérfanos. Pero así es la vida. Unos tienen que sacrificarse para que otros vivan en libertad. El bien común está por encima del individual y pronto se vería. En un par de años, su plan de toda una vida daría sus frutos.

Al día siguiente viajó a Antigua para su cita con el cliente. Necesitó dos días de negociaciones de madre para calmarlo. Tuvo que hacer una importante rebaja en el precio de la mercancía por el retraso y se comprometió a una nueva entrega en menos de un mes.

Regresó directamente a Los Ángeles y encontró el buzón vacío. Ni un mensaje de Eva. Seguramente estaba muy enfadada por la cancelación del encuentro sin mayores explicaciones y la falta de comunicación desde entonces.

Mandó un mensajito corto, muy inspirado:

Eva, un poco de ti es mucho para mí.

Eva era impaciente. Él había esperado y seguiría esperando por muchas pegas que le pusieran. Su encuentro en Nueva York constituyó la culminación de sus sueños y no estaba dispuesto a perderla. Paciencia y buen hacer, como en los negocios difíciles.

En cada pensamiento encontraba algo nuevo que le llevaba hasta aquel apartamento del SoHo, donde una historia mil veces repetida se convirtió en única y especial.

Nueva York, con su gran orquesta de lluvias y lunas, de neones y rascacielos, de brisas de metro y nieblas artificiales, puso la música para que ellos agregaran la letra susurrante de una dulce melodía de seducción.

Se moría por repetirlo, por empaparse con su piel, por abandonarse a su imaginación a fuego lento. Inventar nuevas sinfonías, maravillarse con la armonía de su belleza desnuda, entregada indefensa a sus sabias manos, ocultarla entre su cuerpo, estremecida con sus besos, llenarla de espuma blanca y que todo no fuese un sueño. Y si era un sueño, que no volviese a despertar.

El sol se ocultaba y se estaba poniendo fatal, además de la erección sin mesura que se acababa de provocar. Mejor iba a la cama a leer un libro un ratito y a dormir.

Al otro lado del país, Eva estaba de muy mal humor desde que Adán anunció que iba a un viaje de negocios imprevisto y que estarían totalmente incomunicados por un tiempo indefinido. Sus mensajes, aunque consistiesen en un simple "Hola" como aquel primer email, eran su droga diaria. Ya sabía que no tenía justificación racional pero nadie cambia la realidad.

¿En qué negocios andaba que no le permitían mandar un

mensaje en una semana entera? No había querido hacerse esta pregunta antes aunque la tenía siempre presente. La apartaba para no enturbiarse.

"Un poco de ti es mucho para mí" fue la contestación después del largo y penetrante silencio tras suspender su encuentro. Eva había recapacitado durante este periodo de mutismo, analizando en profundidad la realidad en la que se encontraba. No le gustaba. Había pasado la vida huyendo de sus duplicidades y ahora se enfrentaba a la más profunda de todas ellas. Pensó no contestar y mandarlo al carajo pero al final decidió expresarse:

Un poco de ti es una mierda para mí.

Adán se alegró sobremanera. ¡Había contestado! Cualquier respuesta antes que el silencio.

Confía en el futuro, Eva. Aprovechemos el presente. Recuerda conmigo.

Recuerda que NADIE te ha besado mirándote a los ojos. Que NADIE ha hablado con la piel de tu espalda como mi boca. Que NADIE te ha amado a fuego lento. Que NADIE imaginó 56 canciones en una USB dedicadas a ti. Que NADIE desgranó el diccionario para buscar cosas bellas que decirte. Que NADIE se disfrazó de arlequín y Pierrot para revolotear alrededor de tu pelo con olor a champú. Que NADIE te alumbró con un encendedor naranja. Que NADIE compartió un paraguas bajo la lluvia que no mojaba. Que NADIE te susurró al oído un "te quiero" con sabor a cosecha del 80. Que NADIE te dio una pierna para que la agarraras en un taxi hacia el aeropuerto. Que NADIE imaginó lluvia artificial para empapar tus deseos. Que NADIE te ofreció pasar la noche a la orilla del mar de la tranquilidad en la luna. Que NADIE se acurrucó a la sombra de tu ombligo. Que NADIE te ha esperado como yo te he esperado. Que NADIE te considera su primer amor… Y cuando te canses de amores de mercadillo, baratijas de usar y tirar, de bomberos que no sirven ni para apagar chimeneas, ahí estaré yo para dar sombra a tu piel y compañía a tu soledad, unidos por ondas que NADIE podrá cortocircuitar. Eva, llevo toda una vida perdido en tu piel y no renunciaré a ella.

¿Cómo sacas un recuerdo, un pensamiento, un amor, un deseo del corazón? Eva no conocía la manera. Tras este mensaje quedó atrapada de nuevo y siguió escribiendo; no podía cortar ese fino hilo que la mantenía atada a él. Su debilidad era la palabra.

Así, hasta el próximo encuentro programado en Costa Rica en septiembre, agotaron el mes de agosto con cierta normalidad. Hablaron de La Toscana y una casa para compartir. Eso mencionó Adán como su paraíso conjunto. La idea salió de una de las películas que compartieron cibernéticamente, *Love Actually*, pero la casa no estaba en La Toscana sino en Las Landas. Adán, sin embargo, la trasladó allí porque le gustaba más.

Otras películas sirvieron para cultivar su amor a miles de kilómetros de distancia. Los días de eclipse —sin día o noche, los de sus encuentros— procedían de la película *Lady Halcón*. De *Serendepity* salió la conjunción de los astros que nunca les separaría. De *Casablanca*, su insaciable deseo y sus encuentros sexuales en la red.

Por mucho que el contacto físico se retrasase, la "telepatía", como lo llamaba ahora la creativa Eva, no podía frenarse.

Para colmo, ahora Adán conocía sus rutinas al detalle. La visualizaba a lo largo del día: ahora estará en la oficina tras la computadora, almorzando, en yoga, ayudando a sus hijos con el trabajo escolar, ahora se ducha, ahora hace los mandados.

Deseaba que sintiese que siempre estaba a su lado aunque les separasen miles de kilómetros y tres horas de diferencia y aunque ahora el destino les negase encontrarse con la frecuencia que ansiaban. Quería que lo supiera.

La imaginaba a todas horas. Hacía meses que su vida la vivía dos veces. Por eso anhelaba conocer su rutina: para compartir y vivirla a su lado.

Iba con ella desde su casa hasta el despacho de la revista. Se sentaba a su lado para mirarla cuando hablaba por teléfono con un joven de Tampico del que apenas recuerda cosas pero que la ha enamorado.

Le divierte ver cómo se mueven sus piernas inquietas cuando ríe por algún comentario. Toda su vida va en paralelo. La visualiza levantándose de la cama y mirándose en el espejo. Él se esconde entre la neblina del agua caliente de la ducha. Le seca la espalda y le acerca la bata de baño. Desayuna con ella a golpes en medio de las primeras llamadas al móvil. Se mimetiza entre las azaleas mientras reparte generosa los besos de las despedidas.

Se enorgullece al verla ejercer de madre. Tan niña a sus ojos y con tantas responsabilidades. Elije el CD de su coche o le acerca el mp3 para escuchar de vez en cuando "Caruso". Empuja el carrito de la compra y se enoja porque el carnicero la piropea. Susurra cuando nadie oye lo hermosa que es. Desaparece y aparece en cada calle de su colonia para no perderla de vista ni un segundo.

Después de comer le ofrece sus brazos para apoyar la cabeza y soñar que sueñan juntos. Cuando se mete a la cama envía un recuerdo ondulado y tierno para que llegue al corazón. Ese corazón irrompible, dulce y frío a la vez, al que cuesta tanto llegar y que, por sortilegios de la naturaleza, ha tenido el privilegio de encontrar una puertecita trasera de la que sólo él tiene la llave.

Recuerda siempre que te recuerdo.

Al día siguiente telefoneó y comentaron una de sus películas de nuevo, la de la casa en la Toscana. Por la noche escribió con gran inspiración.

Ya me contarás qué vas a hacer mañana.

La intuía cuando se levantaba de la cama, a punto de ducharse y desayunar. ¡Qué daría por conocer su primer pensamiento del día! Siempre hacía este ejercicio de imaginarla en su rutina.

Él iría temprano a una reunión y luego realizaría algunas visitas bancarias porque tenía un poco abandonados a los banqueros. Posteriormente haría nueve hoyos para entrenarse para pasado mañana, que tenía campeonato. Con premios y esas cosas. Más tarde un almuerzo y otra reunión que se alargaría toda la tarde. Puro *networking*.

Él solo deseaba una casita ¡¡¡en la Toscana!!!! Unos pantalones cortos y libros, muchos libros, incontables. Y mucho amor entre capítulo y capítulo, como una especie de control del número de la página: en este capítulo Eva me abrazó, en este capítulo comí su oreja, en este capítulo me perdí en sus chichis, en este capítulo me entretuve en contar las pecas, en este capítulo la puse en cuatro, en este capítulo me besó mirándome a los ojos, en este capítulo intercambiamos espumas, este capítulo lo leí entero con mi mano derecha sobre su seno izquierdo...

Podían superar un nuevo récord de lectura de libros. Un día Adán leyó doce libros y cada libro tenía una media de veinte capítulos. "¡¡¡Asombroso!!!", dirán las siguientes generaciones. La proeza será trasmitida boca a boca por todo México.

Un joven de Tampico logró un extraño e inaudito récord en una casita de la Toscana, rodeada de buganvillas y adelfas, con vistas al cerro de Couletta, y al lado de un pequeño afluente del río Arno.

Un minúsculo bracito de río que sirve para regar unos tomates, unas judías verdes y unas patatas que Luca, el nieto de Bruno, cuidaba y cuida mientras los récords caían uno tras otro en aquellas mágicas tardes de apasionada lectura.

¡¡Cómo fue aquello!! Cuentan los corresponsales que cuando se acabaron los mil trescientos cincuenta y dos libros de la biblioteca empezaron a leer capítulos de la Biblia. Eso referirá el diario. Pero el periódico no podrá detallar los sentimientos que anidan en esas almas gemelas.

Esa casa de la Toscana probablemente no tiene una ubicación especial. Se coloca donde viven los poetas, entre las casa de las musas, las hadas y las diosas y la vulgar tierra donde pacen los corderos y sus silentes.

Un lugar privilegiado lleno de poetas que no paran de recitar sus creaciones, que añoran a sus amadas, que hablan cada día con las musas y dejan caer sus creaciones a la tierra, por si alguna vez, rara vez, algún mortal las lee y pone un poco de cordura en esta tierra de locos.

Se había dilatado un poco.

No sé si habrás llegado hasta aquí leyendo. Si has aguantado a este pesado de tu novio, pues eso… que te quiero. Y que aunque no me quisieras, no me importaría. Porque yo te querré por ti, escribiré por ti, leeré por ti, te haré el amor por ti, cruzaré el Polo Norte en calzón por ti…

En este último caso el diario posiblemente diría: "¿Se acuerdan de aquel muchacho de Tampico de los récords en la Toscana? Bueno, pues añadan un nuevo récord: Se paseó todo el Polo Norte en calzón. Es que cuando estos mexicanos se ponen…".

Un beso.

Regresaban a su rutina.

13

Promesas aplazadas

¿Te gusta hablar cuando haces el amor? ¿Decir cosas dulces u obscenas? ¿O solamente callas y escuchas el silencio de los jadeos acompasados y la explosión de los orgasmos? No recuerdo. Cuéntame, mi amor.

Así terminó el mes de agosto y comenzó septiembre. Margarita regresó del D.F. sintiéndose renovada tras sus vacaciones estivales. Los niños estaban encantados de verla y, sobre todo, de que volviese a hacerse cargo de la cocina que Eva, a pesar de sus mejores esfuerzos, no dominaba. Sus menús consistían en ternera y pescado a la plancha, ensaladas variadas y fruta. Ni tacos, ni empanadas, ni nada rico.

Adán sí que cocinaba alguna vez. Y a tenor de lo que relataba, debía ser un experto. Aparte de la paella erótico-virtual que preparó para ella en Marbella, describía sus recetas. El día que preparó una para unos invitados mandó un mensaje de texto desde la cocina muy amoroso. *Vente*, escribió.

Aunque en McLean estaba nublado —Adán miraba el tiempo a diario en Internet para averiguar cómo amanecería el cielo que contemplaría su amada— en Los Ángeles lucía el sol. ¿Qué planes tenía Eva? Él iría al golf tras la paella.

Hoy le acompañaba su hijo que estaba de visita. Acabarían discutiendo como siempre. Intentaba enseñarle pero no se dejaba. Se creía que lo sabía todo. No se daba cuenta de que el golf es técnica y que hay que practicar. Por cierto, la paella había salido exquisita. De primero preparó champiñones rellenos de verduritas picadas y de segundo, la paella. Los amigos se chuparon los dedos.

Otro día hizo unos canelones. La esperaba con un plato en la mesa.

No garantizaba la mejor comida pero sí la mejor siesta de su vida.

Después de comer se acurrucarían en la veranda a hablar y acariciarse, como si fuera la sala del cine de Tampico.

¿Te parece, Eva?

Hasta el sol iba a parar para contemplarlos a los dos en plena faena… En cuanto pensaba en ella se ponía muy mal. Le recorría una sensación de necesidad por todo el cuerpo que acababa siempre y al final en el mismo sitio.

¡¡¡Tengo ganas de sentirte, Eva!!!! Tengo ganas de Eva. Bufffffff, ¡¡¡qué mal!!! Debo ser masoquista. Me pongo cada vez peor. Te quiero, amor.

Eva estaba exultante. Las hormonas no la dejaban tranquila aunque, con la esperanza de perderse entre los brazos de su barrigón en Costa Rica, aguantaba mal que bien el tirón.

De todas maneras, la primera semana de septiembre siempre resultaba ocupada. Los chavos comenzaban el colegio a la siguiente y estaba preparando todo el material escolar más todo un nuevo guardarropa.

¡Hay que ver cómo crecen! Con los mellizos era sencillo. Su hija era otro cantar. Como en el colegio existía un *dress code*, todo se complicaba. ¡Ojala tuvieran uniformes! Así acabaría el problema.

El *dress code* implicaba lo peor de dos mundos. Por un lado, no podían vestir a su aire, lo que hubiese simplificado las cosas. Por el otro, debían atenerse a un código: camisetas tipo polo con cuello —así se evitaban los escotes y ombligos al aire— y faldas hasta la rodilla o pantalones largos o a media pierna. No valían jeans ni pantalones informales. Conseguir que una adolescente encontrase ropa "sexy" dentro de estas categorías resultaba, no ya imposible, sino milagroso.

Después de varios días agotadores de recorrer tiendas consiguieron dos pantalones largos, unas bermudas, una falda y cuatro polos. Suficiente para la madre y totalmente inadecuado para la hija.

—No tengo ni ropa distinta para los cinco días de la semana.

—Pues repites el viernes lo del lunes, Eva. No creo que sea una tragedia griega.

El último fin de semana antes de comenzar la escuela lo dedicaron a materiales escolares, cuadernos, lápices, pinturas, clasificadores, gomas, sacapuntas. De los libros se encargaba el colegio, gracias a Dios.

Las escenas se repitieron con Eva y en algunos casos con los mellizos, que tenían un sentido muy agudizado de lo que parecía "masculino" y lo que no dentro de la categoría de materiales escolares.

Por supuesto, los tonos rosados y asociados quedaban descartados. Algún rojo si tiraba a granate colaba para las carpetas. Los azules oscuros, verdes apagados, marrones y negros también. Cada asignatura tenía su carpeta y cuaderno, y cada una debía disponer de un color diferente.

—¿De qué color son las matemáticas? —preguntó Sebastián mientras analizaba varios cuadernos.

—Negras —contestó Eva hija.

—Eso es muy fúnebre. Casi me agarro una roja para vivificarlas —dijo Sebastián mientras alcanzaba dos de ese color, uno para él y otro para su hermano.

Así de animado pasó el tiempo mientras Eva disfrutaba de sus hijos, que en el auto conversaban abiertamente sin percatarse de que ella manejaba. Eva hija, a sus 16 años, parecía un poco más infantil que su madre a esa misma edad, pero ya comenzaba a despertar. La belleza que apuntaba —sin ella percatarse todavía— la tenía rodeada de admiradores todo el día. Recordaba una ocasión en la que almorzaron en un restaurante. Eva fue al baño y el jovencito que se cruzó en su camino la miró con la boca abierta. La siguió con los ojos hasta que desapareció de su vista. Al girarse para seguir se chocó con una columna, obnubilado. Ella observó todo divertida. El pobrecito recibió un buen golpe.

Había tonteado con algún niño pero nada serio todavía. Sebastián preguntaba mientras Eva manejaba atenta por qué sólo salía con muchachos de otros colegios y no del suyo.

—¡Me desesperaría! Tendría que estar todo el día viéndolo. Y si encima hay peleas, todavía peor. Ya estaré todo el día con mi esposo cuando me case —contestó Eva hija.

La madre, con cara impasible, como quien no ha escuchado, se regocijaba por dentro pensando: "La niña tiene ya un concepto bien nítido de lo que implica el matrimonio".

Mientras los niños seguían conversando de sus cosas, Eva cavilaba sobre su matrimonio y su próximo encuentro con Adán en Costa Rica. Quizás resultase apresurado pero debía plantear de frente si realmente contaba con ella para un futuro conjunto o no. Necesitaba saberlo. Ella, que siempre había enseñado a sus hijos a ser sinceros, no podía continuar con semejante duplicidad. Iba en contra de sus principios. Creía fervientemente que si su hija amaba así algún día, lo entendería. Ella comprendió a su mamá cuando regresó a México. Y ella no podía luchar ahora contra ese corazón que se revelaba, que la transportaba a un mundo perdido que Adán había revivido en cada poro de su piel. Ella no podía vivir vidas paralelas como Adán.

En Tampico se escapó en varias ocasiones con él durante el día. Adán se desplazaba con frecuencia a arengar a los compañeros de las localidades cercanas. Y Eva le acompañaba. Apuraban cualquier momento disponible para estar juntos.

La primera vez esperó en una cantina de la localidad. Se llevó un libro y allí permaneció un par de horas hasta que regresó. Adán la encontró en "buena compañía", cosa que le sacó de quicio, así que comenzó a estar mucho más pendiente de ella. A partir de aquel día la entraba a las reuniones para no perderla de vista.

A las afiliadas no les hacía ninguna gracia que su Adonis llegase acompañado de semejante belleza, pero Adán no soportaba que cada vez que le quitaba el ojo de encima se acercara un baboso. Así que se chingasen los que no querían ver a Eva.

Con su físico y su manera de ser y actuar, y por muchos jeans que vistiese, no parecía sindicalista. Se notaba su raza de niña bien de lejos. En la manera de andar, de comportarse, de mover los brazos, reírse o apartarse la melena de la cara. Caminando parecía una diosa acercándose a un mortal.

Y en los mítines, si Adán se descuidaba, terminaba también rodeada de prójimos. Debía sacarla a la fuerza de entre un círculo de malhumorados admiradores. ¡En fin!

Los recuerdos de Adán estaban siempre ligados a esos celos que luego nunca se repitieron. Sólo ella despertaba ese demonio. En su relación actual volvió a descubrir esta emoción que creía olvidada.

Tras cancelar la cita en la República Dominicana, Eva comentó que si no se encontraban pronto, iba a coger con un bombero que le hacía ojitos en el estudio de yoga. Imaginársela con el susodicho bombero no le hacía ninguna gracia. Prefería figurársela sola, entre las sábanas, pensando en él. Por mucho que Eva se disculpó y aseguró que fue una broma, se sintió mal, desgraciado, y no lo entendía. Curiosamente no sentía celos del esposo de Eva, más bien envidia que pudiese compartir su vida con ella. Cuando pensaba en él se veía a sí mismo en su lugar: paseando abrazados, almorzando juntos, conversando, mirando una película sentados en el sofá. Peleándose con los niños. Haciendo el amor en la cama conyugal. No lograba ver su cara. La suya propia se interponía siempre. En cambio a los supuestos "amantes" de Eva simplemente los aventaría con una buena paliza. Ni él mismo lograba explicarse lo que sentía. Claro que con Eva todo era sentir y sentir, sin disquisición posible.

Trató de explicar lo que le parecía inexplicable. Ocurría algo excepcional. Siempre hubo algo que le preocupó de aquella breve relación con Eva en los ochenta, una culpa que quedó larvada en su interior, una especie de secreto del corazón.

Se refería a su comportamiento machista y celoso, que en

aquel escenario no desentonaba pero que, al discurrir el tiempo, lo consideró una conducta desafortunada e irrepetible.

Irrepetible porque nunca volvió a surgir. Nunca más tuvo veleidades de celos con otras mujeres. Sin embargo, el demonio de los celos y las actitudes machistas resucitaron de sus cenizas. La aparición, aunque fuese virtual, de bomberos, clones, payasos o el santo Juan Diego despertaba una emoción desconocida. Lo excepcional nacía de lo que lo que no ocurrió en los últimos treinta años y de nuevo resurgía con Eva.

El 10 de septiembre Eva voló a San José con la cabeza dándole vueltas por este desdoblamiento que la consumía tanto física como mentalmente. Tuvo que mentir a Andrew de nuevo diciéndole que haría un reportaje en la selva de Costa Rica. Iba decidida a plantear a Adán la necesidad de tomar una decisión. Era sí o no a su relación. El tiempo no iba a cambiar nada. Si la amaba no cabían más preguntas ni esperas.

En el aeropuerto esperaba un chófer que la trasladó a un aeródromo privado. Un helicóptero la transportó a la finca de Adán en Nosara. Con su propia pista de aterrizaje se encontraba situada en la cima de un pico. *Villa Paraíso* dominaba las 200 hectáreas privadas de vegetación selvática tropical, con impresionantes vistas de pájaro del océano en el horizonte. Un oasis en el que Adán la recibió vestido de blanco impoluto —con pantalón de lino y guayabera de hilo bordada— y una espléndida sonrisa.

—Bienvenida a Villa Paraíso —susurró al oído mientras le besaba ligeramente la oreja.

Un empleado recogió su equipaje mientras Adán la conducía, abrazada por la cintura, hacia la hacienda. La entrada estaba presidida por una cantarina fuente de estilo italiano, rodeada de un parterre repleto de gardenias.

La casa semejaba una gigantesca caja de cristal. Enormes ventanales introducían la naturaleza domesticada dentro, convirtiéndola en el semblante de un gran invernadero. Eva se estremeció.

El enorme jardín que rodeaba la casa por los cuatro costados estaba sembrado de naranjos, limoneros, mangos y aguacates, y presidido por un gran "árbol de Eva".

—Esta noche me voy a sentar en la rama y tú te colocarás en la ventana —dijo Adán.

—¿No estás un poco pesado para estar trepando? —se burló Eva.

—En caso de necesidad recurriré a la escalera.

Una pequeña huerta lateral dejaba entrever matas de menta, cilantro, pimientos, tomates y hasta bananos.

—Refréscate un poco. Cámbiate de ropa. Te espero en una hora para cenar. Hay atuendos adecuados en el closet. Seguro que son de tu talla porque yo me la sé. El color azul te sentará bien —comentó con una sonrisa.

Se dirigió a una silenciosa mujer que apareció como por arte de magia al lado de Eva.

—Acompañe a la señora a su dormitorio.

Su equipaje ya estaba en el cuarto, todo colocado en su lugar exacto. Los útiles de aseo y maquillaje, perfectamente asentados en el inmenso baño de mármol.

Se asustó al observar el paso de una sombra cruzando por la terraza de fuera, frente el inmenso ventanal de la habitación. Se acercó a la ventana y vio alejarse a un hombre enorme con un bulto en el costado. Cerró las cortinas y se sentó un tanto aturdida en la cama. Se sentía rara, con una sensación de incertidumbre que no lograba determinar.

Decidió ducharse. Cuando abrió el closet encontró su ropa

impecablemente ordenada y tres vestidos azules, muy similares a… Se estremeció. Agarró uno de sus vestidos.

Adán la aguardaba en el salón. Se giró y notó una sombra en sus ojos.

—¿No te gustaron los vestidos?

—Prefiero los míos.

Adán calló unos segundos, mirándola serio, directamente a los ojos, ahora de color azul.

—Es sólo un capricho, mi ángel. ¿No te importa hacerlo por mí? —indicó, acercándose cariñosamente a ella y besándola en los labios.

Eva cedió.

Poco más tarde, el hombre de blanco nuclear y la mujer de espuma azul se sentaban al anochecer en una fresca terraza frente a un paisaje de ensueño. Un horno de leña que emitía un aroma irresistible doraba una pizza mientras dos guardaespaldas paseaban discretamente por las barandas, haciendo círculos alrededor de la propiedad.

—¿Necesitas protección? —preguntó Eva.

—Fuera de Estados Unidos es recomendable. ¿Qué te parece la pizza que estoy preparando? —contestó Adán cambiando de tema mientras comprobaba la temperatura del horno.

—¿No me vas a cocinar una paella?

—Esa ya te la cociné, ¿recuerdas? Ahora una pizza para mi niña.

Un excelente vino regó la cena, acompañada por frutas frescas recién recolectadas de la huerta y una amena conversación.

—¿Y cómo es que mi Adán del árbol llegó a millonario con mansión?

—Porque encontré un tesoro.

—Anda, no te burles. ¿Y de qué pirata?

—De uno que se llamaba Negrín. Navegaba hacía el puerto de Tampico en el galeón *Vita*, rebosado de tesoros hace muchos, muchos años.

—¿Y se hundió? —le seguía la broma Eva.

—Desapareció sin dejar rastro.

—¿Y tú lo encontraste?

—¡A la vista está! —concluyó Adán, levantando los brazos para mostrar a Eva la magnífica propiedad costarricense.

Brindaron con champán y unos dulces exquisitos.

Con el cielo ya estrellado y la suave brisa de la montaña, Adán puso música suave.

—Nuestras canciones —dijo al saltar la primera, "Caruso", mientras se acercaba a ella y la invitaba a bailar por primera vez en el mundo real, apretadita, como en sus sueños. Eva se dejó ir. Cualquier reticencia que pudiese albergar desapareció de su alma al enredarse en sus brazos.

Tras un tiempo que pareció un suspiro, Adán la condujo hacia el árbol. Una escalera apoyada en el tronco esperaba.

—Ya ves que fui previsor —explicó mirando la escalera.

Eva rio con esa risa que le volvía loco.

—Sube a la habitación y asómate a la ventana, mi amor.

Eva obedeció.

Cuando se asomó y vio a Adán con su barriga y sus canas sentado en la rama, le entró la risa. Trató de contenerla sin éxito. No deseaba ofenderlo.

—No importa, Eva. Ríete. Quiero escuchar tu risa. Estás todavía más bella.

Y el atardecer se convirtió en una noche en la que se cumplieron todas las promesas aplazadas. Una noche repleta de besos, de lluvias y truenos, de bocas que ocultan ardores erigi-

dos, de piel con sabor a luna de miel, de dedos perdidos en
pozos inundados, de noches de boda que luego son tardes de
boda y acaban en mañanas de boda sin interrupción, de miradas verdes y susurros de pasión entre las sábanas.

14

Despertar en Nosara

Tú marcas mi ritmo emocional, mi vida. Si estás contenta, yo estoy feliz, y si te enfadas conmigo, me siento desgraciado. Hemos conseguido realizar juntos una travesía lúdica y aventurera a la adolescencia de la niña Eva McDermond, que me volvió loco. El sueño de mi vida. Posiblemente mi travesía sea desde mi anclada adolescencia en tus recuerdos a tu espléndida madurez neoyorquina.

Cuando despertó, Adán no estaba a su lado. Se duchó, vistió y salió del dormitorio. Una empleada esperaba para dirigirla al jardín donde aguardaba el desayuno —a punto— con jugo fresco de toronja, tostadas, mantequilla, café, frutas y dulces.

Observó dos helicópteros en la pista. No lo había oído aterrizar. Durmió tan profundamente después de… Un bienestar la invadió al repasar la noche en blanco. Decidió buscar a Adán para abrazarlo. Entró en la casa y escuchó voces procedentes de la biblioteca. Se dirigió hacia allí y uno de los guardaespaldas le cerró el paso, de manera amable pero contundente.

—¿El señor Mills? —preguntó al gigante parado enfrente.

—El señor está reunido.

Con la cabeza indicó a la empleada —ésa que ahora la seguía como una sombra, según percató Eva— que se hiciese cargo de ella.

—Si la señora no tiene inconveniente, me acompaña, por favor.

Eva siguió a la empleada camino de la casa de baños, al lado de la pileta. Estaba cada vez más molesta. Al rodear una de las terrazas, a través de los grandes ventanales, vislumbró a Adán conversando con un invitado. Frenó un tanto para apreciarlo mejor pero la empleada la apresuró.

—El señor ha preparado una mañana de relajación, señora. Estará con usted para el almuerzo.

En la caseta de baños aguardaba una masajista.

A la hora del almuerzo pudo por fin encontrarse con Adán. La esperaba sonriente en la mesa del jardín.

—¿Tu invitado no nos acompaña?

—No. Está ocupado —respondió escuetamente Adán mientras acercaba la silla para acomodarla y le daba un ligero beso en el cuello.

—Qué bien hueles, mi vida —musitó al retirarse, tras haber restregado su nariz por el cuello de Eva tratando de atrapar el perfume de su piel.

Tuvieron un agradable almuerzo y a la hora de los postres, Adán explicó que seguramente no podría cenar con ella esta noche.

—¿Problemas?

—Nada que no se pueda arreglar. Tú relájate y disfruta, mi vida. Te he preparado un programa maravilloso para que pienses en mí aunque no esté contigo.

—¿Y en qué consiste?

—Sorpresa para mi niña.

Eva se retiró a descansar a su dormitorio a esa hora de solina y se tumbó en la cama, pensativa. Escuchó el motor del helicóptero y se asomó al ventanal. Adán y su invitado embarcaron y partieron.

Regresó a la cama y se quedó somnolienta. Unos golpes suaves en la puerta la sacaron de su duermevela. El señor Mills enviaba a un guía que la pasearía por la propiedad. Posteriormente, otra empleada la llevaría de compras al pueblo cercano. Seguro que deseaba adquirir alguna de las artesanías tan bellas de la localidad.

Regresó de los paseos al anochecer, se duchó y se dirigió al jardín para la cena. La mesa estaba puesta con un cubierto y un guitarrista amenizó la soledad con "sus canciones". Una lista exhaustiva de melodías "seleccionadas personalmente por el señor Mills para ella".

Se retiró temprano, durmió mal. Al amanecer la despertó Adán con un beso.

—¿Cómo está mi Eva? Ya ves. Todo solucionado. Hoy tendremos todo el día para nosotros. ¿Qué te provoca?

—Yo solo quiero estar contigo.

Adán se enterneció, se desnudó despacito y se metió a la cama. Llegó el mediodía retozando y decidieron no salir de la habitación. Adán encargó un refrigerio y allí pasaron la tarde: amándose, riéndose, reencontrándose.

Resolvieron darse un baño desnudos en la alberca para refrescarse antes de la cena. Hoy sería la última noche que pasarían juntos hasta el próximo mes, su encuentro previsto en Guadalajara.

Ya sentados en la mesa, Adán preguntó por la noche anterior.

—¿Me echaste en falta, cielo?

—Un poco, pero como dejaste tanta canción…

—Así me gusta, que mi niña no pueda vivir sin mí.

—Adán, me gustaría que me involucrases más en tu vida.

—¿Cómo?

—No sé… Has aparecido de repente, de la nada. Has revolucionado mi vida, mi corazón, mi alma… Me gustaría saber más de ti y hablar del futuro.

—Eva, mi vida, el futuro es todo lo que estoy esperando, lo que siempre he estado soñando y hemos empezado a escribirlo ahora.

—¿Tú te planteas una vida en común? Ya sé que quizás sea muy pronto para hablar de ello pero yo lo he estado pensando. Ya no somos unos niños…

—Yo me planteo mimar a mi niña para la eternidad —interrumpió Adán caminando hacia ella, alzándola, abrazándola por la cintura y besándola con los ojos abiertos.

De allí regresaron abrazados al dormitorio y terminaron por conocerse bajo la atenta mirada de la luna llena.

Al día siguiente, Eva llegaba a su hogar, perpleja y llena de contradicciones. Su esposo se encontraba de viaje. Los niños dormían tras un día de escuela, extenuados por los deportes. Margarita mantenía todo en orden.

Su confusión era mayúscula. Amaba a Adán con toda su alma y él decía que mataría por ella. ¿Entonces? Se había pasado el viaje entero pensando. Odiaba las duplicidades. Prefería ir con la verdad por delante. Su matrimonio con Andrew proporcionaba estabilidad y estaban los niños de por medio pero Adán… Solo se ama así una vez en la vida. Y cuando surge una pasión semejante y de repente, ¿qué se puede hacer? Ella no conseguía amar a ratos como parecía ser la intención de Adán. ¿Verse una vez al mes? ¿Y así hasta cuando? ¿Estaba quizás presionando demasiado y debería darle más tiempo? ¿No fue él quien apareció de la nada para asegurar que era la mujer de su vida? ¿De qué vida? ¿La de la casa chica? ¿La amante esporádica, mensual, con suerte?

Le incomodaba la sensación de que Adán la trataba como a una niña, como si fuese un capricho, personaje de una obra en la que su papel consistía nada más que en revivirle un recuerdo atascado. A ello se sumaba la inquietud de que en sus negocios existía algo muy turbio de lo que no deseaba hablar. Jamás contestaba directamente lo que preguntaba. Siempre desviaba la respuesta y terminaban en su terreno. No muy distinto de Andrew, la verdad. Se sentía igualmente manipulada. Esta no es manera de comenzar una relación.

Decidió compartir sus dudas con él.

Eva, lo importante no es la cantidad de los encuentros sino la calidad. Eres muy impaciente, mi niña, como cuando tenías 16 años. Lo quieres todo ahora. Todo andará. Hay que esperar un poco. Confía en mí. Te adoro.

Eva echaba humo tras recibir este mensaje. Lo que pensaba. ¡La deseaba solo para chingar esporádicamente! ¡Qué imbécil! ¡Cómo se dejó pillar de semejante manera! ¡Y a su edad!

Alice, su otra personalidad —y ensombrecida por Eva— comenzó a despertar y aportar su racionalidad: "Veamos, Eva. Si lo que quiere a estas alturas es una simple amante para echar unos cuantos palos, ¿no crees que hubiese buscado una más cerca y más joven?".

Eva volvía a la carga: "Razón no te falta pero quizás no

busca sólo sexo. Igual necesita el morbo que le produzco. Posiblemente no se le para con otra por cuero que esté y precisa el recuerdo de una niña virgen de 16 años para calentarse. ¡Como si no hubiera fetichistas en esto del sexo y el amor!", pensaba encolerizada.

"Treinta años pensando en ti… ¡Novia!". Decía que aspiraba a ser su novio ahora, cosa que nunca supo si llegó a ser en Tampico. ¡Amante! ¡Querida! Ni puta tan siquiera porque las putas cobran. Eso es lo que era ella, y de las más estúpidas.

Se enfadaba tanto, tantísimo, manejando argumentos ella sola en su cabeza que cuando escribía, más que teclear, pateaba la computadora. Algún día iba a destrozar el teclado por la fuerza con la que oprimía las letras. Si los mensajes que abrió Adán en esos negros días hubiesen tenido vida propia, le habrían explotado en la cara, cegándolo para siempre.

Adán trataba de apaciguarla pero nunca aclaraba la situación. Siempre el mismo argumento: "Paciencia, todo llegará".

—¿Cuándo? —preguntaba Eva.

—Cuando tenga que llegar. Mi preciosa, confía en mí. Llegará —contestaba Adán.

—¿Meses? ¿Años? —preguntaba Eva.

Eva tenía 46 años y Adán, 50. No sobraba el tiempo para andar esperando como cuando eran unos jóvenes cachorros de 16 y 20.

Te aguardé 30 años. Espérame tú a mí. Mientras tanto, si no deseas más, me conformo converte de vez en cuando —aunque sea unas horas— para comer, cenar, tomar el aperitivo en una terraza.

Eva no lo aceptaba. Deseaba amanecer con Adán. Quería "dormirse arrullada por sus ronquidos y despertarse abrazada a su barriga".

Adán también, pero no podía ser todavía.

Eva, sé razonable. Ten paciencia. He aguardado 30 años. No me importa esperar otros treinta.

A ella sí le importaba esperar. ¿Por qué no compraban un panteón para disfrutarlo conjuntamente a los 80 años?

Eva, paciencia. Un poco es mejor que nada. Todo llegará.

Adán recordaba que él tuvo que amoldarse en Tampico para verla esporádicamente, dadas las circunstancias. Ahora tenía que adecuarse ella a la situación.

Eva respondió que entonces tenían 16 y 20 años y que ahora eran dos adultos. Vaya estupidez la comparación. ¿Qué le impedía tomar una decisión o, al menos, dar un plazo?

Adán no podía ahora. Sabía que estarían juntos, lo que más deseaba en este mundo. Pronto o tarde, pero no lograba determinar las fechas.

El intercambio continuó el resto del mes de septiembre. Un tira y afloja sin solución entre los dos amantes. Eva cada vez más enfadada y Adán, sin saber qué hacer, rezando para que, enfadada o no, por lo menos siguiera escribiendo. Quería mantener el contacto a toda costa.

Eva, déjame soñar con nuestros encuentros adolescentes.

"¿Encuentros adolescentes?", preguntaba Eva. Ella era una mujer. Cada vez se hundía más sin querer reconocer la verdad que Adán planteaba claramente.

Adán suplicaba cuando ella amenazaba con cortar toda comunicación. Sugería que, por lo menos, llamase para hablar de vez en cuando. En calidad de lo que quisiera —novio, amigo, amante, bombero ocasional, cicerone, gigoló o maletero—, cualquier cosa con tal de no perderla. Cualquier cosa.

Eva dudaba entre no contestar y hacer el vacío definitivamente. Pero seguía escribiendo. No podía dejar de hacerlo por mucho que el cabrón siempre daba, muy hábilmente, la vuelta a todos sus argumentos.

Ella no quería menos de él sino más y el hijo de la chingada presentaba la posibilidad de menos. Quizás quien deseaba librarse del "amante infernal" era él.

Sugería diversos "status" en su anterior correo. Pues bien, Eva adjuntaba una lista ordenada de sus preferencias para que respondiese cuál PODÍA cumplir, CUÁL PODÍA DESEMPEÑAR EN LA CUARTA DIMENSIÓN (Y NO CUAL LE GUSTARÍA REPRESENTAR EN EL PAÍS DE LAS MARAVILLAS).

1) Hombre Cromañón. Vienes a Washington, me agarras del pelo y me llevas a la Toscana. ¿PUEDES?

2) Esposo. Vienes a Washington, me pides que me case contigo y me llevas a la Toscana. ¿PUEDES?

3) Novio. Nos vemos una vez al mes. Creo que para ser novios no se sobrevive con menos. ¿PUEDES?

4) Bombero ocasional. Tendrías que apagar el fuego al menos una vez al mes. ¿PUEDES?

5) Amante. Ídem que bombero. ¿PUEDES?

6) Gigoló. Ídem que bombero e incluso más a menudo, dada la naturaleza de este trabajo tan especializado. ¿PUEDES?

7) Cicerone. Me acompañas cuando viajo. Sería una vez cada mes y medio. ¿PUEDES?

8) Maletero. Ídem que Cicerone. ¿PUEDES?

9) Amigo. No me interesa. Este papel ya lo tengo ocupado.

10) Gustavo Adolfo Bécquer, poeta. Tampoco me interesa. Mucho ruido y pocas nueces.

Presentaba una amplia selección como para elegir un papel. *¿PUEDES?*

Esperando sus noticias, se despide atentamente, Eva, una adolescente idiota y enamorada de un ejecutivo cincuentón y barrigón.

¿Qué contestó Adán?

Lo de siempre. Que se encontraba muy dolido. Qué tristeza. Que la adoraba. Pedía paciencia. Puro "bla, bla, bla" en opinión de Eva. Nunca una respuesta clara, de frente.

Adán seguía lamentándose para no perderla del todo. Le hacía mucha falta. Para él era una necesidad física no perder el contacto. No deseaba perderla después de recuperarla tan maravillosamente.

Sus encuentros en Nueva York y en Nosara fueron la culminación de sus sueños. Darle placer fue una fantástica aventura que comenzaba en su boca, línea del paraíso terrenal —allí donde él desaparecía entre tinieblas de pasión— para resurgir y desearla más y más.

Te quiero, te quise y te querré.

Eva sugirió que dejase ya de quererla. Total, ¿para qué?

Adán contestó que el amor no es una bombilla que se enciende y se apaga. Que ella llevaba en su corazón toda una vida y seguiría allí con o sin contacto. Que era su locura y su obsesión. Que así lo había sido durante tantos años, así lo era y seguiría siendo aunque las circunstancias le apartasen de ella. Que él seguiría teniendo amor por los dos: esa constituía su ventaja.

Parecía un encantador de serpientes, un hipnotizador, un vendedor ambulante de gran verborrea. La envolvía invariablemente en su telaraña epistolar. ¿Podía prescindir de sus encuentros en la cuarta dimensión y seguir amándolo por "telepatía", la nueva calificación de Eva para este amor tan inusual?

Decidió darse un tiempo. Aceptó un nuevo trabajo: documentar la vida de la tribu Tagaeri, de la que debían quedar dos docenas de supervivientes. Tenían escaso contacto con la civilización y vivían en aislamiento voluntario. De costumbres nómadas, se movían por la selva amazónica que corresponde a la parte del Ecuador —ellos nunca tuvieron fronteras— y que llaman Wao-Terero en su lengua Huaorani.

Sería una misión complicada. Su localización en un inmenso territorio selvático se presentaba difícil y, aún así, quedaba la cuestión de propiciar un primer contacto sin que les rehuyesen. Esta ocupación le convenía, mientras más difícil mejor. No habría posibilidad de Blackberry, otra ventaja adicional. Llevarían teléfono satelital, por supuesto, pero para cuestiones de trabajo.

A la vuelta de estas dos semanas —en las que esperaba limpiarse el alma— pasaría unos días de descanso en el rancho de Texas que la abuela le legó. Como única nieta, lo heredó todo.

Cuando volvió a Estados Unidos, la abuela aún vivía y la visitaba con frecuencia. Comprendió entonces por qué se llevaba tan mal con su madre: las dos eran de armas tomar. Las amaba por igual pero tenía que reconocer que juntas eran explosivas.

Vivió hasta los 98 años. Una mujer tejana de pro, templada y fuerte como una roca. No perdió la costumbre de montar diariamente a caballo y de practicar el tiro con su amado rifle hasta bien entrados los 80. Donde ponía el ojo, ponía la bala.

Si se desplazaba a Dallas —en contadas ocasiones, porque despreciaba el desarrollo urbano— siempre llevaba su pequeño revolver plateado con cachas de nácar en el bolso. Hubiese disfrutado viendo a algún imbécil intentar robar el bolso "de la abuelita" para acabar, en el mejor de los casos, con un buen susto, y en el peor, con un certero balazo en los cojones.

Después de su muerte dejó de ir durante unos años. Sentía una gran nostalgia al regresar a esa casa vacía. Con los niños pequeños retomó la costumbre de pasar unos días con ellos. Ahora estaban crecidos y no les atraía aislarse en un rancho. Volvería ella sola para descansar a su regreso de Ecuador.

Con un frío y escueto correo en el que no daba mayores explicaciones anunció a Adán que no le contactaría hasta octubre y desapareció del ciberespacio.

15

---•---

La caja de Pandora y el álbum de Ms. Penguin

Aunque no pude escribirte el fin de semana me acordé mucho de ti. Supongo que habrás recogido mensajes míos en la luna. Como está todavía creciendo, no tiene capacidad para trasladar muchos recados de enamorados. Tuve que convencerla de que lo nuestro es diferente. Tenemos el factor distancia, el factor amor, deseo, historia, somos un primer amor... La cansé tanto que al final por plomo me permitió remitir los correos. Espero que esta luna joven e inconsciente no me haya puteado. A mí me gusta más la luna llena. Parece más de acorde a nuestra generación. Más seria en sus compromisos.

Eva y su equipo tuvieron una suerte inmensa con el reportaje en la selva ecuatoriana. Contactaron con la tribu de los Tagaeri después de varios intentos fallidos y luego de ganarse su confianza gracias, entre otras cosas, a que iban acompañados de un experto lingüista.

Estaba completando un estudio de lenguas en vías de extinción y la de los Tagaeri, el Huaorani, calificaba con matrícula de honor. Quedaban dos docenas de parlantes como mucho. La lengua ya podía considerarse muerta para todos los efectos. Por lo menos ahora quedaría documentada. El llamado progreso acaba con muchas cosas bellas e irremplazables.

A los Tagaeri les sorprendió que alguien conociese algunas palabras de su idioma y que las pronunciase correctamente. El resto del tiempo se burlaron de ellos y de sus intentos de hablar Huaorani —un desastre completo—, de tratar de trepar un árbol —que ellos ascendían como una ardilla—, de caminar en círculos por horas sin la ayuda de sus GPS y de su total incapacidad para entonar decentemente una canción en la que imitaban a la perfección el distintivo canto de docenas de aves amazónicas que ellos reproducían desde la más tierna infancia.

En realidad, fueron ellos los observados como bichos raros por los Tagaeri, no al revés. Pero les dejaron filmar, tomar fotos y compartir.

Eva volvió muy satisfecha y casi limpia de sus angustias. Los días pasaron rápido y ocupados. No tener acceso a Internet la serenó mucho. Llevaba dos semanas sin saber nada de Adán y sin tocar una computadora.

Después de la breve escala en Miami, voló directamente al aeropuerto de Fort Worth en Texas. Reservó un auto y se dirigió al rancho heredado de la abuela Alexandra McDermond, a quien le tuvo un enorme cariño, correspondido sin exigencias cuando su mamá regresó a México con su hermanito.

Mientras manejaba las dos horas y media hasta el rancho cavilaba sobre su madre.

Conforme nacieron los chicos y especialmente después de morir su hermano en extrañas circunstancias —lo encontraron ahogado en la alberca pero nadie lo mentaba—, retomó su relación con ella. Esporádicamente hablaban por teléfono y se vieron unas cuantas veces.

Al regresar a Texas desde Tampico y encontrarse otra vez con la abuela presidiendo su vida, no lo aguantó y se largó a México con su familia, llevándose a su hermano pequeño. Aunque durante muchos años culpó a su mamá, con el tiempo comprendió mucho mejor. El encono entre su mamá y su suegra no tenía solución, especialmente porque su papá nunca pegó un puñetazo en la mesa y cerró la discusión. Debería haber dado la razón a su mamá y callado la boca a la abuela. Entre otros puntos de roce, se encontraba el asunto de los nombres. La abuela se empeñaba en llamarla Alice. Su mamá, Eva. Su papá, para evitar conflictos con ambas, nunca dio la razón a ninguna. Navegaba las aguas turbulentas llamándola "niña", "cariño", "cielo" y otros eufemismos para evitar el enfrentamiento. Él tuvo mucha culpa. No se impuso y terminó por perder a la mujer que amaba a manos de la abuela. Eva la quería mucho pero admitía que era una gran manipuladora. Mujer fuerte donde las haya, se presentaba ante su hijo único como una viuda solitaria, desvalida, con achaques, necesitada de cariño y compañía. Echaba la lagrimita y contaba penas —reales o imaginarias— para dar lástima. El bonachón de su papá no tenía armas suficientes para contrarrestarla.

Su mamá, ardiente mexicana, constituía el polo opuesto. Odiaba hacerse la mártir frente a su esposo, quien replegaba velas cuando María se enojaba y soltaba sus truenos. ¿Hasta donde puede rebajarse el orgullo sin que afecte a la dignidad? Su mamá lo intentó verdaderamente, recordaba Eva. Al final decidió empacar y regresar a México. ¿Qué alternativa quedaba sin el apoyo de su papá? ¿Esperar que muriese la abuela? ¿Diez, quince, veinte años? El desenlace hubiese sido el mismo, quizás unos años después. No hay relación que aguante el desgaste de semejante guerra soterrada. Mejor cortar cuanto antes lo que ineludiblemente huele a podrido. Al final, lo que duele, cura.

Se enteró de su partida cuando la abuela telefoneó a la Universidad de Columbia en Nueva York. En aquel momento no le afectó tanto la noticia. Estaba en una edad en la que su vida se centraba en sus estudios y en los hombres.

Muchos bebían en exceso pero a ella no le gustaba. Parecía ridículo tomar hasta perder el conocimiento. ¿Qué beneficio saca uno? A ella le gustaba sentir, estar viva, vibrar.

Ahora pensaba que su mamá fue muy valiente. Siguió los dictados de su corazón, que no muchas personas escuchan. Lo más normal es proseguir con la inercia de las cosas, incluso si no hay tempestades bruscas en la pareja. No se busca la felicidad sino la estabilidad y la tranquilidad. El aburrimiento y la decadencia es la contrapartida.

Así ocurrió a su papá después de perder al amor de su vida, María de los Santos. No corrió detrás de ella. No luchó por recuperarla. No agarró la maleta y se fue a México a buscarla. Se quedó sentado donde estaba hasta que llegó Margaret.

¿Se enamoró de su segunda esposa? Eva nunca lo preguntó. Se casó con ella —un hombre nunca se quedará solo por mucho tiempo— y comenzó su plácida existencia. Residían en una agradable comunidad de retiro de la Florida tras la jubilación de su papá. Él jugaba al golf y leía. Ella paseaba por la playa, salía de compras con las amigas y miraba el televisor.

Margaret, solterona mayorcita, era hija de una medio prima por parte de la abuela. Le iba bien, la verdad. Llevaba una vida muy placentera y su madrastra lo cuidaba y atendía como corresponde. Nada que ver con su mamá, un volcán que lo levantaba del sofá, le alegraba la vida, lo volvía loco de amor.

Su madrastra cuadraba con el tipo gringo femenino más corriente del medio oeste: no muy alta, flaca como un palo —sin los senos de María—, rubia de ojos azules pero de esas rubias sin atractivo, deslavada, desnutrida y desteñida. Se ponía roja como un tomate al primer rayo de sol, nunca se bronceaba y siempre andaba toda cubierta con una gran pamela y esos vestidos floreados sueltos que aún acentuaban más su condición de estaca. Pero a su papá le aportaba la paz que María nunca le dio. Una vida sin sobresaltos, inundada de rutina a cambio de dejar la pasión en la cuneta.

¿Y no hacen todos lo mismo tras el fracaso de la primera pasión? Nunca más se atreven a amar así de nuevo porque ya conocen el inmenso dolor de la pérdida.

Su mamá pronto se casó con un rico industrial mexicano al que Eva llegó a conocer de refilón en un par de visitas en las que acompañó a su mamá a McLean. Conforme pasaron los años, Eva se hizo adulta y, al convertirse en madre, se tornó un poco más sensible, menos egoísta. El mundo ya no giraba a su alrededor.

El corazón se tornó blandito, como decía Adán, y comprendió la huída de su mamá. No quería acordarse de Adán. Su nombre se cruzaba en cualquier pensamiento por remoto que fuese. ¡Chingado! Tenía que trabajar esta parte de su cerebro donde siempre se colaba sin su permiso.

Llegó al rancho ya anochecido y se encontró una nota en la cocina al lado de un plato de comida. Avisó al matrimonio que cuidaba la propiedad —Miguel y Dominica Guadaloche— que llegaba hoy. La nota indicaba que podía calentar el plato en el microondas. Mañana pasarían a saludarla. Que la señorita tuviese buenas noches.

Eva continuaba siendo allí "la señorita" por muchos 46 años que tuviese. Dominica la seguía tratando como una niña y se moriría haciéndolo por mucho que fuese ya una "señora" madura y madre. Sus hijos eran "los chamacos" y su esposo el "señor Andrew".

Los Guadaloche trabajaron para la abuela todas sus vidas y ésta, al morir, dejó estipulado que siguieran con sus tareas. Eva acató sus deseos de buen grado. Si no fuese por ellos, el rancho estaría abandonado. De todas maneras, Alexandra dejó una buena herencia para mantenerlo sin estrecheces.

La casa olía a la abuela. Una década había pasado y aún conservaba su fragancia por todos lados. Los aromas, esa entelequia sin forma, sin peso, sin masa, son el más potente de los recuerdos, el más pujante de los afrodisíacos, como decía siempre Adán… Y seguía con él en su cabeza.

Terminada la cena subió a ducharse y decidió dormir en la cama de la abuela (y no en la suya). Quería sentir su olor y revivir sus recuerdos de la infancia en el rancho, donde no existía ninguna preocupación.

Una infancia feliz constituye el mejor regalo para un niño, pensaba. Soñaba con una vida compartida con Adán aunque sabía que era muy poco probable. Soñaba de todas maneras.

Entre sentimientos de amor, culpabilidad y dulces recuerdos de su perrita Nelly y de la abuela Alexandra McDermond, durmió acompañada de un cielo estrellado y de la luz fría y blanquecina de una luna llena y muda que se filtraba por la ventana.

La despertó casi al mediodía el trajín de Dominica Guadaloche en la cocina y el reconfortante olor a café. Después desayunó unos buenos huevos fritos con arroz y frijoles. Dominica la obligó a terminar el plato al constatar que "la señorita está en los huesos". Tras el banquete decidió darse un paseo por el rancho.

Ya no existían los caballos. Los conservó hasta que murieron, como deseaba la abuela. No adquirió ninguno más. No tenía sentido mantener un establo al que nadie recurría. El ganado vacuno y algunos cerdos se quedaron porque producían ingresos suficientes para mantener los gastos del rancho. Dominica y su esposo criaban, además, gallinas y conejos propios. También alimentaban a varios perros de guardia en la finca.

Visitó primero la tumba de la abuela, que fue enterrada donde indicó, junto al abuelo, en una colina de la propiedad desde la que se divisaba el rancho en los cuatro puntos cardinales. Las flores de la tumba estaban frescas, prueba de que Dominica subía allí con frecuencia.

Retornó casi anocheciendo de su paseo, agotada y renovada, con el olor a prado de su infancia impregnándole las neuronas. Hubiese preferido llegar de su paseo y estar a solas pero Dominica esperaba con la cena.

—Muchas gracias, Dominica, pero no tengo apetito. Me tomo un vaso de leche y un bizcocho.

—No me muevo de aquí hasta que no termine —contestó Dominica plantándose como un poste frente a la mesa.

Así que, sin remedio, se comió todo: una chuleta de cerdo con arroz y frijoles de nuevo. Si no engordaba ahora no lo haría nunca.

Mientras Dominica la observaba para comprobar que comía todo preguntó por las flores en la tumba de la abuela:

—Señorita, su abuela lo ve todo. Con todos los respetos, era una mujer generosa y justa pero con un carácter de los diablos. Me hizo prometer que siempre habría flores frescas en la tumba y lo cumpliré hasta el día de mi propia muerte, no sea que me eche una maldición. Y también me gusta hacerlo porque converso con ella un tiempito. A veces no está de buen humor y no me contesta pero generalmente nos despachamos.

Eva aguantó la risa ante la seriedad de esta afirmación. La abuela seguía mandando allí, incluso después de muerta.

Dominica sugirió aprovechar su corta estancia para que hiciera limpieza porque quizás no regresaba de nuevo en años. La señorita tenía aquello más que abandonado.

Ella no se atrevía a tocar nada de la abuela. Papeles, libros, facturas y mindangas de más de diez años estaban acumulados desde su muerte recogiendo polvo y moho. Ya comprendía que era duro hacerlo para una gringa sin muchas convicciones religiosas y "que le perdonase la señorita, pero había que hacerlo".

—Señorita, los muertos no se mueren. Siguen vivos en nuestro corazón —sentenció al despedirse.

Eva conocía muy bien las creencias mexicanas, muchas de ellas milenarias, enraizadas en la cultura azteca. Parte de su sangre bullía al compás de su tierra y ahora su corazón sufría entero con pasión mexicana.

Estaba al tanto del Día de los Muertos en México. El 1 de noviembre, coincidiendo con la fiesta religiosa católica de Todos los Santos, sus compadres invaden los cementerios para comunicarse con los que se fueron.

Llevan y comparten sus comidas y bebidas favoritas, bailan y cantan. Celebran a sus muertos, no los lloran. La fiesta parecía interesante desde el punto de vista antropológico aunque un tanto macabra. Quisiera creer que los muertos "viven" de alguna manera en algún lado pero su mente analítica y cartesiana lo negaba.

Oyó el golpe de la puerta al irse Dominica, seguido de los petarderos de su camioneta destartalada al arrancar. Después el silencio, sólo roto por el ladrido de alguno de los perros que Dominica soltaba en la propiedad por seguridad.

Ella nunca fue miedosa, ni al quedarse sola allí ni cuando se producían esas enormes tormentas que a su mamá la asustaban muchísimo. También estaba el consabido rifle de la abuela, cargado y listo para descargar, apoyado en el dintel de la puerta. No había tocado un arma desde su infancia. La abuela le enseñó a disparar y eso nunca se olvida, como montar en bicicleta.

El silencio la envolvió. Un silencio relajante, calmante, no como el del ciberespacio con Adán. Y allí estaba otra vez él… Decidió hacer limpia para tener algo que presentar a Dominica al día siguiente o de lo contrario la tendría peleando todo el día. Y si dijese a la abuela que la señorita era una desobediente, podía caerle una maldición.

Con una sonrisa en los labios comenzó por el salón, donde se acumulaban cajas con papeles de toda índole. Llenó varias bolsas de basura y, tras tres horas de tirar prácticamente todo, con cuatro bolsas a rebosar, estaba agotada.

"Esta es una tarea de meses", pensó, agarrando la que iba a ser su última caja del día. Tras apartar la primera capa de papeles, alguno de ellos ilegibles, apareció una cajita azul cuajada de estrellitas blancas. Era ¡la caja de los secretos! De de niña guardaba allí las tonterías más inverosímiles: botones bonitos, un poquito de pelo de su perrita Nelly, una flor seca, notitas de sus enamorados de la escuela. Se emocionó.

Sus manos temblaban cuando decidió abrirla después de contemplarla un rato sin atreverse a tocarla. Medio escondidas entre estas chucherías estaban la media docena de fotos que conservó de Adán a su vuelta de Tampico y también sus cartas.

La primera foto del paquete, atado con una goma de pelo medio deshecha, mostraba a los dos apoyados en el furgón de Adán, mirando a la cámara de frente. Ella salía con un vestido horrendo, floreado, un tanto infantil, el de señorita que se ponía para "ir de visita" y que tanta gracia hacía a Adán. Él aparecía con jeans, camiseta y un corte de pelo terrible.

No se atrevió a tocarla ni a apartarla para ver el resto. Riendo y llorando a la vez, cerró la caja con fuerza, la estrechó contra su pecho y corrió al cuarto de la abuela. Se tumbó en la cama y las lágrimas por fin fluyeron sin freno.

—Señorita, tiene usted una cara horrible. Debe comer más. Eso es lo que le pasa. A los hombres les gustan las mujeres con carnes. No sé cómo el señor Andrew no se queja. Voy a preparar unos huevos frescos con chuleta de cerdo, arroz y frijoles ahora mismo y se los come sin rechistar —anunció Dominica cuando recibió a una marchita Eva en la cocina al día siguiente.

Dominica tenía razón en lo de la cara pero no en el resto. La noche en velo había provocado unas notables ojeras, acentuadas por un sarpullido rojizo en las mejillas, resultado de una persistente llorona.

Se libró esta vez del banquete alegando precisamente que su mala cara se debía a una indigestión y que mejor tomaba un té sin más. Seguro que para el almuerzo se encontraba mejor y apreciaría de nuevo la excelente cocina de Dominica.

Aceptó sin opción el remedio casero para los dolores de

vientre que preparó Dominica y también su consejo de dar un paseíto por la localidad.

—El pueblo ha cambiado mucho. La señorita no lo va a reconocer.

La gran noticia era la apertura de un enorme Wal-Mart instalado a la salida del pueblo, hacia la interestatal del norte, donde se encontraba todo lo que uno puede imaginar. Aquello parecía Navidad, Santa Claus y Los Reyes Magos juntos, repartiendo regalos sin mesura.

"Un Wal-Mart", pensó Eva. La civilización llegó. Confiaba en que la abuela no pudiese verlo desde su tumba. Sería capaz de levantarse y escopetear a los promotores del engendro.

Esas superficies comerciales monstruosas de miles de metros cuadrados estaban acabando con los comercios familiares, los *mom-and-pop stores*, la Main Street o Calle Mayor, centro vital de la vida social en un pueblo norteamericano.

Aun con todo, paseó por el pueblo para alejarse de esa cajita que ahora descansaba en la mesilla del dormitorio de la abuela. Como temía, Main Street se había convertido en un fantasma de su pasado. Más de la mitad de las tiendas estaban cerradas con tablones y quedaban poco más de media docena de pequeños establecimientos aún en pie. Entre ellos pudo apreciar un bar, una cerrajería y un anticuario de los baratos, de los que venden nimiedades de segunda mano desempolvadas por los parientes tras el fallecimiento de un familiar y posterior limpia de la casa.

Entró allí para deshacerse de algunas de las cosas de la abuela. La dueña, que debía pasar de los 80, le dedicó una amplia sonrisa que retiró apenas comprendió que no era un cliente.

No aceptaba más objetos en comisión porque no vendía

nada y tenía excesiva mercancía. Desde que instalaron el Wal-Mart, el negocio bajó en picado. Con suerte entraba un cliente al día. ¿No deseaba llevarse nada? Ofrecía un buen descuento.

A Eva le dio pena y examinó algunos de los cientos de objetos más dispares repartidos por docenas de vitrinas de todos los tamaños y estilos.

No costaba nada llevarse alguna tontería de cinco dólares. Así alegraba el día a Mrs. Bush, quien aclaró que no pertenecía a la familia del ex presidente. Ella nunca mentía, aunque hubiese venido bien para el negocio sugerirlo o al menos dejarlo entrever.

No le hubiese importado estar emparentada con una familia tan importante. Mr. Bush, un caballero correcto e inteligente. Su esposa Laura, toda una dama. Y el padre, todo un *gentleman*. Y Bárbara Bush, otra gran dama.

A Eva comenzó a dolerle la cabeza con tanta cháchara y estuvo a punto de contestar a Mrs. Bush que su cuasi-pariente había sido una desgracia para la nación, un ex alcohólico y uno de los peores presidentes de la historia de los Estados Unidos. Para colmo, dejó al país en ruinas y empantanado en una guerra sin sentido. Se calló por respeto a su edad y por no provocar un infarto a aquella frágil mujer.

Trató de quitársela de encima y enfiló hacia una vitrina al fondo de la tienda, donde sólo se llegaba caminando de canto entre varias mesitas de café repletas de frágiles antiguallas que sorteó con arte de funambulista. Miraría por allí, agarraría cualquier objeto ridículo y barato y saldría corriendo.

Mrs. Bush no se atrevió a emprender el peligroso recorrido tras Eva por temor a romper alguno de sus preciosos tesoros. Eva la escuchaba ahora hablar de lejos, sin entender lo que decía.

Hizo como que examinaba diversos adornos y cachivaches

hasta que su vista cayó en un libro titulado *All About Him*. Las letras estaban impresas a mano, con una bella cursiva. Un libro antiguo, pensó. Lo alcanzó y al abrirlo descubrió un pequeño álbum de fotos.

Cada página, distinta a la siguiente, estaba hecha a mano con gran esmero. Cada una llevaba grabado, también a mano y en letras doradas, un mensaje especial para acompañar la foto, todas del mismo hombre joven que, en algunos casos, estaba acompañado de una sonriente jovencita. *The light of my life, I am nothing without you, To love is to receive a glimpse of heaven,* eran algunas de las frases. Dos de las páginas tenían pegados unos sobrecitos atados con cintas de raso azulado que se enroscaban en unos botoncitos que tenían forma de estrella diminuta.

—Ha encontrado usted un tesoro. Qué buen ojo tiene —gritó Mrs. Bush desde el frente de la tienda al verla con el álbum en la mano.

Tendría 80 años pero conservaba una vista de águila, pensó Eva, caminando hacía ella con su hallazgo en la mano.

—Es un poco caro, ya me comprenderá: todo está hecho a mano. Pero puedo ofrecer un descuento.

Eva vio el ridículo precio en la etiquetita pegada en la contraportada: doce dólares. Esta mujer no sabía en qué tiempos vivían. Aceptó adquirirlo regateando un poco para no quitarle la ilusión de que estaba realizando una buena venta. Se lo dejó en ocho dólares y esta vez sí que escuchó atentamente el relato del álbum mientras Mrs. Bush lo empacaba.

—Lo compuso la pobre Ms. Penguin. Por cierto, ¿usted está aquí de paso? Su cara me resulta familiar.

—Soy la nieta de Alexandra McDermond.

—Claro, tiene usted un aire. Alexandra, una mujer tejana

donde las haya. Sólida, recta, trabajadora. ¡Mire que casualidad! Ms. Penguin, de nombre de pila Roberta, era amiga de su abuela. ¿No la recuerda?

No, no la recordaba. Ella vivió allí unos pocos años de infancia. Después regresó esporádicamente.

—¿Quiere que le quite las fotos de Thomas del álbum? Me imagino que lo querrá para colocar sus propias fotos.

—No, no toque nada, por favor —contestó Eva casi gritando y paralizando la mano de Mrs. Bush con un brusco gesto en el momento en que ésta ya comenzaba a arrancar la primera foto.

—Perdone, Mrs. Bush, siga contándome la historia —se disculpó retirando la mano—. Resulta que ayer llegué de viaje y estoy un poco alterada.

—No se preocupe. ¿L puedo llamar Mrs. McDermond, verdad? Su abuela, que en paz descanse, también tenía su carácter, no se crea. Lo que iba diciendo: Roberta Penguin compuso este álbum. Es muy antiguo pero ya ve lo bien conservado que está. Aquí cuidamos mucho las cosas. Si se fija en aquella vitrina de la derecha...

Mrs. Bush se desviaba de la historia a cada segundo y Eva tenía que reconducirla, interrumpiéndola con amabilidad:

—Mrs. Bush, ¿y quién era Thomas, el caballero de las fotos?

—Thomas... Thomas... ¡Ah, sí! Thomas Lenard. No me acordaba del apellido así de repente. Como se fue tan joven del pueblo y no volvió más... Entonces el pueblo era demasiado pequeño para esos muchachos con ganas de comerse el mundo. Sin ir más lejos, mi sobrino...

—Continúe con la historia de Thomas, Mrs. Bush, por favor —la animaba Eva, ya casi perdida la paciencia con tanta digresión.

—En estas fotos Roberta tiene 16 años y Thomas, 20. Me acuerdo porque cortejaron poco menos de un año. Eran enamorados. De los de entonces, ya me entiende. No como ahora que el primer día ya andan besándose por ahí. Mi sobrina-nieta, sin ir más lejos...

A partir de aquí, Eva aceptó cualquier divagación de Mrs. Bush con tal de conocer la historia de los jóvenes enamorados, que escuchó con el corazón en un puño. Thomas partió cuando Roberta tenía 16 años con promesas de volver que nunca cumplió.

—Bueno, no se puede decir que no cumplió del todo porque no sería la verdad completa —puntualizaba Mrs. Bush—. Regresó treinta años después. ¡Quien espera treinta años! Roberta esperó casi diez pero con 26 y en aquellos tiempos, o se casaba o se quedaba para vestir santos. Cuando Thomas reapareció ya era un poco tarde, ¿no le parece? ¡Los hombres tienen unas ideas! Creen que las mujeres están a su disposición para lo que necesitan y cuando quieren. Yo me quedé soltera, mire usted. Y no me arrepiento. Tuve ofertas pero la verdad...

Eva volvió a interrumpirla para reconducirla.

—¿Y qué pasó con los dos?

—Lo que tenía que pasar: que Thomas se fue por donde había venido y Roberta se quedó en su casa. No se puede consentir que un hombre haga una promesa así, que desaparezca sin avisar y que luego regrese a decir que la quiere. ¿No le parece a usted?

Eva no sabía si le parecía o no.

—¿Y Roberta lo seguía queriendo?

—Posiblemente. Guardó estas fotos toda su vida y elaboró este lindo álbum. Supongo que lo amaba. Fíjese, los sobrecitos

aún contienen un mechón de pelo, deduzco que de Thomas
—dijo, mostrándoselo—. El otro tiene uno de sus papelitos de
amor.

Sacó un diminuto mensaje y leyó la frase escrita en él: *The
best thing about me is you.*

—Entonces no existían cámaras de fotos como hoy —siguió
Mrs. Bush—. Solía venir un fotógrafo ambulante una vez al
año. Seguro que se retrataron ese año. Recuerdo que también
venía…

Eva salió de la tienda de Mrs. Bush emocionada tras aguantar otros quince minutos más de charla intrascendente. Se
apresuró hacia el auto apretando fuertemente el álbum contra
su pecho.

En el rancho la esperaba Dominica con el consabido plato
que debía comer entero, cosa que hizo de buen grado.

—Ya dije que le sentaría bien el paseo por el pueblo. Caminar abre el apetito. Tiene mucha mejor cara, señorita.

—Tiene usted toda la razón, Dominica.

—Y ahora que la señorita almorzó tan estupendamente, me
voy tranquila a terminar las otras faenas pendientes. Por la
noche regreso a preparar la cena y comprobar que lo come
todo.

—Muy bien. Gracias, Dominica. Quizás salga otro rato.

—Está usted en su casa, señorita.

Eva ya tenía un plan. Despegó cuidadosamente y con todo
respeto las fotos de Thomas y Roberta y las guardó en un álbum de fotos de los de la abuela. Vació su caja de los secretos,
dejando sólo las fotos con Adán, y con ambas cosas salió para
Wal-Mart. Había jurado no pisar esta abominación del progreso pero no había otro lugar dónde escanear fotos y recibir
las copias en una hora. Además, no existe ningún lugar mejor

para olvidarse de cualquier sentimiento que no sea la adicción de comprar y comprar, tentación a la que los norteamericanos son sometidos sistemáticamente las veinticuatro horas del día.

Adquirió pegamento y un bello papel de envolver y se sentó a tomar un café mientras aguardaba las copias. Repasó ese álbum ahora vacío. Pronto se llenaría de esperanza. Deambuló para hacer tiempo entre los estantes gigantescos repletos de falsa felicidad. Pasillos y pasillos laberínticos y multicolores que ocultan el sol y el cielo e inducen amnesia del color de las flores. Con las copias listas se sentó de nuevo en la cafetería y las colocó en el álbum, disfrutando cada una de ellas.

Dejó el mensaje de amor de Thomas en uno de los sobrecitos. Le parecía un detalle maravilloso. En el otro sustituyó el mechón de pelo por el suyo propio. Lo introdujo en la caja azul estrellada y lo envolvió cuidadosamente. Caminó a la oficina de correos dentro del propio Wal-Mart que, como Dominica afirmaba con toda razón, tenía todo lo que uno sueña con pedir a Santa Claus y los Reyes Magos combinados.

Si no se quedaba a vivir para siempre con los Tagaeri en mitad de la selva no podría desembarazarse de Adán. Mientras viese su fantasma y oyese el rechinar de sus cadenas, nunca sería libre.

16

Retratos y musas

Eva, mi amor, quiero dejarte saber que hay que robar tiempo al tiempo, que cinco minutos es mejor que ninguno, que todo mejorará, que con el tiempo podremos vernos con más frecuencia y soltura, que quiero enseñarte a soñar juntos, que vives conmigo en nuestra casa de la Toscana, que te quiero, que te adoro, que siempre estás conmigo.

El silencio cibernético en el que estaba lo ahogaba.

Aunque no recibiera contestación seguía escribiendo a diario. Cuando volviese de viaje se encontraría con una tonelada de e-mails y al menos los leería.

Antes del *blackout* mandaba constantes mensajes de texto, aparte de los largos y tendido-s que intercambiaban por Facebook. Leía y releía sus mensajes a toda hora. Trataba de contarle todo las veinticuatro horas del día aunque fuesen memeces.

Eva, estoy comiéndome unas ostras de ensueño.

Mi amor, acabo de hacer un Verdi espectacular.

Mi vida, hoy hace una tormenta de las que nos gustan.

Cielo, ya terminé el partido de golf. Me voy a comer.

Le encantaban sus "conversaciones". Siempre le subían el ánimo. Oírla y hablar con ella se volvía adictivo. Tenía un gran peligro. Una vez que la probaba ya no podía parar. Siempre le impresionaban sus conjeturas sobre cualquier tema del que escribía. Era como leer un artículo exclusivo para él. Poseía una gran fuerza literaria.

En su fuero interno creía que podía conservar a Eva si conseguía hacerla esperar unos meses. Era cuestión de aguantar la cuerda por complicado que resultase. Todo se resolvería.

Comenzó la serie tratando de tranquilizarla.

Sabía que estaba muy enfadada. Que las reglas del juego son bastante limitadas. Pero son las que convienen a los dos. La relación le estabilizaba y debía asegurarla a ella. Deseaba recuperar la armonía de su Eva en Nueva York, tranquila, segura, natural, fresca, espontánea… Ganarían confianza con respecto al futuro y desaparecería la vulnerabilidad. Comprendía la dificultad, pero el histerismo a la hora de enfrentarte a un problema no es aconsejable.

Al día siguiente continuó con su plan de ataque epistolar. Le sorprendía las vueltas que dio la vida. Su existencia suponía la felicidad. El contacto, su vida. Eva. Eva McDermond, *my love.*

A través de esta travesía hacia la adolescencia, compartiendo recuerdos con ella, correos, fotos y encuentros, deseaba transmitir lo que significa vivir una pasión. Él tuvo la suerte de recordarla y revivirla cuando quiso. Ella comenzaba a vivirla con él. Debían continuar en el buzón; de otra forma, como la tan repetida película de la *Lady Halcón*, Adán y Eva nunca se encontrarían. Y sería una chingada.

Trataba de variar los contenidos, ofreciendo dosis adecuadas de tranquilidad, amor, ternura y pasión. Todo para su cielito, para su "novia perpetua", a la que seguía enviando mensajes con la luna, que hoy estaba casi llena.

Mensajes de sus manos vacías desde que se desvaneció tras su último encuentro en Nosara. De sus muslos apretándola a ella. De sus ojos que no paraban de mirarla cuando ascendía en el helicóptero. Mensajes escritos a fuego lento por el contacto de su lengua con la piel de su espalda. Aleteos de tiernas mariposas en el estómago. Deseos que quieren y no pueden llegar a lo más profundo de su ser para darle toda la pasión que merece. Mensajes para ella, Eva, su eterna novia adolescente, empapada de recuerdos subconscientes, gimiendo de ardor juvenil en lágrimas de sueños verdes. Amor para su Eva, siempre suya, aunque mejor no se lo decía porque se enojaba.

No dejó su rutina pese a la ausencia de respuesta. Le daba la sensación de que el día no comenzaba como debería si no mandaba un correo a Eva. Sin una dosis diaria de Eva no existía. Escribir un mero "Buenos días, mi amorcito" lo preparaba para afrontar la jornada con serenidad. No buscaba excusas, simplemente le apetecía.

Se ponía delante de la pantalla en blanco para iniciar el proceso de inspiración. Solamente ver su nombre escrito y repetirlo cuando le estaba escribiendo ya lo iluminaba. *Eva, Eva, Eva…*

Recordó la película de *Slumdog Millionaire*, en la que prevalece el sino de sus protagonistas. Terminaba con un *It's written*, "Está escrito". No hay vuelta de hoja. Hagas lo que hagas, los destinos están sellados.

Nunca utilizó el email como medio de expresión de sentimientos y emociones. Sentía como si alguien le echase una mano. Descorchaba los recuerdos maravillosos de su época conjunta y el ángel que le ayudaba los convertía en palabras que llegaban al corazón de Eva.

Se ponía un tanto esotérico. Todo le había salido bien desde que dejó Tampico. Ahora llegaba una época que presumía complicada. Para navegarla hasta buen puerto necesitaba a Eva como su musa. Ella simbolizaba la meta, el premio, la luz al final del túnel. La niña —ahora mujer— que amaba como nunca podría hacerlo con ninguna otra.

No sabía lo que les deparaba el destino. Ni idea. Esperar y ver. Estaba convencido de que todo terminaría bien. No podía ser de otra manera. Estaba enamorado de ella, con ese rincón de la parte del corazón más blandita, dedicado al primer amor. Con el cerebro del corazón.

Cuando la contactó, nunca en mil años pensó que Eva se enamoraría. La única esperanza inicial radicaba en saber si al menos se acordaba de él.

Recordaba su creciente asombro conforme intercambiaban correos y vislumbraba el proceso Eva. ¿Y si el destino permitía que a estas alturas Eva se enamorase de él? ¿Qué podía suceder? Esperaba que fuese sensato y no formase más caos.

Lo advirtió:

Eva, si tienes a mano una vacuna contra el amor debes inocularte.

Y no lo decía porque no fuese bonito enamorarse sino porque añadiría un componente caótico impredecible a sus vidas. Él tenía amor de sobra para los dos. En caso de necesidad, él se lo procuraba con generosidad y abundancia.

Pero Eva se enamoró. Todavía no se explicaba cómo. Se

reía al recordar cuando lo reconoció con toda naturalidad. Adán la previno después de visitar al oftalmólogo. Su novio de Tampico había sido declarado oficialmente miope y le prescribían espejuelos. Deseaba que lo acompañase a seleccionar unos elegantes. Se llevaba una joya: barrigudo, canoso, roncador y ahora miope.

¿¿¿No te quejarás luego???

Sus correos no recibían contestación. Eva debería haber regresado de su viaje por esas fechas.

Habló con su hijo. Le consultaba todo desde que lo recuperó.

—La estoy perdiendo.

—Dile la verdad, papá.

—No conoces a tu madre.

—No la conozco, ciertamente.

—¿Le guardas rencor?

—Ya no.

—Eran otros tiempos, hijo, otra sociedad. Tenía 16 años…

—¿La quieres?

—Con toda mi alma.

—Pero tus planes para la presidencia de México son más importantes.

—No, no únicamente. Eso y su seguridad. Hasta que no estemos asentados en Los Pinos puede correr peligro.

—No te engañes, papá. Si la amas deberías decirle a qué te dedicas, cuáles son tus planes y que yo existo. No tiene toda la información que debiera para tomar una determinación.

—Me gustaría que fuese ella la que me dijese que tuvimos un hijo. Nunca lo ha hecho a pesar de tener la oportunidad. No quiero forzarla. Lo único que conseguiría es alejarla aún más.

—Tú verás. Cada cual tiene sus prioridades —terminó su hijo la conversación secamente.

Adán creía conocer a Eva pero habían pasado muchos años. Pisaba arenas movedizas. Si ella no desvelaba la existencia de su hijo, él no lo haría. No sabía cómo reaccionaría si le anunciaba a bocajarro que él lo había encontrado y adoptado varios años atrás y que, a pesar de saber de ella, no la contactó para informarle. Ella tampoco lo buscó. Se imaginaba sus razones: vergüenza, culpabilidad, necesidad de olvidar. Si se lo contaba, igual no la volvía a ver nunca.

Mejor no hablar todavía. Intentaría bandear el temporal como un buen marinero. Daría tiempo a que ella se sincerase. Continuó así con sus mensajes sin respuesta hasta que un día, entrando a su despacho, encontró un paquete de Eva. Se le encogió el corazón de júbilo. No se atrevió a abrirlo hasta que todo el personal terminó su jornada.

Salió a visitar a un contacto a media tarde. Cuando regresó eran las seis de la tarde. Se sentó delante de la mesa y, como en un ritual, con el silencio del edificio vacío, rasgó el envoltorio.

Se encontró con una bella caja azul adornada con estrellitas blancas que contempló largo rato sin atreverse a abrirla. No sabía si contenía los secretos de Pandora, de donde salieron cosas buenas y malas.

Por fin se decidió y la destapó. La experiencia completa de lo que sucedió la compartió con Eva.

¡¡¡Qué cosa más linda!!! No lo esperaba.

La magia del álbum. Cada página, cada hoja, el color y el olor. Casi dos niños vestidos de ternura. Desprendían un magnetismo especial y Eva lo había sabido plasmar para él.

Lo repasó siete veces. Encontró los matices de las frases en inglés, hurgó los breves mensajes de los sobrecitos, se fascinó con las miradas de dos niños enamorados. Le tembló la mano cuando halló el mechón de pelo. Se le saltaron las lágrimas cuando lo acercó a la nariz para olfatearlo. Un placer indescriptible.

Le daban envidia los personajes de las fotos que permanecerían entre esas tapas azules, inmortalizados, captados en momentos de felicidad en la intimidad de un paraíso.

Tú y yo.

Al ver las fotos supongo que entiendes por qué seguí enamorado de ti. Sabía que en algún lugar existías y que no era posible que toda aquella historia se desvaneciera.

Tenía tan presente aquella felicidad. La que hablaba de futuros imperfectos pero dulces en su imperfección. Y ahora resplandecía como nunca, henchido de esperanza. Como la ya famosa caja de Pandora.

Reconocía que la amaba más y más con cada correo. Que suspiraba de melancolía adolescente. Deseaba, como ella, sus encuentros. Quería un eclipse, muchos eclipses. Sentir su calor, disfrutar sus besos, su risa que habla, perderse en los tesoros de su cuerpo y volver a explorarlos para encontrar aquellas manos en su cintura, recorrerla con sus labios hasta alcanzar el centro de su pasión.

Todo esto y mucho más le susurraba al oído el álbum *All About Him. Love, Love, Love.*

Pasó una hora repasando los pequeños secretos del álbum. Se inspiró tanto que decidió escribir una poesía. La primera que pergeñaba desde sus años adolescentes:

Perdido en tu piel

¿Sabes?
Si te sientas a la sombra de sus ojos verdes
todavía se distingue la primavera.

Al fondo se aprecian brotes de locura
que el otoño no ha logrado amarillear.
Pero no la despiertes,
estarás perdido
si la oyes hablar y reír a la vez,
nunca podrás olvidarla.
Si te pierdes en su piel
serás esclavo de sus caprichos.
Si sus dedos se enredan en tu pelo,
ya nada volverá a su sitio.
La magia de su cuerpo
se hará música.
Su boca de lenguas y labios
se llenará de corcheas
y ya sólo pensarás en ella.
¿Sabes?
En sus recovecos de niña crecida
perderás tu vergüenza
y en sus olores marinos
de algas
se morirán tus mentiras.
No lo creas,
no existe,
en realidad es un sueño
que te llevará a la luna
flotando en la nada,
nacida de un secreto.

La corrigió varias veces antes de enviarla. Estaba verdaderamente inspirado. El teléfono lo sacó de su ensimismamiento. Su esposa aguardaba para cenar algo rápido y salir hacia el Palacio de la Filarmónica. ¿Lo recordaba?

Guardó el álbum en el maletín y salió camino a su casa. Hubiese preferido soñar a Eva en la veranda al anochecer. Hoy, imposible. Como patrono de la Filarmónica debía acudir a la representación inaugural. Le costaba sus buenos miles de dólares al año. En contrapartida, un imponente *networking* con la *crème de la crème* de la sociedad californiana.

Durante el concierto no logró concentrarse en la música. Se imaginaba con Eva. Una buena orquesta pero no precisamente virtuosa. Se empeñaron en Beethoven y ni se parecía. Tocaron piezas menos complejas de obras menores y se hizo soportable hasta el intermedio. Faltaba una hora para que terminase.

Sintió un agudo dolor de cabeza. Le susurró a su esposa que se iba a casa. No podía soportarlo más. Desde luego, no tenía buena cara, señaló el amigo con el que compartía palco. Mejor se tomaba una aspirina y se acostaba. Trabajaba mucho. Su amigo lo entendía muy bien. Que no se preocupase. Ellos cuidarían de su esposa y la regresarían a casa. Que se llevase el chófer, no faltaba más.

Horrible el "concierto" y mucho peor no poder hablar con Eva. Durante el parto musical no dejaba de conversar con ella. Desafortunadamente las frases se perdieron en el pentagrama loco de aquellos lunáticos y los rincones siniestros de la sala.

Tomó un calmante y se sentó en la veranda para mandar un mensaje con la luna. Después de recibir la cajita de Eva, su corazón regresó a la normalidad. Retomaban el contacto después del terrible silencio cibernético.

Repasaba las fotos cada vez que tenía un ratito. Seguía con la idea de que traerla a su vida de nuevo era lo mejor que pudo haber hecho e iba a mantenerla a su lado. Con todos los tributos que hubiese que pagar y todas las turbulencias y tsunamis que se produjesen. De momento no ofrecería más información. Poco a poco, con calma, cuando sus planes finalmente fructificasen sería mucho más fácil. Abandonaría el tráfico de armas como estaba previsto para dedicarse a la política en la sombra. Con ella a su lado, igual se animaba a asumir algún cargo. Por fin se realizaría su último sueño: convertirse en una familia. Se metió a la cama más animado.

La poesía surtió efecto. Consiguió hablar por teléfono con ella en un par de ocasiones. Como siempre, más de una hora, que le pareció un suspiro. Se tranquilizó. El fin de semana mandó varios mensajes de texto mientras jugaba golf.

Esos detalles le gustaban mucho.

¡¡¡EVA!!!

¡¡¡TE ADORO!!!

¡¡¡MI VIDA!!!

17

Sí o no

*A mí también me pasa. Me gustaría estar todo el día conver-
sando contigo aunque fuese en silencio. Sentada a tu lado en
cualquier veranda. Leyendo un libro y mirándonos a los ojos
de vez en cuando. Paseando de la mano por la playa, besándo-
nos bajo la luna de Tampico, Washington, Nueva York, Los
Ángeles, Nosara. Oyendo música juntos, haciendo el amor,
cocinando algo rico para compartir.*

Si Eva tenía alguna reticencia se desvaneció instantáneamente
cuando recibió la poesía. Todo su ser vibró con cada uno de
los versos. ¿Quién escribía poesías hoy en día? ¿Y una tan bella? ¿Y una dedicada a ella? Y total, si sólo quería sus palabras, ¿qué le costaba a ella dárselas? ¿Y por qué se dejaba
convencer tan fácilmente?

Porque cuatro palabras tiernas de Adán la esclavizaban. Su

amor se consumía en una adicción de la que no sabía cómo desintoxicarse. Una que, como todas las adicciones, no tiene término medio y contra la que no deseaba luchar.

Reanudaban el juego de nuevo.

Eva estaba concentrada en preparar su ponencia para el Congreso Medioambiental de Guadalajara. Soñaba con ver a Adán de nuevo. Volaría el 13 de octubre. El 14, jueves, comenzaba el congreso y el 15 se clausuraba.

Habló con Adán de quedarse el fin de semana, 16 y 17 de octubre, y valoraron la posibilidad de acercarse a Tampico. Recorrer las calles de su pasado. Tomar una cerveza en las cantinas que frecuentaban, si es que aún existían. Amanecer juntos.

Estaba exultante, aunque Adán sugirió que dejase el billete abierto. Su programa estaba muy apretado y a veces se presentaban emergencias. Eva tenía tantas ganas de verlo y él expresaba también grandes deseos, así que siguió sus instrucciones sin dar mayor importancia a ese detalle. "Seguro que todo salía bien, como siempre decía Adán.

Su ponencia se titulaba Agroecología: alternativas para un nuevo modelo agroalimentario", una propuesta para mantener la pequeña actividad agraria desde el manejo sostenible de los recursos naturales.

La pequeña producción agraria tenía grandes beneficios sociales y ambientales si se abordaba desde una perspectiva de cooperativa y respeto al medio ambiente. Ayudaba a consolidar el empleo rural, al aprovechamiento de los recursos locales, a aumentar la diversidad social y ecológica, y a la cohesión del territorio.

Las grandes explotaciones agrícolas —ella lo había visto con sus propios ojos— destrozaban sistemas ecológicos completos y desplazaban o acababan con las comunidades indígenas de la zona explotada. Una agricultura a menor escala, a tono con el medio ambiente, con producción local, estimulaba la zona y a sus comunidades.

No implicaba que la agricultura ecológica fuese una economía de subsistencia. Sumando el conocimiento tradicional de los locales a los nuevos avances científicos, este tipo de agroecología podía ser muy rentable si se reducían los procesos de comercialización y se rotaban los cultivos locales compatibles.

Adán no entendía nada pero le encantaba leerlo y saber que su Eva "lo involucraba en todos los aspectos de su vida".

Los días pasaban excesivamente lentos mientras llegaba el nuevo día D y más aún desde que empezó la cuenta regresiva. Ambos amantes —o "novios" como gustaba a Adán— no podían con la espera.

Así transcurrían aquellos días en los que recuperaron cierta normalidad y regularidad. Eva estaba tranquila con esa meta y si ella estaba feliz, Adán también. Y si él estaba feliz, sus correos desbordaban pasión, como le gustaba a Eva. Y si ella gozaba sus correos, él vivía feliz. Todo en un círculo perfecto que se retroalimentaba ahora que Eva había renunciado a platicar de un futuro conjunto. Eva lo sabía y lo repasaba a menudo pero no deseaba sacrificar esas migajas de la felicidad del presente que Adán ofrecía a cambio de una promesa.

Cada vez que veía en el *Inbox* el nombre de su amado en negrita se alteraba. Sentía presente cada poro de su piel a la vez que se sublevaba por su ausencia. Hervía. No podía vivir sin él aunque "él" fuese sólo un mensaje diario diciendo "Te quiero" o simplemente "Pienso en ti" o incluso "Estoy aquí". ¡Era feliz con tan poco!

Eva voló a Guadalajara el día 13 de octubre. Adán llegaría

el 15 por la tarde para pasar la noche allí y luego, quizás, ir a Tampico el fin de semana.

Love you at the begining and at the end fue la despedida de su último correo antes de dejar Washington. Este "amor al principio y al fin" salió de otra idea de Adán. Sugirió que sería excepcional si después de tantos años y tantas vueltas terminasen completando el binomio "primer amor-último amor".

Eva compartía sus expectativas. Alice, su otra mitad, no se hacía tantas ilusiones en vista de cómo iban las cosas. En su opinión, Adán era un cuentista. Sufría sobremanera con esas fábulas que inventaba. Intuía que nunca se realizarían y, aunque disfrutaba sus correos "irreales", apreciaba una inmensa punzada de dolor al cabo del tiempo.

Cuando leyó el de la Toscana —y aunque le encantó—, reaccionó con rabia porque pensaba: "¿Por qué tanta ilusión si posiblemente todo se evaporaría en una entelequia?"

Ahora, acomodada en el avión, Eva se arrepentía de haber soltado a Alice en aquel correo.

Si deseaba vivir con ella en la casa de la Toscana, le parecía una idea fantástica en las dos acepciones de la palabra en el diccionario: "sensacional y magnífico" y "fantasía, invención sin ninguna conexión con la realidad".

¿Quería leer libros virtuales con ella en "El País de las Maravillas"? Pues muy bien.

¿Quería echar un palo "fantástico"? Pues lo echaban.

¿Quería sembrar tomates ilusorios en su huerta de juguete? Pues nada, los plantaban.

¿Le hacía ilusión recorrer el polo en calzón para llamar la atención de su Alicia y, de paso, de la Reina de Corazones y salir en el Diario de Neverland? Pues adelante.

Hazlo todo por mí, cielo, ya que no puedes hacerlo conmigo.

Lo amaba con toda su alma pero siempre tenía la sensación de que existía más ficción que realidad en el amor de Adán. Como en la película *Matrix*, una de sus favoritas. En ella, la gente es más feliz en su vida virtual —en este caso, impulsos eléctricos generados por una red mundial de computadoras interconectadas a los cerebros humanos— que en la realidad. Incluso hay quien después de "despertar" quiere volver a dormir porque ese mundo onírico resulta mucho más seguro y plácido.

Adán respondió con tristeza y, como siempre, evitando la confrontación:

Escribes de maravilla cuando te pones sarcástica pero te falta ternura, Eva.

Así solucionaba siempre las cuestiones: nunca rebatía nada de frente. Para colmo, la hacía sentirse culpable. Una vez superado el escollo, solo quedaba un camino disponible, el que Adán trazó.

Se daba cuenta de ello —no era tonta— pero tenía dos soluciones: o seguir por el camino que diseñaba o cortar la comunicación para siempre. No se sentía capaz de tomar esta última opción.

Pensaba que podía prescindir de ella como ser humano, como la Eva de carne y hueso, y seguir amándola incólume como Eva la entelequia. Al fin y al cabo, lo había hecho hasta ahora.

El avión ya estaba en ruta. Se acomodó tumbando el asiento, se arropó con la manta y colocó los auriculares para escuchar "sus canciones". La primera que saltó fue "Amores que matan" de Joaquín Sabina, contribución de Adán a su USB. La compartiría con él en cuanto se viesen. Ella añoraba ese tipo de amor: un "amor que mate" y no un "amor muerto de miedo" como el que él ofrecía.

Por otro lado, pensaba en la ridiculez de esta relación. A pesar de ser mayormente cibernética se parecía mucho a una real, a una de las de verdad. Todo el día peleándose. Igual que un viejo matrimonio. No sabía si reír o llorar.

Si su relación —o lo que fuese— sólo vivía en algún tipo de onda o de cable trasatlántico o de *byte*, aparte de vivir en el corazón de Adán y en el suyo, ¿qué le costaba a ella seguir el juego para hacerle feliz aunque no se decidiese?

Pues no le daba la gana, se contradecía. Tenía mejores cosas que hacer que entretener a un enamorado cuasi platónico.

Que se chingasen Adán y su "amor eterno", su "te quise, te quiero y te querré" y su "un poco de ti es mucho para mí".

¡Qué mala eres, Eva! ¡Y cuánto lo quieres! ¡Y qué anormal eres, Eva! ¡Y cómo deseas sus palabras el día que no llegan!

Apagó la música porque se enojaba sola. Iba a encontrarse con Adán. Debía ser positiva. Todo saldría bien. Vas a verle, a perderte en sus brazos, a encontrarte en sus ojos. Eva recuerda sus mensajes buenos, no los malos.

Saboreaba especialmente los cortitos espontáneos enviados desde el Blackberry a cualquier hora del día porque significaban que justo en ese mismo momento se acordaba de ella.

Hola linda:

No me resisto a escribirte de nuevo. Me tienes rendido. Caigo siempre en la tentación. Pecadooorrrrr. Sólo para decirte que te quiero.

O aquel otro mensaje un día cualquiera:

Un beso ENORME.

Últimamente escribía menos aunque la tranquilizaba diciendo que no desesperase, que "a veces no puedo pero siempre quiero".

Flaco consuelo para Eva, una mujer de acción, de tocar, de

vibrar y que estaba viendo cómo la relación no avanzaba. Sentía que lo que empezó como una explosión de fuegos artificiales se transformaba en una humareda de pólvora mojada.

De todas maneras, los correos entre los dos ¿amantes? seguían su curso con los altibajos de siempre. Las misivas de Adán se volvieron cotidianas. Hablaba de su amado golf.

El fin de semana se concentró en el golf. Mucho golf y algo, poquito, de *networking*. El sábado fue un buen día. Al día siguiente falló en un campo algo más complicado, con mucha agua y muchos árboles. Pero así es el golf. Un día bueno y diez malos o más.

Te quiero, mi vida.

Así es también el amor, pensaba Eva: un día bueno y diez malos.

De vez en cuando entremezclaba los correos eróticos de siempre, que le subían la temperatura al extremo para luego bajarle la moral a los pies al afrontar la cruda realidad. Todo mera ficción. Un futuro conjunto muy improbable. Y aún los cachitos de cielo a compartir en el presente se presentaban mucho más esporádicos de lo previsto.

Sonrió al recordar el mensaje titulado "Historia de una paja" que comenzaba:

Tenía muchas ganas de ti, muchas ganas.

Por la mañana, como siempre, mi primera imagen fue de ti. Y en el baño, mientras me quitaba el pijama, miraba de reojo hacia el espejo esperando tus breves reflejos. Era nuestro momento. Mientras el agua fría se peleaba con la caliente en una batalla que iba a perder, rociaba de gel mis tetillas pensando en tus manos y en tu boca sobre mi pecho...

Mejor lo dejaba. Quedaban muchas horas para hacer realidad "la paja de Adán". Esta vez, como cuando leyó por primera vez la historia de la ducha, sintió la misma sensación de calentura e incomodidad. Calentura porque la temperatura subía leyendo esos mensajes. Incomodidad porque no podía contenerse. Recordaba que contestó a la historia con un escueto mensaje, algo así como: "Qué bueno, gracias".

Adán, como siempre, no se lo tomó a mal:

Escueta la contestación a la historia de la ducha (esperaba más alegrías).

En realidad, pocas veces se tomaba nada a mal o se daba por aludido. Trataba de sortear los pedruscos que Eva colocaba en el camino sin tropezarse demasiado y continuaba caminando, como si nada, con su plan trazado, inamovible.

Intentaba también involucrarla con anécdotas del pasado que sabía impactaban mucho, sobre todo durante sus periodos negros.

Unos cuantos años atrás, Adán pasó por el Media Luna en una de sus visitas a Tampico. "Ya no existía", contó a Eva en el café gemelo de Nueva York, Balthazar, cuando al igual que ella reconoció el parecido.

En su mensaje recordaba aquel lugar común donde ahora estaba instalado un banco. No llegó a romper el cristal del banco en aquella visita porque ya no tenía edad, pero sí pronunció un exabrupto por la pérdida del recuerdo. Y en vez de ir al manicomio dio vueltas por la ciudad y el parque, imaginándola sentada en cualquier banco ¿nerviosa?, ¿preocupada?, ¿histérica?, ¿mirando a todos lados para adivinarle entre todos los hombres altos y canosos de Tampico?

Tras alguno de esos mensajes, Eva volvía a caer como una imbécil en su telaraña epistolar. Contra todo sentido común, seguía contestando. Si él se conformaba con sus palabras, ella no podía vivir sin sus correos.

Casi ni probó el almuerzo del avión que, de todas maneras, siempre era asqueroso para su gusto. Sí tomó su consabida pastilla para dormir y, conforme se fue adormilando, una paz invadió su mente, donde unos ojos café —casi transparentes— la observaban sin pestañear.

18

———— ✦ ————

Guadalajara, el alma más mexicana

Tú ya sabes lo que eres para mí: Eva McDermond, todo una declaración de principios, una constitución que me impuse de buen grado en mi existencia y un concepto de amor perpetuo que sobrevivirá a ese carácter que la naturaleza y la genética te ha dado y que a la postre es lo que me ha abducido desde aquella lejana noche en la que me encaramé a un árbol.

Terminado el congreso, Eva se maquillaba en la habitación del hotel. A las ocho en punto vería de nuevo a Adán.

A las ocho menos cuarto, Adán estaba en el bar del hotel esperándola. Además de no querer llegar tarde, deseaba verla venir, acercarse a él, contemplarla en todo su esplendor mientras se aproximaba caminando como sólo ella sabía hacerlo: como una diosa del Olimpo.

Se acomodó en un taburete del bar desde donde disponía de una completa. Pidió una cerveza y sin dejar de mirar a la entrada pensó en ciertos momentos vividos.

Por fin la vería desde el encuentro en Nosara. Si aquello no fue lo más cercano al paraíso, no sabía qué podía ser. Su nirvana en Tampico existía en un invernadero. Habían mejorado un poco, bien fuese en un apartamento de diseño en el SoHo de Nueva York, en una mansión en Costa Rica o en un buen hotel en el centro de Guadalajara.

Soñaba con un paraíso en la Toscana. Sabía que llegaría. Seguro. No conocía las fechas exactas ni la manera de convencer a Eva de que esperase sin revelar sus planes. No deseaba implicarla tan pronto, tanto por su propia seguridad como por la necesidad de conocer a ciencia cierta si lo amaba como él a ella. Estaba seguro de su amor. Había durado treinta años. El de Eva, recién estrenado, a veces le producía dudas.

Ansiaba transmitir su propia certeza en ese futuro conjunto y convencerla de que esperase. Esta noche hubiese sido la ocasión propicia, a no ser por el problema que surgió. Debería aplazar su labor de convencimiento hasta el próximo encuentro. ¡Su impaciente Eva! Lo quería siempre todo, ya, ahora, como cuando era su niña. Y no había cambiado un ápice. Seguía igual de obstinada y bella, como esa diosa que ahora se asomaba por la puerta del bar buscándole. ¡Buscándole a él! entre todos los ejecutivos canosos y pasados de peso que la rodeaban y que volvían la cabeza a su paso.

Llegaba la hora de la verdad para Adán con aquel contratiempo. En realidad, había viajado hoy exclusivamente para relatárselo en persona a Eva.

Esa Eva que sólo sonrió cuando lo localizó acodado en la barra. Se dirigió hacía él, escrutada por varios pares de ojos sedientos de su atención. Le besó ante la atención de diversas miradas decepcionadas.

—Cariño, estás guapísima, aunque has perdido peso desde Nosara. Estás perfecta, no bajes más. No me gustaría que te quedases como mi mujer, que parece un palo.

—Cielo, tú sigues igual de barrigón. Todas las comparaciones son odiosas.

Con una carcajada conjunta se volvieron a besar ligeramente en los labios. Adán estaba exultante. Eva era Eva feliz y él también.

Después de pedir un agua tónica para Eva —que seguía sin beber alcohol— se sentaron en uno de los sofás de la cafetería, juntitos, Eva apoyando su cabeza en el hombro de él. ¡Qué placer! Hablaron de nimiedades. Cómo fue el viaje, si estaba cansada, la ponencia…

No podía alargar más la conversación trivial sin atacar la realidad que tenía por delante. Explicó las circunstancias: hoy sólo podían estar juntos unas pocas horas, sus negocios lo reclamaban. Posiblemente mañana por la noche pudiese regresar, no estaba seguro. Ella podía hacer turismo durante el día y esperar.

Un silencio aplastante los envolvió.

Notó cómo se crispaba su cuerpo, retiraba la cabeza apoyada en su hombro y los ojos verdes tornaban azules. Sabía lo que quería decir. La conocía mejor que nadie.

María de los Santos la aleccionó bien en este sentido. Si algo sentaba mal, jamás debía demostrar incomodidad. Resultaba de muy mal gusto y mala educación. Las únicas que gritan y se tiran de los pelos en público son las comadres de baja estofa.

Las diferencias se dirimen en privado. La ropa sucia se lava en casa. Una leve sonrisa pone final a la cuestión. Posteriormente, sin testigos, en privado, se aborda el tema de discrepancia y se grita lo que haga falta.

Él lo sabía bien. Había visto ese cambio de color en sus ojos numerosas veces, como un relámpago de furia que moría en aquel mismo momento y luego estallaba de nuevo con toda su fuerza en el invernadero. La conocía a fondo pero de poco servía esto ante su indómito espíritu, forjado de la mezcla de sangres entre pioneros tejanos y la pasión mexicana.

—Problemas en los negocios —musitó como para sí misma Eva.

—Sí, mi vida.

—¿Y qué negocios son esos que tanto te reclaman?

—No importa, cielo. Se solucionarán pronto. Hoy tenemos unas pocas horas, aprovechémoslas. Y mañana, casi con toda seguridad, tendremos toda la noche sólo para nosotros dos.

—No podemos escaparnos a Tampico.

—No en esta ocasión pero pronto lo haremos, te lo prometo.

Eva no volvió a decir media palabra. Miraba al infinito como si él no estuviese allí.

—Eva, ¿quieres que subamos a la habitación? —preguntó ante un silencio que no sabía cómo contrarrestar. Por lo menos en privado podría expresarse. Que gritase, que golpease, que reaccionase.

Eva lo miró como si no lo conociera, traspasándolo. Pasado casi un minuto que a Adán le pareció una eternidad, Eva contestó, intentando levantarse:

—Creo que mejor te buscas a otra. Te has confundido. Mi tarifa no es por horas. Sólo acepto clientes para la noche entera. Si quieres te recomiendo a otra compañera de profesión.

Adán la agarró fuertemente de la mano para impedir que se fuese.

—Me haces daño.

—Eva, perdón —dijo Adán, soltándola—. Si no quieres, no vamos al cuarto. Yo no lo decía... Sólo quiero estar un rato contigo. En cualquier circunstancia, en cualquier sitio, haciendo lo que quieras. Eso que has dicho es muy doloroso. Yo soy un caballero y tú una dama. Y te quiero aunque ahora las circunstancias no sean las más favorables. Por favor, siéntate. Piensa que hoy son sólo cuatro horas pero que pronto podremos pasar mucho tiempo juntos haciendo lo que quieras. Lo que quieras, mi vida. ¿Quieres que vayamos a cenar?

Eva volvió a sentarse y tras otro prolongado silencio en el que ni tan siquiera lo miró, contestó:

—Sí, vamos a cenar —dijo como un zombi, dejándose llevar del brazo por Adán.

Al llegar al vestíbulo del hotel, Eva reaccionó.

—La verdad es que no tengo apetito. Estoy agotada. Si no te importa, prefiero retirarme.

Adán no se atrevió a contradecirla.

—Te prometo que mañana regreso y hacemos lo que gustes. Podemos conversar largos y tendidos o pasearnos por los rincones favoritos de Guadalajara. Lo que mi niña disponga.

Eva ni contestó.

Se despidieron con un ligero beso en los labios, que a Adán le supo a poco pero no quiso forzarla. Daría tiempo para que fuese asimilando la situación. Se encolerizaba mucho de momento pero luego con mimos desaparecía el enfado. La vio alejarse como una reina en el vestíbulo y arrancó hacia el aeropuerto.

A su regreso al día siguiente por la noche, nada más aterrizar, regresó a toda velocidad al hotel. La llamó al móvil varias veces antes de llegar pero estaba fuera de cobertura. Dejó un mensaje muy amoroso en el contestador. Telefoneó al hotel para avisar que llegaba en diez minutos. Le comunicaron que Eva ya no se alojaba allí.

Angustiado, continuó manejando cada vez más deprisa. Igual había dado órdenes en la recepción de que dijesen que no estaba. Parecía imposible que hubiese partido sin despedirse. La dejó triste pero intuyó que ya no estaba tan enfadada. Y no comentó nada de que se iba. Se suponía que el boleto lo tenía para el lunes.

Preguntó en recepción y consiguió la misma respuesta: la señora Eva McDermond pagó y se fue por la mañana muy temprano. ¿Dejó algún mensaje para él? No, ninguno.

Descorazonado, regresó al auto desde donde llamó a su móvil varias veces. Fuera de cobertura. Seguramente lo desconectó. Sentado al volante, mirando la entrada del hotel, se sintió pequeño, ínfimo.

Eva se había esfumado de nuevo.

19

Deshojando la margarita

Espero que tengas una semana muy dulce. Que todo te salga perfecto. Que seas feliz. Que te acuerdes de mí a todas horas. Que te pongas muchas veces húmeda, como me gusta a mí. Que recibas un correo mío cada diez minutos, que eso favorecerá el proceso anterior. Que cuando te relajes solo tengas una cosa en tu mente: Adán. Que cuando pasees, oigas nuestras canciones. Que cuando te duches, te duches conmigo. Que todas tus sonrisas sean para mí. Que todas tus noches sean mías. Me vuelves loco, ¿te lo he dicho ya?

Tras la vuelta a su hogar, Eva remitió un correo para informar que había llegado bien y mantuvo el silencio durante una semana. Estaban casi a finales de octubre y Adán escribía a diario. Ella no contestaba aunque entraba al buzón a leer sus mensajes.

Por fin decidió mandar una línea: que la dejara en paz. La trataba como a una chiquilla, pensando que todo era un juego. Y aunque solamente lo vio tres veces, una de ellas sólo unas pocas horas, comenzaba a darse cuenta de que este Adán no tenía nada de similar con el que recordaba e imaginó al principio.

Este Adán también había echado barriga en el cerebro. Esa barriga pesaba mucho más que la física y lastraba todas las ilusiones y los sueños que al fin y al cabo son únicamente deseos no realizados.

Escribió en algún correo que su duda estaba en saber si su amor era tan profundo como el suyo. "El amor de verdad sabe ser paciente", respondía.

Aseguraba que los dos tenían diferentes necesidades en esta relación. Ella necesitaba ir más deprisa. Él había pasado su vida esperando, estaba acostumbrado. "Si tu amor por mí es verdadero, deberías poder esperar", decía el cabrón.

Nunca, nunca se comprometía, el hijo de la chingada. Siempre tenía una excusa y siempre la enredaba con sus palabras. ¿Por qué entonces la volvía loca? Hablaba de que ella representaba "la aventura". ¡Buena aventura! ¡Ojalá! ¡Si se habían visto tres veces deprisa y corriendo! A lo mejor, con lo instalado que estaba, le parecía toda una aventura eso de mandar emails subidos de tono. La definición de aventura también resultaba muy subjetiva. Como si a ella le consolara saber que se masturbaba en la ducha pensando en ella.

Adán seguía escribiendo y ella aguantando el tirón. Hablaba de amor eterno y ella, de ausencias. Decía que su amor tenía un bouquet de treinta años y era cierto porque ahora, de flores frescas, nada de nada. Declaraba que no deseaba perderla y ella respondía que tampoco deseaba verla.

Comentó que jugaba al ajedrez y odiaba perder. A ella tampoco le gustaba la derrota.

En esta partida, no solamente fracasaba miserablemente sino que le hacían trampas. Eso sin contar que le cambió las reglas del juego a medio camino. Estaba a punto del jaque y Eva no lo iba a consentir.

Seguía enviando mensajes con la luna y hablando de no romper el contacto aunque los encuentros fuesen de "menor calidad" o ni tan siquiera existiesen.

Eva creía que tenía miedo de ir más allá, terror. Él se lo dijo en Tampico: "Lo contrario del amor no es el odio sino el miedo". Y tenía razón: el miedo era su mayor obstáculo. El miedo de dejarlo todo por el ser querido.

Adán no iba a dar ese paso, lo sabía. Lo que tuviese entre manos era más importante que ella. Y realmente ya no le importaba saberlo. ¿Por qué entonces había regresado si no tenía intención de ir a por todas? No lo iba a preguntar. Si quería contarlo, debía ser voluntariamente. Sabía que Adán también dudaba de su amor, el de Eva. No sin razón. Ella misma no estaba segura de nada: sí de que lo amaba con toda su alma y más, no tanto del resto, en lo que no había ni pensado. Se había concentrado en sentirlo y había olvidado todo lo demás: Andrew, sus hijos. ¿Pero el amor no te ciega? Necesitaba enfriarse la cabeza. Y además ya estaba harta, hartísima de la situación.

¿Debía decirle que cuando salió de Tampico fue por...? No y no. Sería como un chantaje, forzarlo a tomar una decisión. Ella, como su mamá, consideraba que la dignidad era un derecho inalienable. Nunca trataría de conseguir a un hombre con cuentos de lástimas y penas, estratagema que utilizaba la abuela con su papá. Si la amaba, la amaba. Debía tomar la decisión de estar con ella por ella misma, no por los lazos del pasado que los ataban. Una vez a su lado lo contaría todo.

En cada mensaje estuvo tentada de comunicárselo. Pero ¿para qué? ¿Relatarle que esperó tres meses en la ventana mientras su vientre se hinchaba sin saber qué hacer? ¿Que cuando decidió hablar con su mamá salieron corriendo para los Estados Unidos? ¿Que nada más nacer le quitaron el bebé de los brazos y que no opuso resistencia? ¿Que no llegó a saber tan siquiera si fue niño o niña? ¿Que soñó mucho tiempo con su regreso? ¿Que jugaba a papás y mamás con él y con su bebé a solas en su cuarto mientras sus compañeras de escuela andaban ennoviadas? ¿Que fue tan doloroso que decidió por fin borrarlo todo? ¿Que nunca buscó al bebé? ¿Que era una madre que abandonó a su hijo? ¿Forzarle a tomar la decisión de estar con ella por lástima, piedad, compasión? No y no. El amor llega cuando llega y no en el "momento oportuno", como decía Adán cuando lo presionaba a decidirse. No se puede elegir que caiga en un lunes o en un miércoles, un 20 de junio o un 13 de octubre. Que se fuese a la mierda Adán y todo lo que había regresado. Una pura mentira.

Eva siempre reaccionaba con "ultimátums", pensaba Adán. Le asombraba lo poco que había cambiado desde los 16 años. La misma esencia. No lo consideraba un defecto ni una virtud. Cuando te enamoras, hasta los defectos de una persona te gustan y no existe capacidad de crítica. Si te enamorases de la mujer más virtuosa del mundo, la elegida sería la Madre Teresa de Calcuta. Eva seguía siendo Eva en estado puro y la adoraba enterita.

Mandó varios mensajes cortos. No sabía qué decir. Bueno, sí lo sabía, tenía miles de cosas que contar, que explicar, pero no quería escribir largo por miedo a meter la pata. Siempre agarraba la vuelta a todo lo que escribía. No estaban en el mejor de los climas pero no deseaba abandonar la partida.

Trató de recordar ese último encuentro en la cuarta dimensión de Guadalajara de la manera más tierna posible. Contaba a su reina que seguía instalado en los recuerdos de esa media hora que pasaron juntos. En la tarde luminosa y transparente. En cada minuto veloz donde el reloj tenía prisa. En esos ojos verdes que se abrían y cerraban captando imágenes y grabando sensaciones. En ese escenario ubicuo, ingrávido y atemporal que conjugaba lo virtual con lo presencial, donde las caras rejuvenecen, los cuerpos se endurecen y la piel madura en jugosa fruta otoñal.

Se estremeció al escuchar un trueno. Una tormenta se avecinaba. Mirando por la cristalera al anochecer, Adán vio caer las primeras gotas de agua.

El retumbar de la lluvia acalla el resto de los sonidos y los cristales del invernadero escurren lágrimas de felicidad, el tiempo se para y dos cuerpos tiritando de frío se abrazan bajo ese manto mágico.

Un manto que traía uno de los recuerdos más tiernos y singulares con Eva en Tampico. Después de una arenga sin mucho sentido en Ciudad Mante se montaron en su camión y decidió llevarla al cenote del Zacatón.

Eva nunca había visto uno. Por el camino explicó el significado de la palabra y su valor espiritual e histórico. "Cenote", un término que solo se utiliza en México, proviene de la palabra maya "dzonot", que significa "abismo".

—Son pozos de agua dulce creados por la erosión de la piedra caliza, suave y porosa. En el mundo maya de nuestros antepasados, eran las fuentes de vida que proporcionaban el líquido vital, además de ser una entrada a las maravillas del otro mundo y el centro de comunión con los dioses.

Con las primeras lluvias de primavera salieron del pueblo. Estaba más hermosa que nunca. La humedad empañaba los cristales. Pararon a tomar un refresco en un local del camino en ruta hacía El Nacimiento, desde donde alcanzarían la Poza de Zacatón.

El dueño les advirtió que el camino era peligroso. En ese momento apenas llovía. En una reacción tipo Indiana Jones decidió continuar, en contra de la opinión de los lugareños. Al rato comenzó a llover más fuerte y, unos segundos después, a diluviar. Aparcó el carro a un lado de la carretera hasta que amainara.

Recordaba el calor de su piel debajo del impermeable. Tocando los senos suaves y cálidos. Llevaba debajo una camiseta de algodón azul marino. Una delicia introducirle las manos. Al principio se quejaba del frío tacto. Luego ya no. Caía un torrente, que resbalaba por los cristales del auto.

Se conmovía recordando aquel momento sublime. No hubo mayor intimidad en toda la historia. Espesa y dulce, tierna y pecadora.

Los pezones se entumecían y tornaban de color dorado. Recordaba cómo le sacó la verga del pantalón con cariño y prisa. El tiempo pasó muy rápido. Una, dos horas, tres horas… No sabría decir.

No recordaba si hicieron o no el amor. Ocurría siempre que trataba de recordar el sexo explicito con ella en aquella época pero no era capaz de acordarse cómo la metía o cómo la mamaba.

Cuando lo intentaba aparecían imágenes actuales que sustituían a aquellas. Suponía que ganaban en pasión y cercanía histórica, al tiempo que perdían en ternura e inocencia. Por lo menos una suave corrida de leche marcaría el final de aquel delicioso momento.

Tras aquella pausa divina intentó continuar la excursión pero la lluvia arreciaba cada vez más y el auto comenzó a patinar. Eva comenzó a sollozar y paró el carro de nuevo. Con mucha sangre fría, haciendo mil maniobras, logró virarlo en dirección opuesta al Nacimiento.

Cuando el auto ya estaba en la línea correcta apareció un camión de rurales. Se ofrecieron a ayudar. Pero dijo que no, que conocía la zona.

No le gustó cómo la miraban. Y la propuesta de "montar a la señorita en el camión para mayor seguridad y que él les siguiese en el auto"… Bueno, sin comentarios.

Con cara de miedo se veía aún más hermosa. Y él se sentía más crecido por el hecho de "salvarla" de aquel peligro. Recordaba que conforme regresaban, Eva puso el brazo sobre sus hombros y dijo que lo quería. Sólo faltaba Paul Anka cantando *Heat On Your Shoulders* (o algo así). Ese episodio quedó registrado como el más tierno de su noviazgo adolescente. ¡Qué hermosa estaba!

En Los Ángeles la tormenta se acrecentó. Se fue a la cama como siempre: con una firme erección.

La ciudad no estaba preparada para semejante precipitación. Tres días de inclemencias la dejaron en el caos total: zonas inundadas, autovías cortadas, los servicios telefónicos y de Internet esporádicamente inutilizados. Varios de sus mensajes a Eva debieron quedarse por el camino. Recibió un escueto mensaje de Eva:

Te quiero pero así no puede ser. No me escribas más, por favor. Te lo ruego. Bye.

¡Había contestado! Eso era lo fundamental. ¡Estaba allí!

Eva, ¡¡¡por Dios!!! Sé un poco flexible. Razona. ¿Quieres que te llame por teléfono? TE AMO y espero que tú sigas queriéndome. Ten calma, ¿¿sí?? Lo importante somos tú y yo. Contéstame, cielo, por favor. No puedo dejar de escribirte. Te lo dije y te lo digo y te lo diré. No puedo perderte de nuevo. NO.

Entendía que en sus vidas ya no había lugar para las esperas. Que su corazón latía con el suyo y que necesitaba desatarlo cuerpo a cuerpo. Y no debía seguir por ahí. Le ofrecía su amor eterno.

Eva contestaba que ésta no era su partida de ajedrez ni las reglas acordadas. Dejaba el juego.

Trató de explicar que el juego seguía siendo sólo suyo. Que daba lo mismo el escenario, el tiempo, la duración de los encuentros. Lo demás daba igual. Seguiría mandando mensajes con la luna.

La luna ya está arrugada de tanto llevar y traer mensajes, decía Eva. No los llevaba a ningún lado donde pudiesen estar juntos.

¡Su cáustica Eva! Debían dejar que el tiempo hiciese su trabajo. La luz de la luna resplandecía eterna; esperaría lo que hiciese falta. Tenían que seguir en contacto aunque con una menor intensidad y calidad. Quería volver a ser "chavito" con ella.

Espero que me esperes.

Eva preguntó hasta cuándo.

Pensó que había llegado el momento de expresarse libremente. Eva seguía un tanto alejada pero contestaba. Le aterrorizaba perder todo contacto. Aunque contestase llamándole "cabrón" o lo que sea, que ya lo había hecho en alguna ocasión. Él siempre aguantaba con tal de sentirla al otro lado de la línea.

Esa tarde, después de aplazar una reunión, decidió escribirle desde el corazón. En su último correo Eva se había acercado mucho a las emociones que experimentaron juntos, aunque a veces oscilaban en una frecuencia de onda diferente.

Sus emociones con Eva circulaban muy dentro de él, en sus venas. Venían en serie, como en los autos. Estaban instaladas en su ADN y habían superado el paso del tiempo, impregnándose intemporalmente en su vida.

Se trasladaban, como alguna vez le relató, en una nebulosa compacta plagada de emociones y recuerdos, movida por el viento de las experiencias, dándole razón a su vida. Eva, sin saberlo, formaba parte de él. Y a pesar de ello, había vivido una vida plena integrando su recuerdo.

Sorprendía que sus pieles nunca se hubiesen extrañado. Que su boca recuperase el lenguaje que en el pasado la unió a su piel. Y que juntos, boca y piel, se conjurasen al margen de ellos y de sus almas para establecer un diálogo de besos y caricias en un idioma indescifrable para la mayoría de los mortales y que muy poca gente experimentará en la vida.

La historia, bellísima, tenía vocación de *best seller*. No existían palabras huecas sino una realidad profunda y material.

Por sus palabras, ella se había enamorado seis meses atrás. Amor incomprensible a primera vista, dado el extraordinario físico de Eva y su decadente cuerpo de cincuentón de mal vivir. Un amor apasionado que necesitaba materializarse en encuentros periódicos.

Dos formas de amor que convergían en el tiempo, que encontraban un escenario accesible y que explosionaban en emociones como los fuegos artificiales del 4 de julio.

Lo frustrante para ella era que los encuentros no se producían con la frecuencia que añoraba. Para él la duda consistía en que desconocía la profundidad de su amor. Cuando hablaba de profundidad, se refería a las posibilidades de perdurar en contextos de vida nuevos y diferentes que estaban a la espera.

Su amor sí parecía que fuese capaz de sobrevivir. Lo demostraba la permanencia en sus recuerdos, lo vivos que estaban y la persistencia de las emociones. Todo estaba reflejado en ese reencuentro de los cuerpos, que sin fundirse en tanto tiempo reaccionaron como si hubieran convivido toda la vida, en perfecta comunión y armonía.

No sé si estás de acuerdo con esta masturbación mental. Pero en cualquier caso lo tenía que escribir desde el corazón, dejando a un lado la razón. TQ.

El mes de octubre terminó con este pulso que resucitaba la relación de los eternos novios, siempre enamorados, siempre peleados.

20

❦

Una de cal y dos de arena

Está lluvioso y triste hoy en Los Ángeles. Ayer padecí una constante sensación de vacío. La ausencia de sol, las plazas vacías, la lluvia. Los tramoyistas cambiaron el escenario y el director jubiló a los actores. Qué lástima, ¿verdad? No mantener la obra por una temporada completa. Nada que disfrutar. Debes regresarme el sol, las transparencias y tu risa a la vez que hablas para colmar de alegría la ciudad. Un beso.

Superado el nuevo enfado, Eva recuperó su ser y su otro yo, donde la verdad con mayúsculas no existía. La certeza se reducía a una palabra vacía y la duda constante era el *modus vivendi*.

Estaban a mediados de noviembre y sobrevivía a duras penas sin confirmar si volverían a encontrarse en la cuarta dimensión. Mañana preveía un buen día: Adán había prometido que se comunicarían por Skype. Por la razón que fuese, Adán había abandonado ese sistema de comunicación que utilizó al inicio de su relación. Decía que no le gustaba, que prefería imaginársela. Eva aceptó sus excusas como el resto de las ocasiones. Siempre lo que Adán quería o nada.

A la hora acordada llamó y lo vio en pantalla. Un mes sin verlo y allí estaba. Se le encogió el corazón.

—Eva, estás bella, mi vida. Yo me veo viejísimo en esta mierda de cámara.

Eva rió con esa risa que lo volvía loco. Conversaron más de una hora de todo lo divino y de lo humano y se despidieron con un enorme beso húmedo ciberespacial.

Hablaron por Skype sólo otro día más, aunque habían previsto hacerlo a diario. Un día Adán tuvo que volar a Guatemala por algún lío con un proyecto. Otro día también canceló la videoconferencia porque un contenedor que llegaba de ultramar estaba retenido en el puerto de Tampico. Otro día…

Últimamente escribía mensajes de dos líneas y parecía alicaído.

No dijo nada porque bastante tenía el pobre. Trataba de animarlo a pesar de que sufría al ver que se desvanecía el poco amor que permitía el email. Ya nunca hablaba de lunas mensajeras ni de palos cibernéticos.

Pensaba que con 50 años debería trabajar menos. Temía que le diese un infarto con tanto estrés y por su sobrepeso.

Ante el desinterés que demostraba ahora por ella, también se preguntaba si la libido de un hombre pasados los 50 se resentía, al igual que le sucede a las mujeres tras la menopausia. Podía investigarlo.

Ya estaba cansada de explicar lo inexplicable. No perdería el tiempo. No hay nada que entender, se decía a sí misma. Sólo queda tomar una determinación. Aguantaría con lo que recibía aunque fuese cada vez menos.

Y a pesar de resistir sin reproches, llegó la tormenta de nuevo. En la primera semana de diciembre Eva anunció —en una de las escasas ocasiones en las que pudieron comunicarse por Skype— que podía viajar a Los Ángeles un par de días. ¡Por fin podría amanecer con él, tener otra luna de miel de dos días y tres noches!

Al otro lado de la pantalla vio cómo Adán se desinflaba, literalmente. Observó —ya se lo había notado varias veces anteriormente— que comenzaba a tocar compulsivamente el marco de sus anteojos con gesto nervioso y que dejaba de mirarla de frente.

Sabía lo que esto significaba: quería decir que no pero no se atrevía. Temía sus enfados y la posibilidad de que, por fin, alguno de ellos fuese el definitivo.

Pero ¿cómo no se iba a enojar? Acababa de decir que iría a verle y todo su cuerpo clamaba un NO. Tampoco dijo que sí. Se fue por la tangente sobre negocios, viajes, agendas… Lo de siempre.

—Eva, estoy notando que la mirada se te pone azul —comentó.

—¿Tú crees?

Los dos se conocían perfectamente hasta en sus mínimos gestos.

Eva no insistió. Adán tampoco volvió a citarlo, señal indiscutible de que no deseaba que visitase.

De momento, Eva ya no estaba para conversaciones y Adán no quería ir más allá para no empeorar la situación. Cortaron la comunicación con un adiós un tanto frío por parte de Eva y un "Te quiero y no te enojes, mi vida, por favor" por parte de Adán.

Nada más desconectar echaba humo. ¿Qué hacer? Cada día estaba más confundida. Adán insistía en que la quería, que la quería y que la quería pero no reaccionaba como si fuese cierto. ¿Qué pasaba? No entendía nada. ¿Qué hacer?

Alice, intentando meter baza en su confusa mente, recordó ciertos detalles de este amor "tan apasionado". Era una teoría que venía tomando cuerpo hace tiempo, a escondidas.

"Eva, por supuesto que eres su objeto de deseo. No tengo dudas. Y desde su punto de vista, todo lo que dice lo siente de verdad, no te miente y te ama. Pero fíjate que digo *objeto*, palabra que la Real Academia de la Lengua define como *cosa*. Su primera acepción en el diccionario es: *Todo lo que puede ser materia de conocimiento o sensibilidad de parte del sujeto, incluso este mismo.*

"Adán es el sujeto y tú el objeto, Eva. No se espera reacción alguna por parte de un objeto. Te piensa, te siente, te ama, pero su amor es unidireccional. No cuenta contigo, con una Eva de carne y hueso, con sangre en las venas, con su propia línea amorosa que ha sido incapaz de integrar en la suya. "Si no existieras sería lo mismo, si te pones a pensar. Adán seguirá amando a la Eva que tiene en sus recuerdos, ahora un poquito actualizados. Sueña con ella, se pasea con ella, habla con ella, lee con ella, cocina con ella, se masturba con ella. Nunca contigo.

"Un programa de computadora puede contestar sus correos amorosos mejor que tú y sin reproches, por cierto. Vives en su mente, no en su vida. Y no tiene intenciones de integrarte en ella.

"Eva, olvídate de poesías y lunas, aprovecha la ocasión y rompe esta cadena de despropósitos. Ya comprendo que es muy doloroso pero a veces hay que tomar determinaciones duras.

"Sus palabras no son consecuentes con sus acciones, desengáñate. No tiene valor para amarte como tú anhelas y nunca lo tendrá. Puede que tenga un corazón blandito lleno de plumas, como te cuenta, pero su cabeza es fría y calculadora. Jamás entrarás en sus planes de futuro como 'compañera', aunque sea esporádica. No estás catalogada en su cuenta de beneficios".

Alice conocía muy bien a su alter ego. Había tocado uno de sus puntos más vulnerables. Frente al miedo y los celos de Adán, los suyos eran el orgullo y la dignidad. Una dignidad herida, mancillada, ultrajada. Arrastrada por los suelos.

Sin embargo, aún no estaba lista para cortar toda comunicación por mucho que Alice lo suplicase. Veía un atisbo de esperanza en esos treinta años que Adán siempre recordaba como "conjuntos" aunque ella no los hubiese disfrutado.

En contrapartida a sus defectos, su mayor virtud residía en la perseverancia. Cuando comenzaba un proyecto —y Adán era uno de los más importantes de su vida— no cejaba hasta agotar el último recurso, intentar colarse por el último resquicio, extinguir la última esperanza.

Insistió por una última vez, intentando comprender antes de cortar de raíz. Trató de transmitir su confusión tras la charla en Skype.

Contestó lo de siempre: que era muy pronto, que no se enfadase, que la quería como nunca había querido a nadie. Y su frase favorita cargada de culpabilidad: "El amor verdadero puede esperar".

¿Querer?, dilucidaba Eva. Su perra movía la cola con más alegría cuando volvía de viaje que la que demostraba Adán cuando aseguró que quería verla de nuevo. Realmente no sabía cuál era su papel. ¿Seguir esperando? ¿Amante epistolar per *secula seculorum* y amén?

Deja que Eva siga conmigo, en mi mensaje de texto, en mi Skype, en mi móvil, en mi cama, entre mis labios y debajo de mi piel hasta que pueda convertirse en realidad. Te quiero como siempre.

¿Leyó mal las claves de Adán desde el inicio? ¿Creyó que…?

"Eva, corta ya. Acuérdate de lo que dice Simón, tu redactor jefe: 'Excesivo análisis lleva a la parálisis'. Decide: Sí o No, y déjate de dar vueltas y filosofar", insistía Alice.

Y Eva tomó una decisión: tiraba la toalla. Ya no le quedaban fuerzas para seguir luchando. Ya se había burlado bastante de ella. Imposible, además de inútil, explicar el daño producido. No quedaba ya ni un clavo ardiendo al que aferrarse.

ADIÓS.

Tras enviar este mensaje —y para no volverse loca comprobando compulsivamente su buzón en espera de una contestación— bloqueó a Adán en su cuenta de correo y en la página de Facebook. Ya no existía. Nunca más leería algo de él. No recaería en su red epistolar. Seguidamente borró todas sus referencias, teléfonos, direcciones y correos electrónicos tanto en la computadora como en el Blackberry. Debía alejar la tentación de contactarle por cualquier vía.

Adán intentó comunicarse a través de su buzón profesional al ver cerradas las otras vías, pero su decisión era firme esta vez y, de todas maneras, su correo no aportaba nada nuevo. Seguía en su línea inamovible de relegarla a la condición de mera escribidora allende de los mares y posible musa de sus pajas, tanto mentales como las de la ducha.

Sobre estas últimas no podía hacer mucho a miles kilómetros. Y a él no le importaba su presencia física a la hora de masturbarse. Con tenerla en sus neuronas le bastaba y hasta prefería que fuese así. Y en cuanto a las otras pajas, las mentales, no quería continuarlas. Lo bloqueó también en su correo profesional.

Alice, envalentonada tras el derrumbamiento de Eva, justificaba la decisión. Siempre se encuentran excusas para racionalizarlas.

—Eva, no hay marcha atrás. Si lo analizas sólo hay dos explicaciones.

—¿Ah, sí? ¿Y cuáles son, a ver? Tú, que lo tienes tan claro —se contestaba.

—O eran las mentiras de un sinvergüenza o las verdades de un cobarde.

En vísperas de la Navidad, un amor que empezó como uno de los más bellos del mundo moría por inanición. El 2011 sería un nuevo año, quizás más para Eva que para Adán, empeñado en conservar su *status quo* o lo que tuviese que guardar a toda costa.

21

Liquidación por derribo

Las cosas suceden por algo y si nos encontramos dos veces en el tiempo con tanto amor y pasión hay una inmensa razón para que suceda. Pero el destino no está grabado en piedra, los seres humanos tienen esa posibilidad de cambiarlo. "Se hace camino al andar", decía Machado, poeta que tú me hiciste amar. No hay nada bueno o malo o digno de juzgarse en la decisión que cada cual toma en un determinado momento. El resto, como bien sabes, Adán, son ucronías en las que eres un experto.

Eva representaba la perplejidad personificada. La VERDAD con mayúsculas, el AMOR con letras grandes, se le escapaban.

La VERDAD no existe. O se transmite manipulada. O se puede decir la verdad y mentir a la vez. La verdad se puede contar de muchas maneras distintas, todas verdades pero diferentes y parciales. O dependiendo de cuándo y cómo se diga es menos o más verdad.

Antes de comenzar su andadura en el *Nature Today* trabajó en el *New York Daily*. Los graduados de la escuela de periodismo de Columbia eran muy apreciados y no sin razón: estaban preparados de manera inmejorable para su profesión. La *crème de la crème* de su oficio.

Pudo hacer carrera en uno de los diarios más prestigiosos del mundo pero al cabo de un par de años se sentía incómoda. Nunca recibió presiones para escribir una cosa u otra o seguir un tema u otro. Sin embargo, tras varias situaciones difíciles, llegó a la conclusión de que debía dedicarse a otro tipo de periodismo más comprometido, con un objetivo superior al meramente informativo. Tomó la decisión de trabajar para *Nature Today* y nunca se arrepintió.

En el periódico, la noticia podía manipularse de muchas maneras sin dejar de lado "la verdad". Dependiendo de lo que destacase en los primeros párrafos, la verdad parecía una u otra. Una noticia destacada en portada era "más verdad" que una enterrada en la quinta y mucho más que una que se cortaba. Esta última ni existía.

Una información "verdadera" publicada en un día concreto —pongamos un *affaire* de un político que sale a la luz justo el día que anuncia su postulado— producía una "verdad" muy distinta a la "verdad" que se hubiese producido si se publicaba tres meses antes.

La VERDAD noticiosa era muy relativa. Se sentía incómoda. Por el contrario, con su trabajo en *Nature Today* recibía una gran satisfacción de deber cumplido. Aquí sí que mostraba una verdad con una sola cara, una verdad comprometida. No la verdad de todos sino la suya. A nadie vendía la idea de la

VERDAD con mayúsculas¿Y el AMOR? Adán decía que la amaba y ni siquiera necesitaba que devolviera ese amor: él tenía para los dos. En realidad, no estaba enamorado de ella sino de su recuerdo. Se encontraba estancado en esa Eva niña, la que le hacía soñar. No la quería de otra manera. Si reconocía a la verdadera Eva de ahora tendría que comprometerse. Sus juegos infantiles se acabarían. No deseaba que la Eva actual sustituyese a su Eva niña.

¿Amor telepático? El amor de él podía sobrevivir sin ella. El de ella sin la presencia física de Adán se transformaba en tormento. Constituía un sufrimiento continuo amarlo así. No creía en ella ni en su amor. La obligaba a "esperar" como prueba de su amor. Seguro que tendría que esperar *per secula secolorum* como una idiota. Al final todos los hombres son iguales. Te embrollan con bonitas palabras hasta que tienen que retratarse. Este era un genio de la literatura romántica. Y también un maestro de la evasión.

Había dado el primer paso: lo había arrancado del buzón. Ahora debía extirparlo del corazón. Faltaba replantearse la situación con Andrew. Algo mucho más serio con tres hijos de por medio. Su relación seguía estable pero tediosa. Si se aferró a Adán con tanta fuerza había una buena razón: algo no funcionaba en su matrimonio. No se lo planteó hasta ahora por miedo. Debía enfrentarse a esa posibilidad. ¿Siempre sucedía así? ¿Era culpa de ella?

Pensaba que, en realidad, las únicas que se enamoran son las mujeres. Una mujer enamorada lo dejaría todo por un hombre, ya fuera alto, bajo, guapo, feo, joven, viejo. Ella hubiese dejado todo por Adán si se lo hubiese pedido.

En cambio, un hombre no renunciaría a muchas cosas por una mujer y abandonaría a una mujer por muchas cosas. No se refería al caso de Adán específicamente. Lo veía constantemente en muchas circunstancias. Los hombres se enamoran de una mujer en tanto y cuanto encaje en su vida, cumpla el papel que ellos requieran y no interfiera con el resto de su universo. En realidad, los hombres "se enamoran" de la mujer que necesitan en cada momento. Su amor se reduce a una decisión práctica.

Alice, con su constante sarcasmo y mayor sentido común, expuso algo así aunque de manera más prosaica: "Eva, eres un tanto imbécil. No niego que tenía buena pluma el hijo de su madre y que, con tan buena prosa y sus dotes de poeta, te encandiló. Hubiese embaucado incluso a María Santísima. No te culpo pero Eva, niña, ¿puta de buzón? ¿Dónde se ha visto? Aunque mirando el lado bueno, esto de calentar a un señor con barriga por control remoto tiene sus ventajas: no le aguantas los ronquidos".

—Que se caliente solo, que ya lo hace de todas maneras —respondía Eva.

No podía darle tantas vueltas a las cosas ni buscarle cinco patas al gato. Había pasado la vida luchando contra la dualidad de su destino representada en todas sus facetas, incluso en la palma de su mano. Llegaba la hora de decidir, de integrarse, de amarse tal como era, completa y entera. No podía ser Alice para Andrew y Eva para Adán. Debía amar en sus propios términos.

Los últimos quince días —desde que llegó el silencio y la oscuridad, como decía Adán— dormía mal. Se despertaba sudando y sedienta a horas intempestivas. Le costaba conciliar el sueño. Seguía adelgazando y lucía demacrada.

No pensaba tomar ansiolíticos ni pastillas para dormir como Adán. Lo consideraba un remedio temporal y posiblemente peligroso a largo plazo. El problema estaba en su mente. Esa era la raíz y ahí comenzaría el ataque. Se desintoxicaría. Olvidaría.

Después de hablar con Andrew, solicitó seis meses sabáticos en *Nature Today*. Necesitaba alejarse de todo por un tiempo para renovarse. Los niños —su mayor dolor— no presentaban gran problema. Estaban ya crecidos y los tres, sobre todo su hija, lucían muy independientes. Así los crió ella y así se desarrollaban.

Andrew no preguntó mucho. Sabía que no recibiría contestación. Hacía tiempo que la contemplaba desmejorada, bajando de peso, angustiada, lejana. Se aseguró de que no fuese una enfermedad. Alice juró y perjuró que no. Necesitaba tiempo en soledad, alejarse un poco de su vida cotidiana para tomar perspectiva. Andrew decidió soltar cadena como siempre hacía en circunstancias similares. Si Eva decidía irse, temporal o definitivamente, lo haría. El día que resolviese romper la cadena destrozaría los eslabones uno a uno.

Explicaron a los niños que Eva tenía un trabajo asignado muy largo esta vez y que se ausentaría seis meses. Quizás pudiese volver un par de veces en ese periodo. Reaccionaron con mucha filosofía. Siempre vieron trabajar a su madre, viajaba frecuentemente y no les extrañó.

Su hija hizo todo tipo de preguntas de lo que iba a hacer y hasta la animó cuando ella se entristeció pensando en que no los vería en varios meses:

—Mamá, es un proyecto estupendo. Yo también quiero ser reportera. Aunque no sé si voy a tener hijos porque me pondría muy triste cuando me vaya —comentó.

A Eva se le saltaron las lágrimas ante su hija. Si se decidía por el periodismo sería una gran reportera, de eso no cabía la menor duda.

En casa quedaba Margarita para atender todas sus necesidades, tanto materiales como sentimentales, y bregar con el día a día. Los muchachos, siempre sanos, pasaban años enteros sin enfermarse ni de una gripe. No requerían ningún cuidado y Andrew procuraría viajar menos y pasar en casa los fines de semana.

La reacción de la revista resultó mejor de lo que esperaba. Cuando solicitó los seis meses sabáticos ya contaba con un plan. Desarrollaría el proyecto que tanto tiempo la atrajo: agricultura sostenible en alguna pequeña comunidad rural perdida. Quería mancharse las manos. Deseaba un trabajo físico agotador. Ansiaba estar lejos de la computadora para no entrar compulsivamente, esperando que Adán la contactase de alguna manera. Debía desaparecer del mundo por un tiempo.

Lo dispuso todo con el detalle que la caracterizaba cuando se apasionaba por un proyecto. Colaboraría con Heifer Internacional, una organización que, desde su fundación en 1944, trabajaba para aliviar el hambre, la pobreza y la degradación ambiental, y ayudaba a las comunidades rurales e indígenas a lograr la autonomía en cuanto a alimentos e ingresos. También financiaba la adquisición de ganado y la capacitación a las familias más pobres bajo el lema: "No a un vaso de leche. Sí a una vaca".

Simon Wieler, el redactor jefe, escuchó sin interrumpirla. Los dos se llevaban estupendamente. El carácter de Eva la hacía sumamente compatible para trabajar en un ambiente masculino sin desentonar. Era uno más entre ellos. Dura como una roca en su profesión. Cumplidora. Ningún reportaje asignado fallaba. Tenía buenas ideas y las sacaba adelante. Iba al fin del mundo y producía temas de calidad. Siempre lista para el cierre. Igual escribía para la revista y preparaba el guión para el canal de televisión. Una de las reporteras más estimadas de la casa.

Quizás por eso Eva tenía serias dudas de que Simon le permitiese ausentarse seis meses. Especialmente ahora que los presupuestos estaban ajustados, no se contrataba a nadie nuevo con experiencia y los reporteros "polivalentes" como Eva resultaban los más productivos.

Simon, un hombre duro a la vez que visionario, intuyó que si le decía que no, se quedaría sin Eva de todas maneras. La conocía bien después de más de 15 años trabajando juntos. Eva se iría con sabático o sin sabático.

Tampoco podía subir a la planta noble y decir que se iba uno de sus mejores periodistas. Les importaría un rábano si Eva se marchaba. Aprovecharían la ocasión para contratar a un imberbe por la tercera parte de su salario, que era como no contratar a nadie.

Ya se veía al cierre con una basura de texto sobre la mesa que luego, curiosamente, los hijos de su madre de la directiva criticarían por su falta de calidad. La mierda le envolvería en cualquier caso tanto si Eva se iba definitivamente como si tomaba un sabático de seis meses.

Tras unos momentos de espeso silencio, que Eva conocía bien y no osó interrumpir, Simon llegó a una de sus brillantes decisiones. Esas que lo habían mantenido en su puesto más de veinte años, produciendo una revista de calidad mientras controlaba los deseos económicos de los de arriba.

Si Eva trabajaba con Heifer, debería documentar sus seis meses en el proyecto de agricultura sostenible al que estaba destinada en Piura, una de las zonas más pobres del Perú. Asignaría un cámara que viajaría en fechas concretas para filmar las imágenes. Ya hablarían de ello y especificarían los detalles.

Por su parte, ella, a su vuelta, escribiría un artículo para la revista y, si había material suficiente, un guión para una miniserie del canal. Posiblemente tres episodios si daba para tanto, que seguramente sería posible tras seis meses de trabajo.

Y todo por un tercio de su sueldo. El otro tercio lo dedicaría a contratar a un inútil que calentase la silla hasta que regresase y el otro tercio lo presentaría en ofrenda floral a los de la quinta planta.

—¿De acuerdo?

—Totalmente.

—Trato hecho —cerró el arreglo Simon sin más palabras.

Sus hijos y Andrew fueron a despedirla al aeropuerto el 14 de enero del 2011. Se despidió aguantándose las lágrimas.

Y Eva partió a buscar la verdad, la suya, la verdad en letras pequeñas. La que se escabulló todos esos meses obnubilada por dos amores que no la dejaban amar a su manera.

Desde que canceló el buzón no supo de él. Nunca trató de contactarla por ningún medio. Imaginaba que seguía zambullido en sus negocios inmobiliarios y de construcción o lo que fuese que hacía. Mejorando su *handicap* y disfrutando de su vida de nuevo rico.

Seguía amándolo con toda el alma aunque el dolor comenzaba a replegarse. Confiaba en que el tiempo y su proyecto peruano ayudasen en su catarsis, la condujesen al olvido. O al menos a un sendero, quizás menos transitable, pero que permitiera caminar sin sufrir por el amor perdido.

En su afán de avanzar por cualquier medio, y a pesar de no creer mucho en estos libros de autoayuda, consultó con Shanon, su instructora de yoga. Recomendó varios libros y se decidió por *Los cuatro acuerdos* de Don Miguel Ruiz, médico y sabio que predicaba los principios de la cultura tolteca. Regresar a sus raíces haría bien en todo caso. Decidió adquirir el libro y estudiárselo durante su estancia en Perú.

El vuelo a Lima despegó con puntualidad, buena señal para comenzar el nuevo ciclo de su vida. El asiento contiguo estaba vacío, lo que la tranquilizó enormemente. No estaba para conversaciones superficiales. Necesitaba tiempo para platicar consigo misma.

Continuaba con la costumbre de contar las tres horas que la separaban de Adán. Una, dos, tres, golpeaban sus dedos sobre la mesa del despacho o se movían disimuladamente en el aire tratando de atrapar ese tiempo paralelo al otro lado del continente. Ahora estará comiendo. Ahora visitando a un cliente. Ahora llega al despacho y entra —entraba— en el buzón para escribirme.

Un buzón del que sólo se salvó la poesía "Sabes", que guardó como bello y único recuerdo de su amante. La releyó por enésima vez antes de quedarse adormilada poco después de despegar, arropada por una frazada como la que cubría el regazo de su poeta cuando se sentaba a soñarla en la veranda y la noche refrescaba.

22

Los cerezos japoneses

*No sé si te traicionó el subconsciente con las cuatros palabras
mágicas "amor de mi vida". ¡¡¡Bendito subconsciente!!! Pero
fue tan hermoso que te prometo bajarte una luna cada vez que
me lo susurres, ¿de acuerdo, mi vida? Besos de mi boca para la
piel de tu espalda y para ti todo el cariño y la ternura de la
que soy capaz.*

Eva se dirigía al aeropuerto de Ronald Reagan en Arlington a
recoger a su hija. Había vuelto desde Piura para pasar un par
de semanas en casa a mediados de abril. No aguantaba más
sin ver a sus hijos. ¡Les echaba tanto en falta! Regresaría hasta
finales de junio para cumplir su compromiso y luego… Aún le
quedaban otros tres meses para decidir. La niña estaba con el
colegio de excursión en Boston durante las vacaciones de primavera.

Puso la radio. Con su marcha a Perú, hizo "borrón y cuenta nueva" y tiró la USB con todas las canciones que se acumularon durante su amorío con Adán.

Siempre las escuchaba en el auto. Tras la ruptura, cada vez que las oía, se entristecía enormemente. Llevaba cuatro meses sin saber nada de él. La tentación de contactarle disminuía y su espíritu se estaba calmando.

La primera semana después de cancelar los correos no fue tan difícil como las que siguieron. Cuando muere un amor sucede lo mismo que cuando muere un ser querido: no se asimila la realidad hasta pasado un tiempo. Al principio no parece verdad, no se cree. Posteriormente la ausencia se extiende como una mancha de aceite en el océano hasta flotar por toda la superficie. Sólo el tiempo y las mareas pueden reparar el daño.

Con su estancia en Piura logró el anhelado equilibrio. Nunca más contactaría a Adán ni volvería a verlo. ¿Qué sentido tenía? Ni era Romeo en vías de suicidarse por la ausencia de su Julieta ni era París asaltando las murallas de Troya para raptar a su Helena.

Quizás era pedir demasiado —o ella leyó muchos cuentos de príncipes azules de niña— pero si un hombre te dice que lleva amándote toda la vida, ¿no esperas un poco más que la cobardía que demostró en estos escasos meses de relación? Una relación que se redujo a correos románticos o subidos de tono y dos encuentros y medio.

Entendía ahora que, como siempre, su verdad le pertenecía exclusivamente a ella. La de Adán era otra.

El mayor triunfo de Eva durante este tiempo en Piura —tiempo de u trabajo físico agotador y sumamente enriquecedor a nivel anímico— fue llegar a la conclusión de que debía aceptarse tal como era: con su Alice, con su Eva, con sus eternas dudas, con sus "quizás", con su ironía, con su humor cáustico, con lo que fuese que el mundo contemplaba cuando la miraba.

Estaba decidida a ser Alice Eva McDermond de Los Santos a tiempo completo, con sus virtudes y sus defectos. Dispuesta a decidir por sí misma y a equivocarse sola. Preparada para no dejarse domesticar más como aconsejaba el libro del Doctor Miguel Ruiz. Nunca más viviría intentando satisfacer las exigencias de otras personas.

"No hacer suposiciones" es otra de las reglas de Don Miguel Ruiz. Creemos que lo que suponemos es cierto. Sólo vemos lo que queremos ver y oímos lo que queremos oír. Necesitamos justificarlo, explicarlo y comprenderlo todo para sentirnos seguros. El amor no tiene justificación ni periodo de espera, tampoco se supone. Es, sin más.

Renunciaría a tratar de justificar, explicar o comprender. El amor verdadero se reduce a aceptar a los demás sin tratar de cambiarlos. Dejarlos fluir como ellos deben dejarte fluir a ti. Ella dejaría que Adán siguiese su vida, la que él escogió para sí mismo, domesticado o no. Era su problema y Eva no debía ni podía sacarlo de su jaula. Su única tarea consistía en ser sincera consigo misma.

Tendría también que perdonar, otra exigencia de *Los cuatro acuerdos*. Un proceso obligatorio para liberar su corazón y su vida, tarea que se presentaba complicada. Suponía una cuestión de tiempo. El libro no indicaba cuánto le tomaría aunque daba una pista de cuándo sabría que perdonó: "Cuando ya no sientas ninguna reacción emocional ante la persona que te dañó, cuando oigas su nombre y no te duela, ése es el momento".

De todas maneras, ella no era una mujer rencorosa, entre

otras cosas, porque no tenía tiempo. La gente que odia, que envidia, que busca venganza, al final desperdicia su vida entera en lugar de buscar su propio camino. Buscando la ruina de otro desaparece la oportunidad de encontrar la riqueza propia. Ella siempre olvidó rápido para concentrarse en lo que tenía delante y comenzar nuevos proyectos. Si alguna vez miró atrás fue sólo para aprender de sus propios errores, nunca para embadurnarse en ellos.

Viajó ligera de equipaje y esta vez sería igual, por mucho tiempo que necesitase. Las cicatrices del pasado, aunque indiquen de dónde venimos, nunca deben determinar hacia donde vamos.

Hubiese preferido despedirse de él con menos rencor. Haberle dicho que, a pesar de pasar un año difícil y frustrante, también resultó maravilloso. Pero en aquel momento no fue posible.

Y los dos se confundieron, no solamente Adán. Él deseaba a una niña inocente y un tanto salvaje a la que podía abrir los ojos al mundo y proteger de sus peligros. No la deseaba a ella, una mujer adulta.

Ella amaba a un joven valiente e idealista que aspiraba cambiar el mundo, al Pigmalión que le enseñó a amar con los ojos abiertos, el que movía montañas para pasar cinco minutos con ella. Ese joven no existía.

Físicamente, la estancia en Piura estaba resultando reconfortante. Había engordado varios de los kilos perdidos que regresaron en forma de músculo, dado el agotador trabajo físico que realizaba.

La radio no pasaba nada decente. Desistió de mover el dial y aparcó en el aeropuerto. El avión estaba retrasado una hora. ¡Vaya por Dios! Se acercó a un comercio a adquirir un diario para pasar el rato. Se sentó con el *New York Times* a tomar un café. Lo ojeó con desgana. Siempre lo mismo.

Un artículo llamó su atención: "Asesinado el gobernador de Tamaulipas", el estado de Tampico. Maniatado y con los ojos vendados, el cuerpo de Miguel de la Torre Benito fue descubierto con un balazo en la cabeza tipo ejecución en la hacienda El Naranjo tras una llamada anónima a un diario local. Eva se estremeció. Se suponía que en breve se postularía por su partido para las presidenciales mexicanas del año siguiente.

Bautizado como "El comunista" por las clases dirigentes, gozaba de gran reputación entre el pueblo llano y los campesinos. Un candidato populista que, por primera vez en muchos años, tenía considerables probabilidades de llegar a la presidencia y emprender las reformas sociales siempre aplazadas.

Observó con atención la foto oficial del gobernador en el diario. Pobre hombre. ¡Qué violencia la de México! La vida no valía nada. El culto a la muerte lo impregnaba todo.

Se percató que ya el avión de su hija había aterrizado al mirar la pantalla de llegadas. Dejó el periódico en la mesa y se acercó a la zona donde se recogen los equipajes. Eva y sus compañeras ya estaban allí. Todas hablando al mismo tiempo de lo bien que lo habían pasado, de lo bonito que era Boston.

En el auto, de regreso, la niña se quedó dormida. Venía cansadísima. Seguro que no durmió en el avión. Había pasado todo el vuelo de cháchara con las amigas.

Se despejó al entrar en el garaje de casa y Eva le aconsejó que se duchase mientras ella preparaba algo ligero de cena.

Cuando la buscó, media hora después, todavía no se había duchado. Continuaba en su habitación, sentada en la cama frente a la computadora.

—Eva, hija, eso puede esperar. Ahora cena y a la cama.

—Es sólo un momentito, mamá. Estoy poniendo las fotos del viaje en Facebook.

Sin remedio. Eva se sentó en la cama a su lado para ver las fotos. Tenía un montón. Ahora con las cámaras electrónicas no hay por qué frenarse. En sus tiempos…

¡La foto!

Se levantó con un impulso desconocido para correr hacía la computadora ante la asombrada mirada de su hija.

—Ahora regreso, cariño —dijo, apresurándose.

Miguel de la Torre Benito. Se quedó mirando la foto que ahora aparecía en su computadora ampliada. El gobernador era el visitante de Adán en la hacienda El Paraíso de Nosara.

El día siguiente lo pasó revisando todo lo referente al asesinato. Nada de nada. La prensa local de Tampico publicaba novedades: la policía seguía la investigación, el cadáver del gobernador fue trasladado al instituto forense para la consiguiente autopsia, que tardaría lo suyo, la hacienda El Naranjo estaba siendo recorrida palmo a palmo.

Y al día siguiente, otra noticia sobrecogedora en un diario de Tampico. En un oscuro almacén del puerto fluvial de la hacienda ya en desuso, encontraron semienterrados cinco cadáveres más. Una escueta nota sin mayores detalles. Normal en un país donde la aparición de muertos constituía noticia cotidiana.

Decidió retrasar su regreso a Piura por unos días. No podía partir en el estado de angustia constante en el que se encontraba. Se acercó a la revista para tener acceso a las bases de datos de las agencias y otras fuentes de información profesionales.

Tras varias horas de investigación no avanzó un ápice. Decidió contactar directamente al director del Diario de Tamaulipas, el que cubría mejor el suceso por lo que había leído.

Al doctor Alejandro Justo Real Torrente le complacía mucho que una periodista norteamericana, la señora Alice McDermond, se interesase por los asuntos locales. Estaba a su disposición para lo que mandase.

—¿Se sabe quiénes son los otros cinco asesinados? —preguntó Eva.

—De momento, no. Ninguno portaba identificación. Permanecen en el instituto forense a la espera de la autopsia.

—¿Y usted lograría obtener información? Podríamos dejarlo firmar un artículo en nuestra revista, si conseguimos datos fidedignos. Pagaríamos muy bien.

—Necesitaré un adelanto: no lo digo por mí, yo soy un periodista de corazón. Lo digo para ir abriendo bocas, ya me entiende.

—Por supuesto, no faltaba más.

Eva salió acelerada hacia una oficina de Western Union para enviar un giro instantáneo.

La mordida era habitual en el país, lo sabía bien. Los billetes son la mejor tarjeta de presentación.

Al día siguiente a última hora telefoneó al doctor Real. Había conseguido cierta información para ella, directamente de la oficina forense.

—Los cadáveres siguen sin identificar aunque se puede deducir por la condición muscular de cuatro de ellos que eran guardaespaldas. Como tienen más agujeros que un colador, se deduce que hubo una gran balacera. Intentaron defender al gobernador en la emboscada.

—¿Y el quinto?

—No luce como escolta. Además, está totalmente irreconocible. Se empeñaron a fondo en trincharlo…

Eva lo interrumpió. No deseaba conocer los horrorosos detalles.

—¿Algo más que llamase la atención?

—Un detalle sin mucho sentido.

—¿Cuál?

—El caballero que trabajaron tan a fondo tenía una moneda incrustada en la boca.

Eva se quedó blanca.

—¿Qué tipo de moneda?

—No tengo conocimiento. ¿Le interesa?

Eva corrió a Western Union a realizar otra transferencia urgente.

Por la ansiedad, tuvo que tomar una pastilla para dormir esa, cosa que nunca había hecho en su vida. Amaneció con el estómago revuelto. Se tomó un té y salió al jardín a adecentarlo. Se ocupó en podar y arrancar malas hierbas. Era abril y la primavera en Virginia estaba siendo benévola. Las azaleas habían comenzado a florecer en un arco iris de colores rosados y blancos.

Al mediodía no consiguió probar bocado. Tras recoger a los niños en el colegio y dejarlos con Margarita, fue a la revista. Se entretuvo haciendo algún papeleo sin mucho ánimo y a las seis de la tarde telefoneó al doctor Real.

—¿Cómo está, señora McDermond?

—Bien, doctor Real. ¿Alguna novedad?

—La moneda ha desaparecido.

—¿Qué?

—Mis fuentes aseguran que fue confiscada por las autoridades nada más llegar el cadáver a la morgue. No aparece constancia en los informes forenses.

—¿Cómo es posible?

—¿Usted vivió en México, cierto?

—Sí, doctor. Sobra la pregunta, perdone usted.

—Nada que perdonar. Sin embargo, puedo darle cierta información. Mi contacto vio la moneda antes de ser decomisada —informó con orgullo el licenciado periodista.

—¿Y?

—Parecía muy valiosa, de oro a primera vista. Con un dibujo muy extraño en el frente y mucho más grande que cualquier moneda que hubiese visto en su vida.

—¿Qué dibujo?

—Una figura compuesta por cuatro tes, cada una orientada hacia un punto cardinal y unidas en la base formando la cruz. También pudo recordar la fecha inscrita en la moneda: 1609.

A Eva se le encogió el corazón. No podía musitar una palabra.

—¿Bueno? Señora McDermond, ¿se encuentra ahí?

—Sí, sí. Usted disculpe.

—Hay otro detalle que no sé si será de su interés.

—Dígame.

—El fallecido portaba una inscripción, a modo de tatuaje, disimulada detrás de la oreja izquierda.

—¿Qué decía?

—Tan solo tres letras. E.V.A. Seguramente el cartel al que pertenecía.

—Gracias, doctor Real, estamos en contacto —fue todo lo que pudo musitar Eva sin ahogarse, antes de desconectar.

Como una autómata recogió su suéter y salió de la redacción. Caminó sin rumbo por el centro de la ciudad hasta llegar hasta al monumento a Jefferson.

Los cerezos japoneses la recibieron con su explosión de color cuando se sentó en un banco protegido por la sombra. El estallido de la primavera cubría el suelo con un manto de pétalos. Miles de hojas rosadas caídas de los árboles revoleteaban a sus pies mecidas por la suave brisa de la estación. Como mariposas inquietas, como dos amantes adolescentes, se perseguían de un lado a otro. Mañana era 27 de abril. Comenzó a sollozar sin consuelo.

23

———— ⬥ ————

El Caballero de las Yndias

¿Cómo crees que puedo olvidarte, Eva? Si hasta al escribir tu nombre me tiemblan los dedos. Siempre pienso que existe algo que nos hace converger. Esos ríos que se encuentran y una vez unidos somos incapaces de saber qué agua es de uno y qué agua es de otro. Eso es amor. Es la primera sangre de Eva que se cruza con la sangre antepasada y que en la tierra se convierte en polvo, polvo que se evapora mezclado en el agua para que, por toda la eternidad, llueva sangre de enamorados y siempre sea primavera.

Antes de regresar a Piura para cumplir con sus compromisos como buena periodista —y sin saber cómo controlar su dolor— investigó a fondo lo sucedido. Su remedio contra lo que no entendía siempre consistía en ocuparse. El cuerpo y la mente sin un minuto de tregua daba tiempo al tiempo para sanar. O por lo menos aplazaba el sufrimiento. Cuando regresaba parecía un poco menos intenso.

Por un lado, su corazón le decía que arrinconase las preguntas. "Los porqué no llevan a ningún lado", trataba siempre de recordárselo a sí misma. Sin embargo, su mente racional la avocaba a vivir en una constante interrogación. Quizás por su vocación. El mantra de cualquier periodista, la clave que le enseñaron el primer día de universidad, se centraba en interrogantes. Para cumplir honestamente con su misión informativa debía siempre responder a las cinco W y a la H (*Who, What, Why, When, Where* y *How*). Su profesión —como su vida— constituía, en el fondo, una simple sucesión de preguntas a las que contestar. Y cuando se encontraba, se formulaban más interrogantes. Y afortunado el que siempre dispone de una pregunta. El que ya ha encontrado la respuesta a todo está muerto.

Entendía ahora que el amor de Adán por ella fue siempre primordial y secundario a la vez. Fundamental para mantenerle cuerdo y vivo hasta la consecución de su objetivo: la venganza. Lo equilibraba, impidiendo su caída al abismo, inevitable si sólo existe odio en el corazón. Sólo el amor, el sentimiento más poderoso de la existencia, puede compensar la fuerza de la venganza, pero nunca superarla. La venganza para Adán siempre fue su objetivo primario. El amor, un instrumento secundario de supervivencia.

Su error fue tomarse literalmente el amor de Adán. Con su edad y su capacidad de análisis, debería haberlo deducido. Adán necesitaba amarla, independientemente de que ella lo amase o no. Ella, la real, sobraba en sus esquemas.

Comprobó en Internet que la moneda de Adán, gemela a la suya, estaba catalogada como un centén segoviano de 1609.

"El único centén segoviano que existe de 1609, una moneda de oro acuñada en España y considerada la más cara del mundo, se había vendido en el año 2009 en una subasta en Barcelona por 800.000 euros", afirmaba una información de la Agencia EFE, reproducida profusamente por la prensa en su día.

La subasta de la llamada colección "Caballero de las Yndias", organizada por la firma Benson & Wollosky en nombre de un coleccionista anónimo, había despertado una gran expectación entre los potenciales compradores.

La colección de monedas de oro española estaba compuesta por 2.200 piezas procedentes de España y sus antiguas colonias, de las que mil monedas salieron a subasta. Todas eran oro y fueron acuñadas entre el siglo I (piezas romanas) y el siglo XX (reinado de Alfonso XIII).

Adán había encontrado su tesoro. No bromeó en Nosara. Un tesoro cuya procedencia a Eva no le fue difícil localizar. Con tres palabras claves —Negrín, Tampico y Vita—, Google vomitó la respuesta.

Según la detallada página www.asiestampico.com.mx, el puerto de Tampico fue escenario de un suceso poco conocido:

> En él atracó el yate Vita cargado de un millonario botín, que originalmente estaba destinado para apoyar a los exiliados republicanos españoles en este país, siendo motivo de disputa entre dos de los históricos dirigentes del PSOE: Indalecio Prieto y Juan Negrín.
>
> A finales de 1938, la guerra civil española se inclinaba a favor de los franquistas. Por tal motivo, el Jefe del Gobierno Republicano Juan Negrín adquirió un yate de lujo llamado La Giralda —que había pertene-

cido al rey Alfonso XIII— que rebautizó con el nombre de Vita. Lo puso a nombre de su amigo y testaferro en muchas operaciones dudosas, Marino Gamboa, quien decidió utilizarlo para realizar un viaje de placer por Europa.

En medio de su viaje, Gamboa recibió en Holanda la orden de dirigirse al puerto británico de Southampton para formalizar un contrato de fletamento del yate para luego dirigirse al puerto del Havre. Ahí fue cargado el 29 de febrero de 1939 con 120 maletas que le fueron entregadas por el delegado de Hacienda y un grupo de carabineros bajo el mando de un oficial republicano de nombre Enrique Puente. Al día siguiente, ante la amenaza del ejército de Franco reconocido ya por el gobierno francés, se hicieron a la mar. Debido a las inclemencias del tiempo, regresaron a Southampton hasta recibir nuevas instrucciones.

El 4 de marzo, ante la amenaza de que las autoridades de aduana británicas se dieran cuenta del contenido de su carga, el Vita se hizo de nuevo a la mar. El 17 de ese mismo mes atracaron en la Isla de Saint Thomas, desde donde Enrique Puente telegrafió al Ministro de Hacienda solicitándole que le indicara quién era el destinatario del cargamento, ya que por las prisas no le habían dado ninguna instrucción.

Una semana antes del final de la guerra —el 23 de marzo de 1939—, el Vita atracó en el puerto de Veracruz. Como Puente no había recibido respuesta a su telegrama, telefoneó a Indalecio Prieto, alto dirigente del Gobierno Republicano español que se encontraba en México desde meses atrás, para preguntarle si él tenía alguna instrucción sobre la entrega de la carga. Prieto, que desconocía la noticia del envío, vio la oportunidad de hacerse cargo de ese valioso cargamento.

Prieto estaba como huésped de honor del presidente Lázaro Cárdenas, ante quien negoció la liquidación de una deuda del Gobierno mexicano con el republicano español, demorando así su regreso a España hasta comprobar cómo se desencadenaban los hechos inminentes relativos a la derrota de su gobierno.

Una vez que el Vita atracó en Veracruz, y después de la solicitud de indicaciones a Prieto, éste ordenó que el barco se dirigiera al puerto de Tampico, donde encontrarían mejores y mayores facilidades para el desembarco de tan valioso cargamento. Sin saber en qué consistía tenía la seguridad de que era algo de gran valor.

En este puerto, las autoridades mexicanas dieron a Prieto una fuerte escolta militar para descargar cajas y maletas. A partir de ese momento, el tesoro que fue enviado a México —en teoría, para asegurar en este país el asentamiento de los exiliados españoles— quedó bajo custodia de Prieto.

Aunque es materialmente imposible determinar la cuantía y el valor de lo transportado en el Vita —no se hizo ningún inventario ni al embarcarlo ni al desembarcarlo—, se ha calculado que es de entre 300 y 500 millones de dólares de aquella época. Había, además, obras de arte y artículos religiosos de valor incalculable.

Se especula que la carga provenía de depósitos del

Banco de España así como de incautaciones y confiscaciones a empresas particulares, contenido de cajas de bancos privados y depósitos en el Monte de Piedad que incluían cajas de oro, objetos históricos de la catedral de Tortosa, el Tesoro Mayor y relicario Mayor de Santa Cinta, objetos de la catedral de Toledo —entre ellos, el famoso manto de las 50.000 perlas—, colecciones de monedas, objetos de culto de la Capilla Real de Madrid —entre ellos, el joyero y el clavo de Cristo—, pinturas y muchos artículos de valor, según informó años después el dirigente socialista Amaro del Rosal.

A la fecha no se sabe el paradero de ese tesoro que el Vita trasladó desde el viejo continente y que arribó a México por el puerto de Tampico en donde, por cierto, no existe información alguna sobre este hecho tan trascendental. Lo que se rumoreó en su día es que este tesoro, desde su llegada a México, fue controlado por españoles en el exilio.

La historia completa, detallada al pormenor.

Eva localizó en Internet esta información y más. Ahora sabía dónde había ido a parar el tesoro. Adán lo trasladó en su día fuera de la hacienda El Naranjo, propiedad de un exiliado español. Con fondeadero fluvial conectado directamente al puerto de Tampico por el río, no le resultó difícil deducirlo. La hacienda era un punto vital de comunicación entre el puerto y el resto del país. Allí, en los muelles que hoy permanecen en ruinas, se almacenaban las mercancías en una especie de recinto fiscal. Existía una aduana fluvial, cuyas oficinas se hallaban en Tancasneque, al otro lado del Tamesí.

La propiedad tenía una extensión de más de 50 mil hectáreas. El Naranjo llegó a ser la hacienda más próspera de Tamaulipas, con miles de cabezas de ganado, caballos y magníficos potros. También abundaba la caza de venados, jaguares, pumas, guajolotes silvestres, zorras, tejones, faisanes, perdices, codornices y muchas especies más. Los ríos que surcaban la propiedad ofrecían asimismo rica pesca de róbalo, catán, bagres y mojarras.

La construcción de la hacienda comenzó en 1891 y, poco a poco, varias generaciones de la familia Trápaga dieron la apariencia de castillo español. En sus tiempos llegó a ser la hacienda más hermosa de la zona.

Don Juan de Trápaga, el propietario en la época del desembarco del *Vita*, probablemente era el único que conocía el paradero del botín. Desgraciadamente se suicidó pocos años después tras la muerte de su único hijo varón en un accidente aéreo. Con él murió seguramente el saber sobre la localización del tesoro hasta que Adán encontró las monedas, fuente de todas sus riquezas y todas sus desdichas.

La hija de Don Juan, única heredera de la propiedad casada con un norteamericano y residente en Texas, la vendió posteriormente. "Casualmente" la adquirió Adán mediante un testaferro.

Miraba ahora su moneda encima de su despacho con rabia. Esa cruz asesina que le había robado la vida a Adán y a ella, la felicidad. ¿Y qué culpa tenía la moneda? El error fue de ambos. Nunca se dijeron toda la verdad. Ni él contó sus planes para que ella hubiese esperado a sabiendas de lo que estaba pasando, ni ella reveló que salió de Tampico porque… ¿Y qué más daba ahora? La culpa, el arrepentimiento, no sirven de nada cuando el mal está hecho. La historia de su vida se repetía implacable. Se acercó al banco donde poseía una caja de seguridad y depositó allí la moneda. No deseaba volver a verla nunca jamás.

Con el corazón partido regresó a Piura para cumplir su compromiso pendiente.

24

—————— ◆ ——————

El pasado nunca muere

Por mucho que te escondas y por muchas metamorfosis que intentes, ya nunca te librarás de mi mirada. Siempre te encontraré.

Regresó de Piura a primeros de junio para celebrar su cumpleaños con la familia. Decidió darse otra oportunidad con Andrew por los niños. Al menos hasta que los mellizos partiesen a la universidad y comenzasen su vida independiente.

Reconocía que fue muy egoísta con todos, especialmente con Adán. Pero nunca tuvo la información suficiente para valorar la situación. Pensó que la rechazaba por otras razones, que la alejaba porque se decepcionó con una Eva mujer. Muy al contrario, estaba dispuesto a renunciar a ella de nuevo para que no corriese peligro. Seguramente intuía el riesgo e intentó mantenerla alejada. También sabía que, de haber esperado, igual tampoco hubiese funcionado su amor. Adán tenía otras prioridades. Ella importaba relativamente. Formaba parte de las piezas de ajedrez de su tablero. Jugaba una partida en la que podía prescindir de ella, sacrificarla en aras del jaque mate.

Adán soñaba y solo deseaba compartir sus sueños con ella. Nunca tuvo claro si en algún momento hubiese estado dispuesto a realizarlos.

Se estremecía al pensar que, de haber estado con él en Tampico, como soñaban, posiblemente sus hijos serían huérfanos. No le asustaba su propia muerte. De hecho, hubo un tiempo en que la deseó tras dejar Tampico. Y cuando asumió que nunca más volvería a ver a Adán meses atrás… Lo que la aterrorizaba, además del pánico perenne de madre de que algo sucediese a alguno de sus hijos, era dejarlos huérfanos. Lo peor que puede hacer una mujer: abandonar a un hijo.

Retomó su posición en la revista ante la euforia de Simón, que estaba hasta la misma madre del inútil de su substituto y no encontraba la hora de largarlo con una patada en el trasero.

Celebró su 47 cumpleaños con una mezcla de alegría y melancolía. Como todos los años por estas fechas, preparó los campamentos de verano de sus hijos.

En julio, Andrew viajaba por dos semanas a Oregón para entrenarse y participar en una maratón y Margarita viajaba al D.F. de vacaciones familiares. Ella se quedaba sola. Este año, tras su ausencia de seis meses, no libraba. Lo prefería así. Ocuparse las 24 horas del día es el mejor remedio contra el pensamiento y la introspección.

El 4 de julio, fiesta nacional, se preparaba para los fuegos artificiales cuando sonó el timbre. Era un mensajero con unos documentos a su nombre. Firmó y los dejó encima de la mesa de su oficina. Casi llegaban tarde a la celebración, una de las más bellas en el Mall de Washington.

—Vengan niños, que luego no hay lugar. Apresúrense.

El día 5 todos partieron. Ya sola en la casa por la noche, tras dejar a cada cual en su vuelo, se fijó en el sobre. Lo abrió de pie y tuvo que sentarse. Una escueta nota firmada por Abel Mills, el hijo de Adán, solicitaba un encuentro. La acompañaba un billete abierto a San José y un anodino correo a nombre de angel461954@gmail.com para confirmar la fecha del viaje.

Pasó una semana entera sin saber qué hacer. La nota y el billete, languideciendo sobre su escritorio. Por fin el 14 de julio se decidió. Cerró el boleto para el 16 de julio. Regreso el 18. Deseaba estar el tiempo estrictamente necesario en Nosara. Envió una escueta confirmación al buzón.

Como en la ocasión anterior, un chófer la esperaba en San José y un helicóptero la trasladó a Nosara, donde llegó al anochecer. El invernadero gigante llamado El Paraíso la recibió con una puesta de sol espectacular. En la biblioteca estaba esperándola el hijo de Adán.

—¿Cómo estás, Eva? —la recibió Abel, tendiéndole la mano con una amable sonrisa.

Eva tembló. Tenía ante sí una copia exacta de su padre. El mismo pelo negro como la noche aunque cortado a la moda de ahora, no esa melena salvaje de Adán en sus tiempos. El mismo aroma que captó al acercarse.

Abel notó su nerviosismo.

—¿Te sentó mal el viaje?

—No, no. Es que… te pareces tanto a tu padre. El pelo, el caminar, la expresión, la sonrisa, la mirada, los ojos…

—¿Los ojos también?

—No, los ojos no tanto. Son… —Eva no pudo continuar al observar detenidamente su mirada verde.

—Ya me extrañaba. Adán siempre decía que mis ojos eran los tuyos.

A Eva le flaquearon las piernas. Abel reaccionó rápido, la sujetó por la cintura antes de que colapsara y la acomodó en el sofá. Llamó a la mucama para que trajese un vaso de agua y un tranquilizante y se sentó a su lado.

—Perdona, perdona, perdona… —musitaba Eva como enajenada mientras unas gruesas lágrimas resbalaban por sus mejillas.

Abel agarró suavemente su mano y la acarició. Esperó a que saliese la empleada para contestar.

—No hay nada que perdonar, Eva. Adán me lo contó todo.

—Es lo peor, lo peor, lo peor… —continuaba Eva su monólogo sin poder terminarlo.

Abel dio una pastilla a Eva. Se la tragó sin rechistar.

—Eva, te voy a llevar a tu dormitorio para que reposes un poco y luego cenamos, ¿de acuerdo?

Eva no respondió. Abel la levantó y, como a una niña sonámbula, la llevó al dormitorio. La tendió en la cama y salió tras darle un beso en la frente.

Eva tenía la mente en blanco. Se levantó autómata al baño y se miró en el gran espejo. No se reconoció. Sólo vio el reflejo de una niña de espuma llorando en la ventana.

Le entró un sopor profundo. Con dificultad se acercó a la cama y cayó de bruces. Cuando despertó, el sol entraba a raudales por un ventanal desconocido. Miró el reloj. Eran pasadas las dos de la tarde. Durmió 18 horas seguidas. Tenía un agudo dolor de cabeza y estaba entumecida. Giró y comprobó que estaba vestida pero no dilucidaba dónde. Poco a poco, con gran esfuerzo, pudo componer el rompecabezas.

Despacito se paró, apoyándose en la cama. La habitación

giraba. Tras unos segundos con los ojos cerrados, los volvió a abrir y caminó a la ducha. Un largo baño de vapor la despejó. Se vistió y salió de la habitación.

En el jardín la esperaba Abel con un refrigerio.

—¿Mejor?

Eva asintió. Lo miraba entero. Se lo comía con los ojos. Abel también la contemplaba.

—Identificaron a Adán por los récords dentales. Se lo dejaron saber a mi madrastra hace unos días. Aunque tú ya lo intuías, ¿verdad?

Eva asintió de nuevo. No podía musitar palabra.

—Pregunta lo que quieras —dijo Abel.

Eva pensó que le estaba leyendo la mente, cualidad, pareciera ser, también heredada de su papá.

—¿Cómo supo Adán? Nunca...

Abel la interrumpió para relatarle la historia de Adán que Eva conocía a retazos. Su escapada de Tampico, su vida en el D.F. bajo el alias de Damián López, su matrimonio en Los Ángeles para conseguir los papeles, su segundo matrimonio, la búsqueda del tesoro de los españoles...

—En el año 2000 Adán era ya Gabe Mills. Había adquirido la hacienda El Naranjo a la familia Trápaga por medio de un testaferro y localizado el tesoro que fue sacando poco a poco de México. Con sus contactos en el puerto y el bolsillo lleno no resultó complicado. ¿Sabías que también adquirió tu casa y la de Marta en Tampico?

—No —contestó Eva, a punto de llorar.

—En lugares como el Tampico de la época nada pasaba desapercibido y circulaban rumores constantes. Adán, siempre tras tu rastro, interrogó a unos y otros y surgieron ciertas informaciones sobre un embarazo. ¿Te suena el nombre de Antonia?

—Antonia era mi mucama pero nadie lo sabía. Solamente mi mamá y por ello salimos para Estados Unidos en cuanto se lo conté. Mi mamá hubiese sido la última en decir una palabra. Semejante vergüenza familiar no hubiese salido de su boca ni bajo tortura.

—¿Utilizabas compresas cuando tenías la regla?

—¿Qué? —se escandalizó Eva.

—Recuerda.

—No, toallitas lavables. Mi mamá decía que las mujeres allá abajo deben…

—Tres meses sin lavar toallitas de la señorita y luego corriendo a Estados Unidos…

Su mamá dio a luz poco después de llegar. Y ella, tres meses más tarde. Un bebé que no pudo ni acariciar. Tras el parto se lo llevaron. La depresión posterior se calmó algo al tener a su hermanito en sus brazos. Cerraba los ojos y soñaba con su bebé. Era éste. El otro nunca existió. Todo fue un mal sueño.

Adán regresó a Estados Unidos con el objetivo de comprobar el rumor y lo consiguió. Dos años más tarde, en el 2002, encontró a Abel malviviendo de camarero en Austin tras haber crecido en varios hogares de acogida. Lo adoptó.

—¿Sabías que también te localizó a ti?

Eva lo miró asombrada.

—Conocía cada uno de tus pasos.

—¿Y por qué no me contactó antes?

—Estabas casada, eras madre de tres hijos, tenías un trabajo que te gustaba. Pensó que eras feliz y no quiso entrometerse.

¡Qué injusta había sido con Adán, Dios mío!

—¿Y entonces por qué se decidió ahora?

—Una vez que entró en contacto conmigo comenzó a soñar con una reunión familiar, en un futuro conjunto.

Eva comenzó a llorar quedamente. Tras unos minutos, logró controlarse lo justo para balbucir.

—¿Por qué no me dijo nada?

—Porque no quería forzarte. Ni siquiera sabía si lo recordabas.

El llanto regresó, arreciando. Abel no comentó nada más. Se levantó y la dejó sola en el jardín. Frente a ella, el árbol de Adán y Eva la contemplaba. Las lágrimas se transformaron en una tímida sonrisa al recordar a Adán, con sus canas y su barriga, trepado. La escalera todavía seguía allí, apoyada contra el tronco. Eva se quedó inmóvil contemplándola hasta que atardeció sin percatarse.

Caminó a su dormitorio, se tumbó en la cama y se quedó adormilada. Unos suaves golpes en la puerta la sacaron del duermevela. Era Abel para invitarla a cenar.

Durante la comida se pusieron al día en sus vidas. Abel era un hombre magnífico, sin rencor alguno en su alma. Contó numerosas anécdotas de Adán que la hicieron desternillarse de risa, como sus peleas cuando trataba de enseñarle a jugar golf.

Durante los postres Eva se atrevió a preguntar.

—¿En qué andaba metido Adán?

—Su misión desde que lo perdió todo en Tampico era la venganza. Localizó y mandó asesinar a los culpables de la violación de su mamá y de la muerte de su padre y hermano. Para entonces ya estaba hasta el cuello atrapado por las mafias mexicanas, a las que recurrió para su misión inicial y no se decidió cortar. Dedicó los siguientes años a realizar el sueño de su padre, la revolución mexicana, y para ello comenzó a traficar con armas.

Eva lo miraba perpleja sin encontrar la relación.

—Decía que entre más caos, mejor. Que la revolución sólo

nace del puro caos. Ya bien apuntalado comenzó a buscar su tapado y lo encontró en el gobernador de Tamaulipas, al que financiaba. Su objetivo era convertirlo en presidente en las elecciones del próximo año. Pero todo se vino abajo. Una operación en Guatemala falló por una filtración. El equipo entero fue asesinado. Comenzó a temer por su vida y, sobre todo, por tu seguridad.

—Por eso me alejó, ¿verdad?

—Sí. Sabía que tenía un topo y estaba siendo vigilado. Si te hubiese pasado cualquier cosa, Eva, no lo hubiese soportado. Me lo comentaba muchas veces: "Tu madre es lo único que me mantiene vivo, Abel. Tú y ella son las dos únicas cosas buenas de mi vida". Desgraciadamente, aunque soñaba con un futuro contigo, era esclavo del pasado.

—Hemos sido unos egoístas, tu padre y yo. Él con su venganza y yo por no haberte buscado mucho antes. Has sido la víctima injusta de nuestras obsesiones y miedos. Perdóname, por favor.

—Ya no tiene remedio, ¿verdad?

—Desgraciadamente no.

—Vamos a mirar hacia delante y no a perdernos en el pasado como hizo papá.

Eva se encontraba asombrada ante la sabiduría desplegada por Abel. Un sentimiento de orgullo le recorrió el cuerpo.

—Adán te dejó como herencia esta propiedad, su guitarra y una pequeña fortuna.

—No quiero nada… solo la guitarra —respondió Eva, ofendida. Esta casa es el pasado, como muy bien has dicho.

—Escucha. La propiedad tiene cientos de acres, es perfecta para experimentar con cultivos sostenibles. La mayor parte de la fortuna de Adán está en un *trust* del que soy albacea. Su esposa recibe una millonaria pensión vitalicia además del resto de las propiedades. Más que suficiente para seguir su vida ociosa sin una preocupación. Ya firmó los papeles. Dentro del *trust* existen fondos asignados para la financiación de una organización benéfica de la que serías responsable. Puedes destinar ese patrimonio a las acciones que mejor te parezcan.

—No sé...

—Tómate el tiempo que necesites.

—¿La guitarra está aquí? —preguntó Eva con un hilillo de voz.

Abel asintió.

—Disculpa, regreso en un momentito.

El corazón de Eva dio un vuelco cando retornó con la guitarra.

Abel se la ofreció sin mediar palabra. Eva tembló al tenerla entre sus manos. Abrió la funda y unas hojas se desparramaron por el piso. Las recogió y contempló canciones a medio pergeñar. Consiguió ojear *Tampico forever, She is always with me, We'll be together*, antes de que sus lágrimas le empañaran la vista y humedecieran los papeles.

—Solía componerlas durante sus estancias aquí —dijo Abel, acariciándole el pelo en un amago de consuelo.

Eva examinó la guitarra mientras la acariciaba. No se atrevió a tocar las cuerdas. ¡Tanto que quedó por decir! ¡Baladas sin entonar mientras las miradas se sumergían la una en la otra! ¡Poemas por componer para amarse con pasión y ternura!

—Abel, tengo una pregunta —dijo Eva apartando los ojos llorosos del instrumento.

—Dime.

—¿Tú sabes el nombre de tu padre, el original?

—Sí, se llamaba Luis Ángel...

—No me lo digas —le interrumpió Eva, cambiando bruscamente de opinión—. Es solo un nombre más sin sentido.

Tras unos minutos circunspectos, Abel levantó la copa para brindar con Eva.

—Entonces, por Adán.

—Sí, por Adán Edén, el chamaco trepado a una rama.

No te pierdas el primer libro de Rosana Ubanell.
¡Lee aquí el primer capítulo de *Volver a morir*!

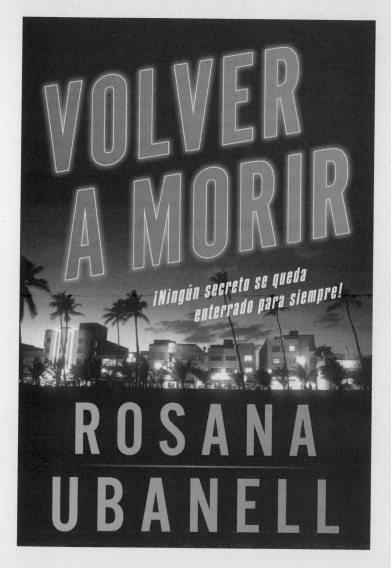

ISBN 978-0-9831390-6-5

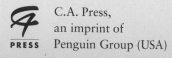

C.A. Press,
an imprint of
Penguin Group (USA)

1

Un día de perros

Regresaba del gimnasio sudoroso y reconfortado tras una buena pelea de boxeo. Le gustaba ducharse en casa después del ejercicio. Resultaba mucho más cómodo que hacerlo en los vestuarios. Y luego cenar con su esposa. A veces hasta tenía suerte y, si ella llegaba de su práctica a la vez que él, se duchaban juntos. Claro que entonces la cena se retrasaba un tanto, pero no importaba. Era el mejor momento del día. Los dos a solas relatándose como les fue en la jornada. Cada cual con sus cuentos, los de animales de él y los de locos de ella. Se reían a más no poder.

En este trayecto, que religiosamente realizaba lunes, miércoles y viernes si no surgía alguna emergencia que rompiese su rutina, invariablemente escuchaba la emisora 93.1 FM. Manejando en los espectaculares y rojizos anocheceres de Miami, le probaban las canciones romanticonas de la estación. Le recordaban su juventud, los buenos tiempos que duraron bien poco.

Siempre llevaba las ventanillas abiertas para sentir la suave brisa en la cara, el olor del pasto recién cortado en las fosas nasales y el canto de los pájaros en el cerebro. Tras agotarse en el cuadrilátero, este recorrido constituía un placer para los cinco sentidos, sobre todo por la anticipación de la compañía de su esposa.

Al acercarse al puente sobre el canal del Alhambra Circle, donde la calle se curva y se estrecha, redujo la velocidad como siempre hacía. Lo enfiló y tuvo que pegar un volantazo para evitar atropellar a un perro que se le cruzó de por medio.

Consiguió enderezar antes de chocar contra el pretil y salió con bien del puente. Un milímetro más y hubiese caído al agua. Temblando, aparcó en un lateral, mientras la Easy 93.1 radiaba *I'll Never Love This Way Again*, una de sus baladas favoritas. La penetrante voz de Dionne Warwick se mezclaba ahora con un manso gemido procedente del puente.

"¡Dios mío, lo he atropellado!".

Tras buscar la linterna, salió del auto, caminó hacia el puente y localizó al perro. Lo agarró a toda prisa y lo apartó hasta el lateral. Lo examinó y comprobó que tenía la pata trasera izquierda fracturada.

No llevaba collar ni chapa de identificación. Estaba realmente sucio, seguramente un perro callejero o abandonado.

Lo transportó hasta el carro, lo acomodó en el asiento trasero y se dirigió hacia su clínica veterinaria, mientras avisaba a su esposa de que llegaría tarde a cenar.

—¿Estás bien, cariño?—le preguntó alarmada.

—Sí, cielo, no te preocupes. Ha sido más el susto que otra cosa. Le estabilizo la pata, le doy un calmante y lo dejo en la clínica hasta mañana. Estaré ahí en un par de horas.

Sintió las manos húmedas al volante. Pensando que era el

sudor del miedo, se las secó en el pantalón. Unos manchones rojizos le indicaron que era sangre. No se había percatado en una primera ojeada. Si sangraba, era posible que el perro tuviera algo más que una pata rota. Le haría una radiografía también.

"Pobrecito. Es un *border collie* como mi Elba. ¿Quién tiene tan mal corazón como para abandonar a un perro, el animal más fiel de la creación?".

Entró en la clínica, cerrada a estas horas tan tardías, y lo posó con gran delicadeza encima de una de las mesas de examen. Se dirigió primero a lavarse y desinfectarse las manos. Notó un leve dolor al restregárselas. Vio que tenía varias espinas clavadas en los dedos y que posiblemente la sangre era suya. Con la adrenalina del susto ni se había dado cuenta. El pobre bicho seguro que estaba lleno de estas puntas de cardo silvestre por todos lados. Agarró unas pinzas y se las sacó, desinfectándose bien tras la operación.

—Hola, Marín—le dijo al perro, entrando en la salita.

Ya lo había bautizado con este diminutivo de "marinero", porque casi le hace "navegar" con auto y todo. Su teoría era que, por muy desposeído que sea, un animal debe tener al menos un nombre. Cuando los recibía, siempre los bautizaba antes de mandarlos para la perrera o para algún hogar de acogida.

A su perrita Elba la adoptó en uno de estos hogares que atendía gratuitamente. Una belleza, buenísima y obediente donde las haya. Los pastores alemanes que tuvo antes, Walter y Hugo, procedían del mismo lugar. Un tanto más rebeldes y golfos, pero entonces estaba soltero. Hugo no duró ni una semana tras la muerte de Walter.

Examinó cuidadosamente a Marín y comprobó que, efectivamente, solamente tenía la pata rota. No estaba sangrando. Se la estabilizó, le dio un calmante para el dolor, que lo dejó un tanto somnoliento, y comenzó a limpiarle las púas con las pinzas.

—Tienes suerte de tener tanto pelo, chico —le dijo al perro en voz alta—. Las púas solo están enmarañadas; a mí me las clavaste en la piel.

A mitad de la operación comenzó a sentirse un poco mareado y con el estómago revuelto. Seguramente necesitaba comer algo. No había probado bocado desde las 12 del mediodía y, tras la sesión de boxeo, su cuerpo necesitaba proteína.

Terminó la tarea de las espinas, metió a Marín en una de sus jaulas y se dirigió hacía su despacho donde guardaba unas cuantas barras de proteínas para casos de este tipo. A veces le surgían urgencias de última hora y, si no comía algo, se sentía mal. Se acomodó en la silla de su escritorio mientras abría una y la masticaba con parsimonia.

Estaba satisfecho consigo mismo. Le hubiese gustado practicar medicina, pero al final pensó que la veterinaria era mas segura. Nunca se arrepintió. Se sentía orgulloso de su labor y de todo lo que había conseguido en la vida. Renunció a algunos proyectos importantes en los que le hubiese gustado ahondar, pero en determinadas encrucijadas del camino hay que resolver con contundencia qué dirección tomar.

Se terminó la barra proteínica y se levantó. Volvió a sentir un ligero mareo, ahora acompañado de cierta presión y pesadez en el pecho que irradiaba al hombro, brazo y cuello. Se asustó. Agarrándose a la pared salió de su despacho y, cada vez más falto de aliento, consiguió llegar hasta la sala de cirugía, donde guardaba aspirinas.

Comenzó a transpirar copiosamente y a sentir náuseas.

Abrió como pudo el armario de las medicinas y a duras penas destapó el bote de los comprimidos, tomándose uno. Ya no conseguía mantenerse en pie. El dolor era cada vez más agudo y venía en olas, acompañado por palpitaciones. Se tumbó en la mesa de operaciones, dejando caer el bote de aspirinas al suelo. Trató de sacar el celular del bolsillo trasero de su pantalón. Logró de milagro marcar el 911.

—¿Cuál es la emergencia? —se escuchó la voz de la operadora.

La debilidad era cada vez más acuciante y no pudo contestar.

—Nueve once, ¿se encuentra bien? ¿Desde donde llama?

Trató de balbucir al menos su nombre, pero le faltaba el aliento.

—Dígame su localización.

El celular se le escapó de la mano y se estrelló contra el suelo.

La fuerte luz del foco de la sala de operaciones sobre su cabeza le molestaba. Cerró los ojos. Su último pensamiento fue para su querida esposa. Un violento temblor le recorrió el cuerpo y aún pudo sentir un desgarrador aullido procedente de las jaulas.